KB179094

고백의 형식들

고백의 형식들

사람은 시 없이 살 수 있는가

이성복 산문

열화당

서序

1976년부터 2014년까지 씌어진 이 글들은 애초 발표할 뜻이 없었거나 이런저런 이유로 발표하지 않은 글, 발표는 되었으나 책으로 간행하지 않은 글, 또는 간행은 되었지만 여기저기 숨어 있는 글들로 나뉠 수 있다. 이 어지러운 모임이 용서될 수 있는 것은 '아무 생각 없을 때가 진짜 생각'이라는 구차한 이유밖에 없을 것이다. 그 생각이 나에게는 '사람은 시 없이 살 수 있는가'였을 테고, 지난 삶은 그 한 생각의 기둥 위에 올려진 나무집이었다. 정성스러운 손길로 책을 다듬어 주신 분들께 깊은 감사를 드린다.

2014년 7월
이성복

차례

소설
천씨행장千氏行狀

나의 친구 천재영千在英은 1977년 8월 2일 소요산消遙山 등반 도
중 추락사고로 세상을 떠났다. 동행인이 없었던 까닭에 정확한
사인은 밝혀낼 수 없었지만, 지형지세와 상처의 부위로 미루어
보아, 의도적인 실족일 가능성이 많다고 관할 파출소에서는 추
측했다. 유해를 넘겨받은 직후, 가족들은 소요산 가까운 곳에서
화장했다. 천재영, 그를 잊을 수 없기에, 나는 그의 명복을 빌어
줄 수 없다. 그가 내게 맡긴 오자투성이 수고手稿를 정리하면서,
생전의 그에 대한 졸렬한 회고를 덧붙이는 우정이 혹 그의 품성
을 이지러뜨리지 않을까 두려울 따름이다.

내가 천재영이라는 인간을 알게 되고 그의 생애의 유문遺文들
을 치다꺼리하게 된 것은 어이없이 기쁜 우연한 일이다. 요염한
여자들에게 와이셔츠를 찢기기 위해 생의 뒷길로만 다니던 그
에게, 참새구이와 삶은 홍합을 즐겨 먹던 생의 문맹자文盲者인 그
에게, 활자를 타는 영광은 불쾌한 일일지 모른다. 우리들 주위
에는 속세로부터 멀리 헤엄쳐 나가 뭇사람들의 시선이 닿지 않
는 곳에 배수진을 치고, 황홀과 고뇌의 기도를 올리는 자들이
가끔 있다. 그들은 속인들의 기억 속에 안온히 소일하는 것보다

는 수시로 비참과 횡포의 자연에 뛰어들어 기꺼이 무無가 되려 한다.

자신의 생명의 끄나풀을 제 손에 움켜쥔 수공업자들, 그들은 역사와 지리의 이곳저곳에서 색다른 얼굴로 나타나지만, 실상 단 한 사람에 불과할 것이다. 기어코 자신의 가능성이 되려는 몸부림과 아우성이 그들의 가변적인 이름과 형색을 거두어 가고, 자신의 육신을 또 다른 두 팔로 치켜 올리려는 치명적인 힘이 그들을 하나이게 한다. 마비된 일상의 근육에서 탈출하려는 자들은 오직 생이라는 유일한 샘으로부터 그들의 피를 길어 올리는 것이다. 이승과 저승의 칸막이를 걷어치우는 일 대신, 지상의 뭇 생명들의 취한 이마 위에 사뿐히 내려앉기 위해 우아한 비상을 연습하는 그들은 모두 '한 사람'인 동시에, 인간 천재영이었다고 나는 생각한다.

돌이켜 보건대, 그는 외로움이라는 관념의 화육化肉이었다. 내장內臟의 부드러운 융털돌기의 꿈틀거림조차 그의 내부에서 망각되어 순간 속에 잊혀져서는 안 된다는 금기로 인해, 시간에 핍박당하는 자연의 토사물들을 생동케 하며, 살아 있는 것들의 현재를 한없이 추억하는 그의 모습이 선명하게 드러나도록, 우리는 더디고 집요하게 그의 삶을 추적하지 않으면 안 되리라. 그를 바르게 아는 일은 그의 외로움에 보답하고 감사하는 일이며, 우리가 그의 '정신의 땅' 위에 쓰러져 정확한 토질土質을 알아내는 일이 될 것이다.

그가 역사의 벼랑에서 얼마만큼 높이 올라갔는가를 묻는 것은 졸렬한 태도일 것이다. 아무리 조잡한 연대기나 웅장한 사건들도 생이라는 '어머니'에게로 환원되어, 그 품 안의 습기와 건조함만이 지각인자知覺因子가 될 수 있었던 그에게 역사는 죽음의 등에 붙이는 지방紙榜과 같은 것이었다. 어느 날 그는 내게 말했다. "역사는 현장이 되어야 해요, 막판이 되어야 해요, 아니 계속 '마야'가 되어야 해요." 그러므로 분명 역사 속에서 태어났지만 자신의 역사를 지니지 않은 그에게는 생애라는 것까지도 문제되지 않을 것이다.

내가 이제는 타계한 그의 추억을 이야기한다면 심히 나무라지야 않겠지만, 오른쪽 입술을 가볍게 떨며 비트는 웃음을 그가 웃을 것이기에, 나 또한 내 일기 속에 파묻힌 몇 가지 일과 훔쳐들은 그의 독백들을 옮겨 적음으로써, 흙 속에서 풍화해 가는 그의 귀를 가볍게 해야겠다. 제발 내 말재주의 빛이 이 사람의 살갗에 닿아, 그의 정신이 지녔던 골격의 형세를 짐작토록 했으면 한다.

1972년 2월 13일

해 질 무렵, 서대문보건소 앞 골목에서. 길바닥에 널려 있는 헌책들, 대중소설과 도색 잡지들을 심심찮게 구경하고 있던 차에, 옆에서 책을 고르는 녀석이 아무래도 수상쩍게 느껴졌다. 어둑어둑하기 시작한 때라, 그의 얼굴은 도시의 그을음과 먼지를 실감케 할 정도로 검게 보였고, 뒤로 빗어 넘긴 머리는 빗질한 지가 오래되었는지 헝클어져 있었다. 작고 깡마른 체구에 우렁이 같은 두 눈이 웅크려 있었다. 이윽고 그는 떨리는 손으로 꾀죄죄한 점퍼의 자크를 살며시 내리며 문고판 한 권을 가슴 속으로 집어넣었다. 그리고는 마음에 드는 책이 없다는 듯이 이 책 저 책 뒤적여 헝클어 놓은 후, '휘' 하고 가벼운 한숨을 내뱉으며 일어나 걷기 시작했다. 종아리까지 달라붙는 낡은 청바지(뒷날 그는 이렇게 말한 적이 있다. "형, 청바지를 입으면 내 다리에 떡갈잎이 막 자라나요. 살 껍질과 허벅지의 유순한 근육들이 웃고 지껄여요. 다리는 살아 있기 때문에 자라나고, 자라나는 것들은 섬세한 내 신경을 건드리지 않아요. 청바지를 입으면 다리를 잊어버리고, 그래서 모든 일이 잘되어 가지요"), 진흙이 튀어 올라 모자이크를 이룬 청바지가 흐느적거리는, 말라붙은 엉덩이를 감싼 채, 줄 위에 널어놓은 빨래마냥 바람에 불리듯 움직여 갔다. 백여 미터를 바쁘게 쫓아가 가로등이 드문 비탈길을 오르며, 두어 걸음 뒤에서 나는 전혀 아는 사이라도 되는 듯 나직한 목소리로 물었다.

"미안하지만, 무슨 책이에요?"

이렇게 하여 우리는 알게 되었다. 1953년생. 외국어대학 불어과 이학년 재학 중. 가족으로는 부모님과 해군 하사관 출신 실업자 형과 두 명의 누이. 열두 살 때 서울에 혼자 올라와 공부하다가 가족들이 이사해 온 지 오 년째. 헤어질 무렵 내 손을 힘 있게 잡으며 그는 말했다.

"그대 고향에 다시 못 가리!"

1972년 5월 21일

소줏집 '해심海心'에서. 첫 대작인데도 그는 상당히 취한 듯, 검붉게 경련하는 얼굴, 눈앞의 공간은 입김 하나 흘러들 틈 없이 촘촘하고 아득했다. 청춘의 늪에서 한없이 날아오는 경이와 기갈과 유혹의 유탄流彈에 전신을 드러낸 자의 아름다운 외마디 파열음, 그의 술잔은 엎어져 있었다.

"그럼에도 불구하고, 오히려 그래서, 사는 것은 푸릇푸릇한 은혜지요. 서로 다른 접속사들의 농간, 유인, 모략을 (그는 십여 초마다 단어 하나씩을 정확히 발음해 곤충채집 하듯이 고정시켰다.) 소홀하게 대접함이 없이, 은혜는 생의 속사屬辭가 되지요. 생이 없이 죽음의 선산先山을 내다볼 수 있나요? 내 난봉, 내 취기, 내 빈혈, 내 초토焦土, 내 발광—찬란한 이것들은 언제부턴지 모르지만, 내가 살아 있기 때문에만 알아차릴 수 있는, 영원한 미궁에서 찾아낸 보물이 되었지요. 생의 매서운 눈총 없이는 죽음이 죽음을 암장暗葬해 버려요. 생의 모래톱, 피밭, 독침, 자주감자…. 그리고 내가 시간의 안팎에서 숨바꼭질하다 만난 여옥麗玉이도 죽음이 내게 선사한 보배지요. (그는 영옥瑛玉이라는 여자를 알고 있었는데, '영'자의 받침 자음을 비음화鼻音化시켜 수천 번 불러내면, 비음의 엷은 망사막 너머로 비파를 타는 여옥의 뒷모습을 볼 수 있다고 말했다.) 형, 이제 생의 기관지를 타고 오르내리는 죽음의 민물고기들이 보이나요?"

"그럼 양자兩者의 정확한 족보라 할까? 관계라 할까?"

"그걸 말하기 전에 우선 여러 문명의 유적들을 살펴보아야 해요. 형, 나는 메소포타미아의 점토세대粘土世代입니다. 생과 죽음에 대한 나의 관점은 고대문명의 바위 동굴 안에 있어요. 일언직하一言直下, 세계는 릴리프라는 양식으로 이루어져 있어서 생사가 음양陰陽의 굴곡을 따라 빛 속에서 안착安着합니다."

내가 술값을 치르는 동안, 그는 출입문에 기댄 채 쉰이 훨씬 넘어 보이는 술집 주인이 능란하게 셈을 치르는 모습을 흥미있게 눈요기하고 있었다. 행길에 나오기 전, 그는 담배 몇 개비만 뽑아 달라면서 말을 이었다.

"형, 작년까지만 해도, 청년기와 장년기를 생의 문제에 알알이 접근하려는 조바심 때문에 각고 소모한 인간이라면 노안老眼이 얼마나 언어의 섬광을 금싸라기처럼 쏟을까 하고 동경하였어요. 그 모티프는 '큰 바위 얼굴'이지요. 그런데 최근에 어느 친구에게 그 말을 했더니, 먹은 맘 없이 껄껄 웃어서 아연실색하고 말았어요. 나의 '노인' 또한 초라한 생의 엑스트라에 불과한 것일까요? 사람의 얼굴에도, 아니 얼굴만으로도 철저히 경건한 아름다움이 가득 차는 날이 올까요? 음… 음… 젊은 날에 온통 썩혀서 분해했어야 할 문제 때문에 아직 눈물이 매운, 눈썹이 짙은 영양기 없는 얼굴은 추해 보여요. 결과와 보상을 바라며 괴로워하는 것은 전혀 아니지만… 아니지만, 음… 당장 내 젊음을 탈색해 가라, 문어대가리, 황산黃酸의 삶이여!"

말이 끝남과 동시에 술기운으로 뛰어오른, 연약하지만 꼿꼿한 몸매가 왼쪽으로 비껴 두어 걸음 위 허공에 고정되는 순간이었다. 도리깨처럼 뻗쳐 올린 팔이 나지막하게 처진 가로수 줄기를 움켜잡았다고 생각했을 때, 한 움큼 잎새들이 길바닥에 날렸다. 옆에 가던 얼싸안은 남녀가 깜짝 놀라 서로 떨어진 채 우뚝 서 버렸다. 세상의 모든 다정한 것들이 팔짱을 풀고 그를 응시하고 있었다.

1972년 6월 11일

일반논리학 등 몇 권의 책을 사기 위해 청계천 5가에 그와 동행하였다. 고가도로를 오르는 화물차들, 우루루 횡단하는 사람들, 그리고 귀를 찢는 경적, 혹은 낡은 기적奇跡. 두껍고 무성한 소음 속에서 그는 입을 웅얼거렸다.

"아마 1950년 이후에 출생한 사람들은 시양물을 체할 만큼 먹었다고 생각해요. 요즘 와서 다급해진 우리가 우리 쪽에는 없는 전통을 무마하려고, 생소하거나 초라한 늙은이들에게 주고 싶은 의미를 다 부어 주지만, 그것이 합당한가는 별문제이고, 또 합당한 경우에도 변변치 않은 도식이나 발상법을 응용하는 정도에 그친다면, 똑같은 전통부재론을 후대에서 들고 나오겠지요. 차라리 망각이라는 진통제가 필요할지 몰라요. 전통이라는 말부터 나에게는 알레르기를 일으켜요. 그대로 밭두렁에 엎어져 정강이에 피를 흘리는 수밖에 없어요."

낯익은 책들이 먼지에 쌓여 표지가 찢어진 채 꽂혀 있는 것을 하나하나 빼 보면서 그는 말했다.

"많은 소설의 주인공들이 어릴 때부터 나를 키웠어요. 그들 늑대의 젖으로 자라난 로물루스가 어디에다 그의 제국을 세워야 할까요. 청계천? 하하하, 그러면 수표교 다리 밑쯤에 내 명패를 봉안해야겠군요. 형도 아시겠지만 나는 소설 얘기를 안 하고, 독후감 같은 것도 써 본 적이 없어요. 주인공들은 돼지감자처럼 내 삶의 밑창에 파묻혀 내게 영향을 담뿍 준 후 쇠약하여 죽어 버렸어요. 그들을 다시 얘기하는 것은 무덤을 헐어서 다시 육시戮屍하는 패덕이지요."

그는 허리를 굽혀 가래침을 뱉었으나, 침은 셔츠 아래춤에 떨어지고 말았다.

1972년 6월 30일

다방 '학림學林'의 출입구가 나 있는 앞쪽 벽 상단에는 흑백의 가시관 예수가 매달려 있었다. 벽에 걸린 이래 수년 동안을 부활하지 못한 곡예사 예수의 고행. 그와 나, 두 도적이 그 광대에게서 어떤 진리를 거듭 요구할 수 있을까. 철제 십자가를 흔들며 탄호이저의 주제主題가 진군할 때, 축 늘어진 예수의 머리가 약간 흔들렸다.

"산소를 압축시켜 물을 만들듯이, 어떤 희박한 관념이나 고뇌도 밀폐시켜 응축하게 되면 유동성있는 사물이 돼요. 형은 영혼이 물오르는 소리, 예수라는 징검다리를 디딜 때마다 찰찰 흘러가는 물소리를 들어 본 적이 있나요? 저기 매달려 있는 인간은 예수가 벗어놓은 허물이에요. 누군가 인적 없는 산길에 놓인 뱀 껍데기를 치워 주듯, 저 사람을 풀밭에 던져 주거나 성의있게 묻어 주어야 해요."

우리의 화제는 어느덧 서로의 집안 이야기로 넘어갔지만, 고행자 예수에 대한 그의 관심은 떠나지 않았다.

"내가 인간 예수가 아니지만, 나의 어머니가 무학無學의 마리아이고, 특히 나의 아버지가 선량한 목공이라는 사실은 자랑스러워요. 몇 해 전까지만 해도 세상에 태어난 걸 억울하게 생각하고 그들을 원망했는데, 나의 아버지가 혼례를 올리기 전에 동정童貞의 암술을 짓밟고 태어난 것이 나 자신이었음을 깨닫게 된

후로 그들을 사랑하게 되었습니다. 나는 이제 깨끗이 발을 닦고 내 어머니의 짓찢긴 꽃받침 위로 올라가 기도할 수 있게 되었습니다."

담배연기 가운데 조용히 소용돌이치던 그의 낮은 목소리, 그 잿빛 소용돌이의 꽃을 내가 물어뜯고 싶은 충동에 사로잡힌 까닭은 무엇이었을까. 그의 괴변의 본산本山, 광신의 서낭당을 순례한 다음 맹렬히 허물어 버리고 싶었던 것일까.

1972년 8월 14일

다방 '훈목'에서. 서너 명의 친구들과 정신없이 떠들어 대는 그를 우연히 보았다. 오랫동안 만나지 못했는데 금세 가면 되겠느냐고, 그는 의자를 끌어당겨 나를 앉혔다. 그는 나와 몇 마디 주고받다가, 다시 친구들의 화제에 끼어들었다. 학교 얘기, 음담패설, 취직한 선배들의 이야기, 말장난… 여하튼 그는 상당한 관심을 가지고 당치 않은 일가견을 읊어 댔다. 기지나 재치는 그에게 어울리지 않는 것처럼 보였는데, 자신을 제어하지 못하는 듯이 두 다리를 떨며, 목청을 돋우어 가며, 우쭐거리며, 킥킥거리는 모습은 가관이었다. 먼저 실례하겠다며 일어서는 나를 횡단보도까지 따라와, 그는 머뭇거리며 말했다.

"오늘 내가 좀 이상하게 보이지요? 염려 마세요. 오늘 저녁은 두 달 연체된 경박성을 소비하는 날이니까요. 코를 풀듯이, 혹은 창신동 백 씨 아줌마한테 가듯이, 약한 내 성감대를 섬기는 날이니까요. 내 양생법養生法을 폭로해 버렸군요. 아, 이제 건너가세요. 나는 불개미 천지에서 몸을 더 달구었다가 가겠어요."

1972년 9월 12일

금요일 오전 수업을 끝내고 학교로 그를 찾아갔다. 그는 강의가 끝난 교실에서 혼자 서성거리며 기침하고 있었다. 아직 햇볕은 따가웠다. 우리는 등나무 아래 벤치에 나가 앉았다. 이번 주일 내내 그는 몸살을 앓았다고 했다.

"형, 몸살이 나면 어떤지 아세요? 하늘은 바람개비처럼 시선視線에 꽂혀 빨리 돌고, 생살을 후벼 파는 장미가시가 흙벽에 닿아 문드러질 때, 통증의 봉우리가 막 터지고, 어휴, 대낮에도 불꽃놀이를 보는 것 같아요."

한 떼의 여학생들이 우리 앞을 지나갔다. 참 이뻤다. 그의 몸살을 살풀이할 만큼 이뻤다. 그는 발을 동동 굴렀다.

"저 이쁜 애들을 어떻게 하지요? 문둥이마냥 참꽃술에 담가 먹을 수도 없고…. 키스를 해도 서너 번밖에 연거푸 할 수 없잖아요. 나는 오른편에서 두번째 아가씨를 뿌리째 캐고 싶어요. 서투른 팽이에 그 여자의 부름켜가 잘리더라도, 그 여자의 경수經水에 낯을 잠그고 비늘 돋은 혓바닥으로 놀겠어요. 그 여자의 음핵陰核을 발음해야겠어요. 형 살갗도 내놓아요, 그 여자의 몸 전체에 닿아야겠어요. 아, 저 여자의 옷이 점점 무성해지는군요. 새털구름처럼 얼굴이 아득하네요. 끝까지 지켜보려면 물구나무를 서야 해요."

병적인 장광설이 발동했다. 여학생들은 꺾어진 길을 돌아 다시는 보이지 않았다. 잠시 후 평정을 되찾은 그.

"우리 시대에도 참 아름다움은 많지만 제대로 볼 줄을 몰라요. 눈앞에 사회라는 빙벽이 가로놓인 까닭에, 혹은 세습된 도의와 안일 때문에, 특히 놀랄 만큼 위세 등등한 자의식 때문에, 합리와 회의의 횡포 때문에, 요즘 사람들은 모두 눈 뜬 장님에 불과해요. 그들은 내가 보기에 비천할 뿐만 아니라 위태롭고, 자기 최면의 손장난에 열을 올립니다. 우리 시대는 수음手淫의 시대입니다. 이런 식의 관심이 수집취미와 딜레탕트적인 감상벽과 등산, 스포츠 ─물론 나는 그것들을 전혀 부정하는 것은 아닙니다. 내가 혐오하는 것은 그들이 묻힌 손때입니다─ 등을 흥행하게 만들었습니다. 오늘의 시대를 누군가 '소돔의 시대'라고 했지만, 그것은 잘못된 말입니다. 소돔의 '복사판' '해적판'이라고 해야 옳겠지요. 나 또한 수시로 이러한 오염지역에 발을 디딥니다. 그러나 아름다움은 그곳에 엎드리는 자만이 볼 수 있고, 이때 '본다'는 것이 '산다'는 것과 동일하다는 것은 인간 예수와 독생자 예수가 같은 인물이었다는 사실과 마찬가지입니다. 우리는 한국식 장독대와 세간처럼 여러 번 깨져야 합니다. 산산조각이 나도록 완전히 관습의 항아리를 깨고 나와야 비로소 신神을 느끼고 국토國土를 볼 수 있을 것입니다."

피로한 안색으로 그는 벤치에서 일어서며 말했다.

"형, 나는 아직 그 여자를 맛있게 삭히지 못했어요. 근심과 신열이 너무 많아요. 정말 그 여자를 쟁기질하고 지나가야겠어요. 가서 평행봉이나 좀 하고 오겠어요. 땀을 흘린 다음 하늘의 요람을 흔들며 그 아름다운 여자를 잠재우겠어요. 잠의 풀꽃들이 그녀를 안심입명安心立命하게 하겠지요. 그러고 나서 흰 물갈매기 날개를 달아 주겠어요. 나 모르는 사이, 떠나가게 말이에요."

그는 내게 점퍼를 벗어 주고 운동장으로 내려갔다.

1972년 9월 26일

삼선교에서 소주 세 병을 따고 창경원을 지나 비원秘苑 앞에 이르렀다. 새빨간 능금알 하나가 서쪽으로 굴러 떨어지는 모양이 취한 무비 카메라의 각막에 사로잡혔다. 광대뼈가 툭 불거져 나온 뺨은 연지를 칠한 듯, 그는 수줍은 목소리로 노래 부르기 시작했다. 그의 발굽이 얼음판을 가듯 옆으로 약간 미끄러졌다. 나는 얼른 그를 부축했다. 숨을 가쁘게 몰아쉬면서 양팔로 내 허리를 꽉 죄며 그는 나에게 입 맞춰 달라고 했다. 연지 칠 버즘 투성이의 뺨을 두어 번 핥아낸 혓바닥이 달콤하도록 찝찔하였다. 그는 내 손가락을 끌어당겨 입안에 넣고 오물거리다가 질근 씹으려 했다. 나는 얼른 손을 빼쳐냈다. 그리고 손가락에 묻은 그의 침을 느티나무 껍데기에 문질렀다. 그의 눈은 꽃상여처럼 내 전신을 지나가고 있었다. 그의 외로운 몸이 또아리를 틀고 휘청거리며 무너지려 하자, 무릎은 갈대처럼 쉽게 꺾였다. 또다시 나는 그의 허리를 껴안고 머리 위로부터 그를 내려다보았다. 길고 짙은 속눈썹이 호랑나비 날개처럼 눈眼꽃 위에 앉아 느리게, 여리게 움직였다. 우리는 남방南方 만국蠻國의 하궁夏宮에서 웃통을 벌거벗은 하인들이 커다란 고무나무 잎으로 부채질해 주는 바람을 맞고 있었다. 이윽고 가슴을 펴고 일어난 그는 아이들이 놀고 있는 공터 담벼락 옆에 쪼그리고 앉았다.

"우리가 타락하는 것은 노랫가락에 넘어지려 하기 때문이에요. 화무십일홍花無十日紅이요, 그래서 어느 날 창피할 정도로 어질게賢 되는 것 아니겠어요? 잡신雜神이 잘 익은 술을 다 마셔 버리고, 돼지밥통 위의 술 찌꺼기 속에 넘어지려 하는군요. 부활의 종소리를 듣고 방울뱀이 달려오잖아요? 노랫가락의 뗏장을 덮어 줘요. 화무花無는 십일홍十日紅이니 더 어질어져야겠어요."

한참을 토하고 난 다음 그는 말을 이었다.

"현대는 내 관능을 울궈내는 좋은 상대입니다. 우리말에는 각운이 따로 없어서 음악성이 부족하다고 합니다만, 그러나 우리말만큼 토속적인 것이 진하게 배어 있는 것도 없어서, 질퍽한 진흙구렁에서 얼마든지 헤맬 수 있고, 정신의 그것陰莖이 흥건한 어절語節의 분비액에 휩싸여 만족할 수도 있습니다. 현대의 이데올로기, 전쟁 위협, 시장 학문, 자본 귀족, 관료 횡포, 매판 원조, 중우창성衆愚昌盛과 같은 조잡하고 몰취미한 것들도 내게는 자기네의 백치미를 한껏 호소한답니다."

말을 하면서도 그는 계속해서 땅바닥에 물고기 그림을 그렸다. 카타콤의 벽에 그려져 있는, 뼈만 남은 물고기들을…. 그리고는 구둣발로 그 그림들을 짓뭉개며 한숨 쉬듯 말했다.

"자연은 돌아갈 만한 곳이 못 됩니다. 또 이제는 우리를 받아 주지도 않을뿐더러, 자연과학이 베풀어 주는 이점利點만 한 희열을 가지고 있지도 않습니다. 물론 이건 우리한테 달린 문제입니다만, 인간이 자연상태에 있다고 믿었을 때에도 자연은 의인화되었을 뿐입니다. 물활론物活論과 합리성은 정신의 양극단입니다. 양자의 화해는 우리 세대에게는 요원한 문제입니다. 그러므로 분쟁기를 사는 우리로서는 다른 세대의 우리를 가설假說하여 주어진 생을 공정하게 살아갈 필요가 있습니다. 우리는 우리의 이세로서 지금 행복의 노래를 불러야 합니다."

우스꽝스럽기 짝이 없는 그의 노래가 계속되자, 술래잡기하던 어린아이들이 모여들었다. 원숭이 구경하러 온 아이들이 그의 눈에는 열두 제자로 비쳤는지 모른다. 그가 손을 잡으려 가까이 다가가면 아이들은 겁을 집어먹고 저만치 달아났다가 되돌아오곤 했다. 그는 껄껄 웃었다.

"나의 독수리들아, 무엇을 의심하는가!"

웬만큼 취기가 가셨을 때 우리는 다시 걷기 시작했다.

"나는 아이들을 사랑하지 않습니다. 그들이 순수하다고 말하지만 적나라할 뿐입니다. 유년시절부터 나는 아이들의 내부에서 충분히 자라날 악덕과 증오의 씨앗들을 찾아왔고, 아이들의 그러한 소질 때문에 많은 괴로움을 겪어 왔습니다. 그들의 학교는 인간 죄의 박물관입니다. 아이들에게 사랑을 주되 믿음을 주지 마십시오. 쉽사리 형의 순수성 속에 독버섯처럼 기생할 것입니다."

"순수란 더럽혀지지 않은 상태를 말하는데, 어른들보다는 아이들이 결백하지 않을까?"

"동감입니다. 내 말의 제국주의적인 영토를 훨씬 축소할 필요가 있습니다. 그러나 우리들의 습관적인 망상을 털어 버리기 위해서는 액면 그대로 받아들일 수도 있습니다. 좀 빗나간 얘기입니다만, 일전에 효창공원에 갔다가 '이 아이는 귀족의 후예다!'라고 할 만한 녀석을 보았습니다. 건강한 신체, 붉은 빰, 맑은 목소리, 깊은 눈, 날렵한 움직임, 깨끗한 옷맵시, 절도있는 힘, 명쾌한 웃음, 높게 뻗은 코, 짙은 눈썹, 탄력있는 입술…. 그

애가 전나무처럼 팔을 높이 치켜들었을 때 관목 주위에 있던 아이들이 환호했습니다. 태생은 속일 수가 없어서 후천적인 모작模作은 불쾌감을 일으킬 따름입니다. 고결함은 숙련과는 다른 것이어서 속인들의 감나무 위 높은 곳에 까치집을 칩니다. 아름다움과 추함을 하나로 포착하는 상징주의자들 역시 중우정치衆愚政治의 소산일지 모릅니다. 아, 이렇게 말하는 편이 좋겠군요. 상징주의자들은 현대의 지옥을 헤매며 전생에서 보았던 순결과 고귀함을 추억하는 미네쟁거의 부류는 아닐까요. 제 몸에는 없는 가인佳人을 찾아 유랑하는 자들의 이름이 오래 남을 리야 없지요."

그리고는 무언가 재미있는 것을 생각해냈다는 듯이 신이 나서 말을 이었다.

"여섯 살 난 조카아이에게 연애가 무엇인지 아느냐고 물었더니, 한참 고개를 갸우뚱거리며 궁리하고는 '연 날리는 것'이라 대답했어요. 오늘날 남자와 여자는 서로 팔을 감고 살갗을 맞비빕니다만, 목 쉰 영혼의 소리는 너무도 멀리 떨어져 있어서 서로 안부를 묻지 못합니다. 그러나 연날리기란 전시戰時와 다름없는 권태의 나라에서 진지한 연애를 하려는 것입니다. 아이는 연애가 무엇인지 몰랐지만 어음語音의 유사성을 쉽게 이용해, 나로서는 눈치도 채지 못했던 실질實質을 알려 주었습니다. 또한 단순한 어법이 가져오는 기쁨을 그 아이가 알아차리지 못하는 것은 시장의 화재통에 고아가 되어 버린 지바고의 어린 딸을 연상케 합니다. 어떻든 현재천국現在天國의 신앙을 가지려는 사람들은 연애를 '연날리기'로 구상화하는 천진난만한 발상법을 체득해야 생의 운율을 파악할 수 있을 것입니다. 어린 시절로 굳이 돌아가려는 자들에게 조금의 은혜는 주어지겠지만, 유치함과 적나라함 속에 사뭇 퇴화해서는 안 된다는 것 역시 지상낙원의 조건입니다. 나는 상징주의자들과는 반대 방향으로 길을 재촉하다가 서로 맞부딪친 적이 있습니다."

오직 문제되는 것은 생이었다. 시와 철학, 역사 등은 생의 번화가를 주름잡으며 활보하기 위한 의상衣裳 같은 것에 불과했다. 그는 독생자의 신앙이 움직여 놓은 해발 169센티미터의 산이었다. 헤어지기 직전 그가 내게 했던 말은 아직도 귀에 생생하다.

"어릴 때는 문체 때문에 고민해 본 일이 없었어요. 아이들은 토씨 때문에 괴로움을 당하지는 않아요. 한 번 쓴 글을 고치는 건 개가改嫁하는 거나 마찬가지였지요. 요즈음 내 문장의 접속사들은 자동차 브레이크 밟는 소리, 쥐 울음소리 같은 구역질나는 소음을 냅니다. 괴로워요. 사실 나의 광기와 퉁명스러움은 바로 그 때문이에요."

1972년 11월 7일

두 사람의 돈을 합치니까 250원이었다. 동시상영하는 극장에 갈 수 있는 돈이었다. 까치 담배 두 개를 사서 피워 물었다. 그는 나에게 말했다.

"언젠가 하루 저녁에 영화 다섯 편을 본 적이 있었어요. 작년 여름은 칸영화제에 간 느낌이었어요. 꿈속에서 제 짝을 잊어먹은 주인공들이 필름을 건너다니며 연애했어요. 엉클어진 찔레나무에 그들의 손이 찔려 흰 피를 흘렸지요. 클라이맥스 때는 당황하는 그들이 담록색 이파리 땀을 흘렸어요. 영화와 영화가 정사하는 모습을 촬영하는 재미란! 덕분에, 이 바지에 난 구멍을 보세요. 영화가 끝난 다음, 담배를 피우지 않으면 스토리가 체하는(먹은 것이 얹히는) 까닭에 피우다 남은 꽁초를 주머니 속에 넣어 두었더랬지요. 속옷이 탈 때까지 몰랐어요. 비 오는 듯한 자막字幕이, 자막의 밀어密語가 청바지에 구멍을 뚫고 들어가 속옷이 달아오를 때까지, 내 살이 만족을 느끼지 못한 채 안절부절못한 게지요. 덕분에 내 살에는 작은 숨통이 트인 셈이지요."

종로 5가 육교를 건너 내려섰을 때, 사십대의 말쑥한 몸집의 남자가 우리에게 다가왔다.

"말씀 좀 묻겠습니다. 청주에서 일자리를 구하러 서울에 온 지 닷새째인데, 이곳저곳 공사판을 다녀 봤지만 아무 데서도 써 주질 않습니다. 배가 고파 죽을 지경입니다. 막국수 한 그릇이라도 때웠으면 해서…. 젊은네, 이거 내 사람 도리가 아닙니다."

우리는 다소 미안한 표정을 한 채, 때 묻은 눈을 깜박이며 거절의 뜻을 비쳤다. 백여 미터 가까이 말없이 걷던 그가 수그렸던 고개를 내 쪽으로 젖혔다.

"형, 아무래도 그 사람 말이 내 지옥이에요. 이 돈 줘 버려도 되지요?"

느닷없는 그의 말에 나는 아연실색했다. 그는 나의 대답을 기다리지 않고 오던 길을 도로 뛰어갔다. 그 사내와 도덕심의 셈을 치르러 간 것일까. 잠시 후 돌아온 그는 나에게 말했다.

"그 작자가 배고프다고 한 건 상투적인 사취詐取인 게 뻔하듯이, 배고픔을 갚아 주는 나의 날라리 동정도 불량성이 농후한 사취입니다. 오히려 단수가 높은, 극적인 수법입니다. 오늘은 제가 졌습니다. 뛰어갔더니 그 작자는 벌써 다른 놈을 물었는지 보이지 않더군요. 주님의 동정이 아닌 이상 눈은 눈으로 갚습니다. 그래서 모든 꽃들이 꽃으로 갚게, 나의 생은 착한 배심원이 되어야겠습니다."

극장에 가려던 계획을 만장일치로 포기했다. 우리는 230원을 숨겨 두고 밤 열한 시까지 술을 마셨다. 230원을 제외한 외상이 우리들의 함지咸池, 가난한 서울을 취하게 했다. 우리는 안주 없이 소주 여러 병을 땄다. 그는 벌겋게 취한 눈으로 핏대를 세웠다.

"가난한 시대는 자기들의 고전을 다른 시대, 다른 지역에서 찾습니다. 그 시대는 고전의 개념, 고전성이라는 잔인한 채찍으로 자신을 학대합니다. 보다 완전한 시대, 완전하다고 믿을 수 있는 시대가 있었다면 자신이 남에게 폐를 끼치지 않나 하고 염려하는, 그러면서도 실속은 다 차리는 우리 시대와 같은 것은 아닐 겁니다. 구차한 죄의식과 은밀히 학대한 이기심, 눈요깃거리의 가난은 난숙한 시대가 알지 못했던, 알 수도 없었던 우리들의 부동산입니다. 나의 고전은 비루하고 추악한 우리 시대입니다."

술집을 나선 후에도 230원이 남았다. 황달 걸린 서울이 우리에게 구걸했다. 철문이 닫힌 약방 앞에 용설란 화분 하나가 주인의 상혼商魂을 피해 놓여 있었다. 그는 그것을 잽싸게 끌어안고 버스에 올라탔다. 서울의 정치가들이 따라오며 고함을 질렀다.

1972년 12월 21일

첫눈 오던 날, 서대문형무소 뒤의 목조 집, 그의 여동생이 문을 따 주었다. '장지문이 삐걱거릴 때마다 천사의 날갯죽지가 찢긴다'던 그의 툇마루방, 집안 어디선가 감자 타는 냄새가 새어 나왔다. 그는 빙점을 유지한 비닐장판 위에 나를 앉혔다. 발을 닦고 오겠다며 나가던 세례요한, 그의 서가 위에는 예수의 두 얼굴이 담소하고 있었다. 어쩌면 그의 냉혈전선冷血電線 위에 앉은 두 마리의 참새, 그 하나는 천국을 모르는 우리에게 부활한 밀사. 자신이 우리의 구속자救贖者였음을 분명히 하려는 듯, 못의 상처가 아물지 않은 손을 들어 우리들의 더러운 의심을 최면하는 반투명의 전신상이었다. 다른 하나는 손바닥 크기의 채색 가시관 예수였다. 그는 잠옷 차림으로 돌아왔다.

"그림을 보시는군요. 이것들은 부패해 가는 물고기, 허무의 물결을 거슬러 오르려 하나 여전히 원점에 남고 마는 고대의 물고기 화석입니다. 보세요, 재생한 성자聖者 쪽이 더 무섭게 보입니다. 이 눈의 요동치는 상어 이빨은 전혀 생소하고, 인간적인 소박함과 유연함은 보이지 않습니다. 그리고 지느러미 옷을 보세요, 사해死海의 물보라에서 방금 끄집어낸 게 아닙니까. 헤엄치는 어족魚族이 아닌, 어쩌면 적자생존에서 낙오된 열등한 종족의 표본입니다. 모순율의 근거는 '느낌'에 있다는 말이 실감이 갈 정도로, 나는 이 그림이 두렵습니다. 이제 좀 더 재미있는 걸 보여 드리지요."

그는 책상의 맨 아래 서랍을 열었다. 누렇게 변색한 옛 서책들이 이십여 권 차곡차곡 쌓여 있었다.

"제 고조부로부터 그 위 삼대는 지방 유림장儒林長을 지냈습니다. 이건 다 그분들의 유문遺文입니다. 몇 해 전에 고향에 갔다가 내 손으로 꾸려 온 것들이지요. 그분들의 문장이 얼마나 뛰어났었는지 나의 능력으로 판단할 수 없지만, 상당한 품격과 학덕을 지녔다는 말이 전해져 왔습니다. 지금은 이 책들이 내게만 의미 있습니다. 바꾸어 말하면 그분들은 '나'라는 후손 때문에 여태 살아 있습니다. 유감스럽게도 변변치 못한 나를 통해 책이 박수갈채 없이, 현세現世의 옆에 나란히, 고결하게 아직 살아 있다는 사실은 엄청난 교훈이 됩니다. 나의 못난 글재주도 무명無名인 그분들의 잔뿌리일 거라는 확신이, 많은 낭패감으로부터 나를 지켜 주었습니다. 지금의 내가 유별난 존재가 아니고 그분들의 핏줄을 잇는 또 하나의 실핏줄이라는 생각이 옳든 그르든, 그러한 생각으로부터 나의 전통이 유래합니다. 실제로 그 명백한 전통으로 인하여 문란하고 충동적인 나의 청춘의 실속이 가감승제되었습니다. 뿐만 아니라, 「공무도하가」나 「찬기파랑가」 같은 고대의 노래들도 이 책과 전혀 다를 바 없는 생생한 전통입니다. 이것들이 내 어리석음의 담보물이며, 청춘의 투기 속에서 건져낸, 누추하지만 더 애착이 가는 내 오두막집입니다."

저녁을 들고 가라는 그의 어머니의 간곡한 만류를 받아들이지 않고 자리에서 일어섰을 때는 어둑어둑해 가는 저녁 마당에 발이 빠질 정도로 눈이 쌓였다. 예순 고개에 접어드는 그의 아버지가 마당의 눈을 쓸어내고 있었다. 얼마 후면 등장해야 할 어둠의 한 떼가 청백색 연미복을 갈아입느라 법석을 떨고, 대추야자와 향료를 가득 실은 나귀를 몰며, 허리 굽은 그의 아버지 목덜미 위로 내리는 동방東方의 눈, 눈, 함박 눈송이!

1972년 12월 29일

그와 함께 만원 버스를 타게 되었다. 문 옆에서 밀고 밀리느니 뒤쪽 덜 비좁은 데로 가자고 하였으나, 그는 귀밑을 빨갛게 달구며 야릇한 표정을 지었다. 그는 온 힘을 주어 율동적인 피곤함의 물결에 헌신하며 떠내려가려는 듯, 옆 사람의 발에 밟혀 한껏 밀렸다가 다시 일어서는 가난한 유희에 몰두하고 있었다. 아귀다툼하는 패랭이꽃들의 신음, 그때 우리는 시간이 없었다. 너무 많은 시간이 남아돌아 갔다. 강한 바람 때문에 창문은 잠겨 있었고, 손을 뻗어도 손잡이는 잡히지 않았다. 잠시 후 버스의 끈적끈적한 추파에서 몸을 빼쳐 나와 흙을 밟으며 그는 말했다.

"많은 잘못 그어진 선線들이 나를 유혹합니다. 여자의 몸매를 따라가는 완만한 눈의 흐름은 최단거리가 아닙니다. 나는 그 선, 선을 유도하는 미지의 피부를 침범할 마음이 들지 않습니다. 군침을 돋우는, 살구즙이 흐르는, 오래 목욕하지 않은 여자의 개울바닥, 여러 실뭉치의 선들이 흐트러져 그곳을 지나가며 옵니다. 그곳에 내 교회를 세우더라도 음란하지 않을 겁니다. 그리고 여자의 배꼽이 있는 부분에 내 배꼽이 뚫리고 완곡한 젖무덤의 말이 직접 내 가슴에 닿을 때, 손을 쓰지 않고서도 정묘

한 중량의 두부를 받아 올립니다. 그때 처녀막에서 울부짖던 늑대들이 달아납니다. 여자가 두 다리로 내 모가지를 감고 지참금 같은 용암을 쏟을 때, 낙원에서 헤엄쳐 나오는 양서동물兩棲動物 예수가 보입니다. 참으로 복잡한 서울은 욕망의 기선이 오르는 소강지점溯江地點입니다. 나와 예수의 완충지대에서 비속한 산악 부족들이 음란하고 아름다운 처녀들을 갈기갈기 찢어 죽입니다."

그리고 그는 상기된 표정을 가라앉히며 말을 이었다.

"여자는 눈사탕, 초등학교 방학책에 나오는 눈의 입자, 혹은 잊혀진 노래의 마지막 구절, 죽을 때 받는 용서, 잘생긴 남자의 프로필, 망각한 의욕, 북아프리카 토인들의 진흙조각, 얼어붙은 떡잎, 보온밥통 회사, 썩어 버린 모과나무, 형광분필, 죽은 산토끼의 음부… 그런 것입니다. 썩은 잇몸이 입술을 뱉어내는 고독한 사람들의 나라에서 여자의 가슴은 스핑크스처럼 나타납니다, 모든 미사여구를 떨쳐 버리고…. 눈시울만 찡긋해도 익어 터지는 가슴에 '바보 이반'이 살고 있어요. 나는 어리석음으로 빚은 감주를 마시는 왕자예요."

그의 장광설을 가로막으며, 나는 언젠가 그와 함께 만났던 혜주惠珠라는 여학생에 대해 물어보았다. 같은 과 이 년 위인 그녀에게 그는 언제나 말을 놓고 지냈다.

"나는 여자에게 말 낮추기를 잘합니다. 반말을 받지 않으면 여자는 금수강산이 되어서 어쩔 줄을 모르게 만듭니다. 아예 모든 손아래 여자들을 '누나'로 만드는 방법도 있습니다. 열전熱戰을 예비하는 남자, 그에게 힘이 없기 때문일까요? 여자는 내가 읽어내야 할 문학, 끝까지 써 버려야 할 지우개입니다. 하지만 여자 쪽에서 볼 때 나의 이러한 집념은 이단입니다. 그들에게는 기교와 안락사가 더 문제입니다. 그걸 잘 알고 있기 때문에 나는 돌진하지 않습니다. 대부분의 여자들이 바라는 바입니다."

1973년 3월 3일

다시 술집 '해심'에서. 근래 그에게 무슨 일이 있었던가, 그는 무척 의기소침해 있었다. 내가 주는 술잔을 옆으로 밀치며 그는 독백처럼 중얼거렸다.

"사람이 X 없이 살 수 있나요? 사람이 어떻게, 어떻게…." 그는 늘 시를 X라 했다. 무엇이 그리 쑥스러웠을까. 노기등등하던 그의 앉음새는 허물어져 갔다. X라니? X라니? 어째서 그가 유약해졌는가. 그의 허리를 껴안고 부질없이 건넨 몇 마디 위로의 말이 도리어 그가 자리를 박차고 나가게 만들었다. 술이 깼다. '세상은 밝아 오고…' 유행가의 한 소절이 벽 위에 걸린 메릴린 먼로의 풍만한 가슴 위로 어른거리다가 소음 속에 묻혀 버렸다. 얼마나 시간이 흘렀을까. 그는 점퍼에 흙칠을 한 채 돌아와 앉았다. 몸을 떨었다. 토했던 것일까?

"주인공들, 책 속의 쾌남아들과는 악수해야 할 때가 온 것 같습니다. 주인공들, 이야깃거리를 다 써먹은 작가 주인공들과도 헤어져야겠습니다. 그들이 사모하는 수로부인水路夫人 때문에 놓친 쇠고삐를 다시 잡으러 가야겠습니다. 주인공들이 즐겨 신던 때 묻은 흰 고무신, 캉캉구두와도 다름없는 사치는 이제 혐오감을 일으킵니다. 추악한 것, 그것도 호화판입니다. 취미에 안 맞습니다. 나는 삼시 먹을 여물을, 그것도 여물만을 먹으러 입대합니다. 땅이 나를 잃어버릴 테지요. 나는 항해하는 선박들을 집어삼킬 겁니다. 아하, X 없이 내가 살 수 있기를 기도해 주세요."

그해 사월 그는 남쪽 항구도시로 떠났다. 나는 그를 배웅하지 않았다. 입대한 지 달포 후, 그에게서 엽서가 왔다. 지옥에서 보낸 에우리디케의 편지. 그것은 그가 미처 살아내지 못한 젊음에 대한 회오悔悟와 독설로 가득 차 있었다. 해가 바뀌고 그가 휴가 나왔다는 소리도 들렸지만, 내게는 찾아오지 않았다. 나를 만나는 것이 자기가 파괴한 기적奇跡과 유적遺跡을 다시 보는 듯 두려웠기 때문일까. 그를, 잊어 가고 있었다.

1976년 4월 17일

만 삼 년 만에 그를 다시 만났다. 내가 다니는 직장으로 연락이 왔다. 감격과 망설임이 마주 앉은 우리에게 햇살 무늬를 이루며 다가왔다. 군대 얘기를 물으면 그는 말끝을 돌리거나 무관심한 안색을 했다. 망각해 버린 무無. 그를 괴롭히고 싶지 않았다. 근래 혼자서 가까운 산에 다니는 재미를 붙였다면서, 그는 다음 달에 같이 가 보는 게 어떻겠느냐고 했다. 내가 확답을 하기도 전에 그는 자못 세심한 주의를 기울여 계획을 세웠다. 그의 눈은 상갓집의 큰아들처럼 무겁게 떨렸다. 그날 저녁 우리는 영원히 헤어졌다. 우리가 등산을 떠나기로 약속한 4월 25일 때 아닌 폭우가 쏟아졌고, 그는 다음 달쯤 다시 날짜를 잡아 보자고 나의 집에 전화했다. 그 후 나는 누이의 아들이 뇌막염으로 입원하는 통에 경황이 없었다. 조카가 죽은 지 달포 후 나는 그가 보내온 제법 두툼한 소포 하나를 받았다. 그 속에는 휘갈겨 쓴 편지 한 장과, 지난번 그가 손에 들고 있던 갈색 수첩에서 찢어낸 것으로 보이는 노트장들이 묶여 있었다.

S형에게

그간 별고 없으신지요. 지난 토요일 종로 '희' 다방에 들렀다가 형이 앉아 계신 것을 보았지만, 폐가 될 듯해서 인사드리지 않았습니다. 다름 아니옵고 근자에 메모해 놓은 것들을 형에게 맡겼으면 해서요. 이제 제게는 그것들이 아무 소용이 없게 되었어요. 제가 쓴 글, 제가 가졌던 생각들로부터 이제는 자유롭고 싶습니다. 제가 굳이 형을 붙잡고서 누를 끼치려 하는 것은 어느 누구보다 형이 '사람' 되기를 원하는 분이라고 생각했기 때문입니다. 이때 '사람'이란 '삶'을 사랑하는 사람입니다. '사람'은 '삶'이 되어야 합니다.

저는 제 일생만큼의 시한폭약의 문제를 안고 있는데, 그것은 생에 정면으로 직진하는 일이며, 망설임과 감상성조차 속도를 지니는 힘든 싸움의 한 형식입니다. 저는 스물다섯의 나이로 무학無學과 무명無名이기를, 아니 익명匿名과 실명失名이기를 각오한, 상식에 대한 직업적인 이단자가 되었습니다. 이단자가 된다는 것은 순간순간 느낄 수 있는 허무감이나 피로감을 치명적인 절망감으로까지 확대하는 자기살해의 과정입니다. 전통과 상식에 대한 이단과 생에 대한 철면피한 도전은 저를 '저' 자신의 도제徒弟로 만들게 되었습니다.

깨달음과 구원은 비명횡사나 객사와 같은 쓰거운 유혹이고, 그 유혹에 지는 결과 육체의 쾌락을 정신화하지 못하면, 삶은 레테의 물을 건너 돌아오지 못하며, '보는 것'은 '사는 것' 품속에 안기지 못합니다. 그러므로 언제나 생의 문제를 문제 그대로 순수하게 유지하는 작업이 지금 우리가 이행해야 할 의무라고 생각됩니다. 우리가 곰팡이 슨 미풍美風과, 책 속에서 염불하는 공식과, 녹슬어 있는 상투어법으로부터 뛰쳐나올 때, 부패해 가는 삶의 근원적인 '힘'은 비로소 부활할 수 있을 것입니다.

형이 저의 필적을 어렵게 읽어 주시는 것은 제가 얼마나 억세고 날렵하게 지금, 이곳에서의 삶을 살았는가라는 '죽음'의 물음에 보증을 서 주시는 일이 됩니다. 이제 피 흐르는 저의 나신裸身을 형에게 맡기고, 형이 저의 환부 이곳저곳을 관찰하는 모습을 생의 수풀 뒤켠에서 지켜보겠습니다. 내내 안녕히 계십시오.

1976년 7월 29일 천재영千在英

하란시편

별

1

어두운 하늘에 여러 밤 비가 내렸다. 별은 더 멀어서 과거로 헤엄쳐 갔다. 고개 숙이면 들을 수 있다, 나의 시詩가 보채는 소리……. 내 가난한 일용의 수저에 묻은 정액, 황홀한 한 구절의 생명을 흘리게 당신의 자궁을 빌려 다오.

2

별은 과거의 요도尿道에 번식한다. 나는 별의 임균淋菌을 앓지만 소문이 나면 싫어! 밤은 화류병을 앓기에 좋지. 삼나무는 신체의 본질을 일깨워 주고 흥분을 앓기 위해선 일찍 자고 일찍 일어나기…… 남자인 내 몸에서 여러 마리 사내애와 계집애가 태어날 것이다.

버스를 타고

1

누나, 아직 가지에 매달려 움직이지 않는 죽은 떡갈나무 잎을 기억하세요. 버스 안에서 손잡이를 잡은 모든 손들이 그러합니다. 수레바퀴 위에서나, 아래서나 남자들은 소멸해 가고 있습니다. 누나, 그들에게서 남자를 불러내세요. 그들을 각기 자기 산

위에 올라서게 하세요.

2

누나는 노량진쯤에서 하차했어요. 나는 더 타고 가면서 창밖
으로 가래침을 뱉겠습니다. 가서 개나리꽃을 꼭 보겠어요. 가서
마이클 잭슨의 벤과 피부과 의_醫 고트프리트 벤을 만나 기념촬
영하겠어요.

귀향

어제는 많이 걸었어. 머릿속에서 새가 점을 쳤어. 불길한 것
들이 고궁 안으로 떨어졌어. 많이 걸었어. 바이킹들이 혀 밑에
서 노를 젓고 길바닥에서 종소리가 났어. 부스러기 비가 왔어.
관념의 녹물이 떨어졌어. 남들이 보고 웃기에 선술집으로 뛰어
들어갔어. 오락기에 동전을 넣고 총싸움을 했어. 신이 부상했
어. 술집 여급들이 비명을 질렀어. 다시 걸었어. 모래밭 가슴의
도시, 내 영혼이 달려 나가 헤엄쳤어. 많이 걸었어. 버스 정류장
앞에서 아브라함을 만났어. 아들과 함께 산에 갔다 오는 길이라
고⋯⋯. 우리 집 안부를 물었어. 문득 아버지가 보고 싶었어. 버
스를 잡아탔어. 하란으로 돌아가야지. 가서, 담배 한 갑 사고 남
은 돈으로 동굴 하나 사서 내 청춘을 장사 지내야지.

흑인 올훼

그러나 그녀는 삼 년 전부터 명부冥府의 왕 플루토의 시첩이 되지 않았던가. 그녀가 남기고 간 풀밭에서 싸리순을 뜯어 먹던 붉은 말이 운다. 정오였다. 빛의 신이여, 나를 낙태하소서. 내 신체가 망각의 강을 건너가게 하소서. 울부짖는 개들이 내 발굽을 뜯어 먹게 하소서. 장려한 지옥을 보지 못하는 내 눈을 뽑아 물고기에게 주소서. 내 부르던 노래가 문둥병으로 문드러지게 하소서. 그러나 그녀의 별궁까지만 기어가서, 남은 몸이 부패하게 하소서. 그녀의 하인이 나를 치우게 하소서.

오월의 시

1

나는 수많은 여자들에게 줄을 치는 황금거미, 별빛과 꿈속에서만 보이는 줄을 걸고 위험한 놀이를 서슴지 않네. 환상의 강물로 떠내려가는 여자여, 나의 전답을 관개灌漑해 다오. 비 오는 날 축축한 사랑의 잔디를 밟으며 노래해 다오.

2

오월은 무색무취의 알코올, 나는 신열身熱 속에서 벌거벗고 춤추었습니다. 벚꽃이 바람에 날려 도시를 점묘할 때, 벚나무 어둡고 깊은 잎새 속에서 관능의 사냥개들이 울부짖을 때, 나는 외항外港에서 라이프 자켓 없이 헤엄쳤습니다. 그래서 성년이 되었습니다. 이제 배꼽춤을 추럽니다.

3

　나를 만개한 수국꽃의 신방新房에 숨겨 주소서. 그대 가슴으로
멀리 걸어온 내 발을 감싸 주소서. 섶이 긴 내 눈을 그대 눈으로
감겨 주소서. 내 손을 그대 허벅지에 가져가게 하소서. 내가 살
肉의 풀밭에 엎어지려 합니다. 내가 흙을 토하며 거듭 먹으려 합
니다. 모든 관절이 딸기처럼 익어 터지려 합니다. 엉클어진 또
아리가 시詩를 감고 올라 불타려 합니다. 내가 죽음의 망초꽃을
흔들려 합니다. 내가 천국문을 걸어 잠그려 합니다. 이승의 시
간이 우리에게 몰약沒藥을 가져오려 하기에……. 어서 물고기 피
의 땀을 내 등에 쏟으세요. 외로움이 견디기 어렵습니다. 어서
알코올의 불붙는 말을 땅에 흘리세요. 내 외로움의 거품이 꺼져
가고 있습니다. 어서 하늘의 붙박이 별들을 떨어지게 하세요.
내 영혼이 그 열매가 되려 합니다. 자, 어서 타오르는 카바이트
불에 입술을 태우고 아름다운 유언을 발음하세요. 나는 그대의
일생과 잔주름과 검버섯까지 정통精通하럽니다.

아브라함을 위하여

1

　햇빛이 닿지 않는 기슭은 순결하였습니다. 충분히 즐기지 않
았던 고독, 몸의 기슭의 눈은 신神이 치는 양떼입니다. 가죽털을
내게 주소서, 몸이 시리나이다. 눈 녹지 않은 채 찾아올 죽음,

내 가슴이 깨끗합니다. 새 깃털처럼 내 영혼을 애무하는 죽음, 내 부르튼 다리를 눈 속에 묻어 주소서. 내가 오래 따뜻하겠나이다.

2

눈이 멎었습니다. 영혼의 식사를 끝냈습니다. 번제燔祭할 양이 어디 있는지 모르겠습니다. 비단길 안개가 나를 지나갑니다. 딸기를 먹고 애를 배고 싶어요. 땀 흘리며 울부짖고 싶어요. 듣지 못했으며 보지 못했던 것들을 산봉우리 위에서 추억하며, 죽은 눈초리를 파내 갈대뿌리 밑에 이장移葬합니다. 영혼의 산맥이 크게 떨립니다. 건조한 공기를 먹고 한없이 풍화하는 나의 왕국, 한 남자의 굵고 서운한 목소리가 산중을 헤매다 벼랑 아래로 떨어집니다.

3

아버지시여, 풀밭을 주소서, 내가 눕겠나이다. 내 나귀도 누우려 합니다. 내가 누워서 엎어진 채로 풍화하겠나이다. 북방 어두운 곳에 시선視線을 감추도록 잡초들을 더 키워 주소서. 굳게 오므린 내 손가락들을 당신 손으로 펴 주소서. 내 깨끗한 피가 흙으로 지나가려 합니다. 아버지시여, 더욱 풀밭을 부드럽게 하여 주소서.

대화편

1

(그날 밤 충격적인 사건이 있은 후, 처용處容은 그가 드나드는 술집에서 자주 귀신을 발견하게 된다. 귀신은 처용을 사귀고 싶어서인지 혹은 손아귀에 넣고 싶어서인지, 그 술집을 사들인다. 어느 날 술집에서의 대화.)

귀신 자네는 우리가 병들어 있다고 생각하지 않나? 나는 자네 부인과 동침한 후에도 자네에게 미안하지 않고, 자네는 뻔뻔스러운 나를 죽이려 하지도 않으니 말이야.

처용 자네는 내 약점을 건드리는군. 그렇지만 그 약점이 결코 병이라고는 할 수 없어. 사람 몸에서 모가지가 가장 약한 부분이듯이, 누구에게나 약점은 있지. 자네는 그 부분이 병들었다고 말함으로써, 자신의 병을 갖게 된 거야.

귀신 지독히 비겁한 사람이야, 자네는. 자기 주위에서 일어나는 일을 남의 일처럼 생각해 버릴 뿐만 아니라, 자신 속에서 일어나는 일조차 제삼자의 위치에서 관찰하려 드는군. 어떻게 자네 자신에 대해서 자네가 제삼자가 될 수 있나? 자네는 그걸 자랑이라고 하나?

처용 자랑이랄 것까지는 없지. 내가 말하고 싶은 것은 내가 그렇게 되었다는 것뿐이야. 그리고, 다소 과격한 얘기가 될지 몰라도, 제삼자가 되지 않으면 자네처럼 병들어 버리고, 자네나 나를 만들어낸 그야말로 제삼자인 존재에게로 다가갈 수 없지.

귀신 자네는 자기모순에 빠져 버리니까 관념 속에서 자네에게 박수를 보내 줄 제삼의 존재를 만들어내는군. 냉철하다고 자부하는 자네가 그런 식의 논리를 만들어내는 걸 보면, 자네도 다분히 나와 같은 기질이 있어. 자네도 일종의 귀신이라고 할 수밖에….

처용 자네가 자기 바깥에 서지 못하니까 제삼의 존재를 긍정하지 못하는 거야. 그래서 자네가 병과 악의 우두머리가 되는 거지. 아까 자네는 나뿐 아니라 자네도 병들어 있다고 했지. 자기가 병들어 있으면 남들까지도 자기 병 속으로 끌고 들어가고 싶은 게 자기 속에 갇힌 자들의 논리지. 그러니까 이 세계에 궁극적인 제삼자가 남아 있을 수가 없게 되는 거야. 자네는 자기의 역할이라고 믿는 아주 단순한 행동을 반복하고 있어.

귀신 어떻게 그게 반복이야? 내 정신은 자유롭고, 무엇이든지 유혹할 수 있고, 즐길 수 있고, 또 내 육체가 거기에 좇아 충실히 움직이는데….

처용 똑같은 말이 반복되는군. 그것 봐, 자네는 자신의 정신으로서는 알아차릴 수 없는, 그렇지만 매우 단순한 회로를 맴돌고 있을 뿐이야. 그러니 자네가 그 회로를 계속 왕복하도록 만든 제삼자가 존재한다는 걸 모르고, 또 알 필요도 없지.

귀신 그럼 자네의 정신은 육체의 죽음 다음에 어디에서 떠돌고, 결국 무엇이 될 건가 생각해 봤나? 내 말은….

처용 아, 알겠어. 자네는 육체로 정신을 공격하려 드는 거지. 이제 자네 내부에서도 슬슬 싸움이 시작되는가 보군.

귀신 무슨 소리를 하는 거야? 나는 육체로써 온전히 정신을 감싸들이려 하는 것뿐이야. 자네의 그 거세당한 정신이 우리의 온전한 사고까지 망치려 들기 때문이지.

처용 육체는 무엇을 감싸들이는 게 아니야. 자네가 육체로써 정신을 감쌌다면, 그 육체도 정신의 하수인일 따름이지. 왜 자네는 정신의 잉여를 긍정해 주지 않나? 일을 그르치려고 하지 말게. 어차피 자네도 나와 같이 육체 바깥에서 담론하고 있는 것 아니겠어?

귀신 어허, 냉철하다던 자네조차 이제 완전히 상반된 말을 하는군. 아까 자네는 내가 무엇 '속'에 들어 있는 존재라더니, 이제 와선 나까지 자네 편에 끼워 넣어 무엇 '밖'에 있을 수밖에 없다고 하는군.

처용 그건 그렇게 어렵게 생각할 것 없네. 자네가 어떻든 하나의 신념을 가지고 있다고 말하면 끝나는 거야. 즉 육체 회귀라는 신념이지. 그게 자네를 그 무엇의 '속'에도 '밖'에도 종횡무진 있게 하는 거야.

귀신 이보게, 문제를 좀 더 명확하게 하자구. 도대체 자네의 그 잉여정신이란 뭔가? 아니, 그것이 뭔가를 밝힐 수는 없다 해도, 그것이 어떤 식으로 자네를 유도하고, 어떤 분위기에서 자네가 사고하도록 만드는가? 요컨대 그것이 바라는 바가 뭐야?

처용 내가 아는 것은 그것이 무엇을 바라는가가 아니고, 그것이 다만 '바라고 있다'는 것뿐이야. 그것은 현재의 행위들을 순간순간 무시하고 무화시키지. 그것은 강력한 전압을 가지고 나를 현재로부터 떼어내어 아득한 벼랑 위에 세워. 그때 내가 하는 행위란 그리워하는 모습을 보이는 거야. 그렇다고 해서 나를 낭만주의자로 몰아세우지는 말게. 나는 내가 그리워하는 대상이 현실 외부로 달아나는 걸 철저히 차단하고 있으니까 말이야.

귀신 골치 아픈 친구로군. 마치 인신人神처럼 행동하려고 드는데…. 아무래도 자네가 내 이름을 가져가야 되겠어. 자네는 거짓말투성이, 그리움투성이, 비겁 그 자체야. 내 이름을 맡아 주겠나, 아니면 따귀를 맞겠나?

처용 (힘없이 쓰러지면서) 내가 쓰러지는구나!

2

(어느 날 저녁, 처용은 슬리퍼를 끌면서 동네 뒷산으로 산보를 나갔다. 고개를 넘으면서 그는 혼자가 아니라는 느낌이 들었는데, 사실 그랬다. 우리가 한가롭게 자신을 살필 때면 언제나 귀신이 함께 있었으니….)

귀신 오랜만이야, 내가 자네를 잊고 있었다고 생각하지는 말게. 자네가 한가로워지기를 기다리고 있었다네. 도대체 사람들이란 자기가 혼자라는 걸 알기 전에는 자기의 무력함을 알지 못하지.

처용 자네는 일이라고는 하지 않으니, 남의 일이 끝나는 것을 기다리는 데 재미 붙인 모양이지.

귀신 내가 놀고먹는다고 너무 핀잔주지 말게. 자네의 그 알량한 지혜도 남들이 일할 때 손끝 하나 꼼짝 않고 얻을 수 있었던 것 아니야?

처용 자네는 명상과 일이 별개의 것이라고 보는데, 꼭 그렇지는 않아. 내가 명상하는 것은 내가 한 일을 정신화시키는 작업이야.

귀신 자네가 그렇게 신성하게 여기는 그 작업을 하고 싶어도 못 하는 사람들이 얼마나 많은가 생각해 본 적이 있나?

처용 나는 그런 말을 하는 자네가 무엇을 해서 먹고 사는지, 재차 이야기하고 싶지 않네. 다만….

귀신 착각하고 있는 것 같군. 이보게, 나는 악을 행하는 게 아니고, 내가 바로 악이야. 나는 동작이 아니고 상태라고. 그건 내가 택한 게 아니고 사람들이 그렇게 정해 주었어.

처용 자네는 역시 기막히게 출구를 만들어. 그것도 사람들이 무심코 한 말을 멋지게 이용해 먹으니, 자네가 영원할 수밖에….

귀신 내가 그렇다고 하면 자네들이 즐겨 찾는 선신善神도 마찬가지 아니겠어? 자네들이 유한하니까, 우리가 무한해질 수밖에 없지. 그런데 자네가 하나 착각하고 있는 것은, 나와 선신 사이에는 아무런 차이도 없다는 사실이야. 자네들이 멋대로 선악을 가르고 그것을 우리에게 적용하지만, 사실 우리가 그렇게 나뉘고 대립한다면 무한한 존재일 수 있겠어? 그러니 사기를 친다면 내가 아니라 자네들이지.

처용 우리가 자네를 무한하게 만들었다면, 어째서 선악을 가르는 일까지 할 수 없을까. 자네에게 이름을 붙여 준 것만 해도 고맙게 생각해야 돼. 이봐, 자네가 정말 무한하다면 어째서 귀신이라는 이름이 붙을 수 있느냐 말이야.

귀신 내 이름이란 순간순간 변해 가는 나에게 자네들이 붙여준 거야. 그런데 자네들이 너무 눈이 어두워 내가 변하는 것도 모르고 있거든. 그래서 언제나 내가 귀신이라는 거지. 내가 언제나 변함없는 나인 것도 자네들의 눈 어두움 덕분이지.

처용 그건 눈 어두움이 아니라, 우리가 사물을 파악하는 방식이야. 어느 정도의 불감증은 인식의 필수요건이지. 여하튼 자네는 우리 인식의 그물 속에서만 살고 있어. 그 그물이 치워지면 자네도 증발하고 말지.

귀신 그런데 자네들은 그 그물을 치워버릴 수는 없지, 아마. 왜냐하면 자네들의 삶이 바로 그물이니까, 자네들은 내 보금자리를 치움으로 해서 목숨을 잃게 돼. 요컨대 칼자루를 쥐고 있는 쪽은 나야. 원한다면 내 정체를 드러내 주지. 나는 악 그 자체도 아니고, 또 자네들을 유혹하기 위해 소일하는 가공의 존재도 아니야. 나는 우연이야. 그리고 우연이라는 말까지 우연이야. 나는 나로서밖에 설명 안 되고, 또 설명할 필요도 없어. 시간은 나를 자네들 앞에 전개시켜 주고, 자네들까지도 나의 변용에 지나지 않아.

처용 귀신치고는 꽤 답답한 존재군. 이것 보게, 오늘 밤처럼 내가 자네를 만나 주지 않으면 누가 자네를 만나 주나? 아무도 자네를 만나 주지 않는다면 자네가 어떻게 출몰하며, 또 출몰하기만 해도 위협을 주겠는가? 그 위협까지도 선신이 주는 즐거움과 마찬가지로 우리들만이 맛볼 수 있지 않나?

귀신 아하, 큰소리치시는군. 아까도 말했지만 나는 자네에게 위협을 주기 위해 이곳에 나타난 게 아니야. 내게는 무엇을 '위하여'라는 것이 존재하지 않아. 나는 그저 '있을' 뿐이야. 자네가 지금 논쟁하는 상대까지도 내 있음, 그냥 있음의 양태 가운데 하나야. 제발 나를 부정하지는 말아 주게. 그러다가는 자네 자신까지도 부정하게 될 테니까.

처용 내가 이야기 하나 해 주지. 자네도 물론 자주 가 봤겠지만, 어제 나는 곡마단에 가서 줄 타는 여자를 보았어. 그 여자가 줄 위로 올라가기 전에 인부들이 줄을 팽팽히 당겨 놓았어. 그러나 여자가 올라가자, 그 가냘픈 몸무게에도 줄이 흔들리기 시작했지. 여자가 발걸음을 옮겨 놓을 때마다, 그 한 걸음은 다른 한 걸음을 위해 줄을 팽팽히 당기는 구실을 했지. 그러다가 그 여자는 줄 위에서 막 달리기 시작했어. 그처럼 한 번의 발걸음은 다음 발걸음을 위한 근거가 되는 거야. 그처럼 우리도 삶이라는 줄타기를 하면서, 우연을 타도하는 거지.

귀신 그러다가 곤두박질하는 수도 있지. 자네가 이야기하는 건 자네들 삶의 특수한 경우야.

처용 아니야, 대체 우리 인간들의 삶의 방법이 그러하다네. 우리가 우연을 부정하는 건 아니야. 그러나 적어도 우리가 살아왔다는 사실이 우연을 길들일 수 있음을 보여 주는 것 아니겠어? 언젠가는 자네 자신이 그 줄 위에 올라가 우리에게 묘기를 보여 주어야 할 날이 올 거야.

귀신 아무렇게나 생각하게. 내가 줄타기를 하는 날엔 자네들 모두를, 그리고 이승과 저승을 몽땅 등에 업고 줄 위에서 춤출 테지. 그리고 혹시 내가 떨어진다면 자네들이 편애하는 선신의 가슴팍을 으깨어 놓고 말걸. 그만하자구. 악담가, 잘 가게.

3

(어느 친구도, 어느 사교성 좋은 신神도 그를 불러 주지 않는 일요일 오후, 처용은 방구석에 누워 뒹굴다가, 무료에 지쳐 영화와 쇼를 동시 상연하는 변두리 극장에 갔다. 마침 쇼는 막이 올랐다. 누군가 그의 어깨를 툭 쳤다. 처용은 뒤돌아보지 않고 말했다.)

처용 자네도 꽤 지루했던가 보군. 별로 반갑지 않은데….

귀신 아직까지 자네는 누군가를 만나는 일이 즐거운가 본데, 나처럼 한번 기대를 버려 봐. 그러면 자네가 평소에 알고 있던 세계가 단순히 눈을 가리는 장막에 불과하다는 걸 알게 될 거야. 그리고 그 다음에 나타날 세계도. 그 다음다음에 나타날 세계도 껍데기에 불과할 뿐, 아무런 의미도 없다는 걸 알게 될 거야. 다만 자네에게 용기와 요령이 있다면 말이야.

처용 그래서 자네는 나보다 먼저 이 극장에 와 있었군. 그런 심각한 잡담은 나중에 하자구. 저기 춤추는 여자들이나 보면서 좀 즐기는 게 어때?

귀신 나도 바라는 바야…. 그렇지만 저 춤을 보면서 자네 습관대로 의미 나부랭이를 찾으려 하진 말게. 자네가 그런 의도로 이곳에 왔다는 것을 알면, 저 여자들은 깔깔대고 웃을 걸세. 단적으로 말해 춤은 의미의 파괴야. 자네가 춤에서 의미를 찾는 건 흐르는 물을 손가락으로 잡으려는 것과 마찬가지야. 자, 보라구! 목적과 의도에서 풀려난 저 팔과 다리들이 긴장된 공간을 불사르고 있잖아. 물결처럼 이어지는 저 흐름 속에서 춤을 보아야 하네. 결코 스냅사진을 한 장 한 장 들여다보듯이 그렇게 관조하지는 말게. 자네는 구경해야 해. 단순히 구경꾼으로서! 그렇지 않다면 자네는 한순간도 현재를 살아 보지 못한 채, 끝없이 불쾌한 기억에 시달릴 거야. 이 지린내 나는 변두리 극장과 가발 쓴 늙은 무희들, 저속하기 짝이 없는 코미디언들, 앵무새 같은 삼류 가수들. 그리고 자네의 팔에, 얼굴에 달라붙는 파리 떼들—참 멋진 추억의 소도구들이지. 자네가 아무리 결백하게 살려 해도, 이 불쾌한 기억들이 파리떼처럼 날아와 자네의 뇌수에 알을 깔 거야.

처용 그런 충고는 필요 없네. 자네는 내가 의미 나부랭이나 찾는다고 하지만, 우리가 파악하는 것이 의미로밖에 남을 수 없는 것이라면, 나로서도 어쩔 도리가 없지 않은가. 나는 내가 하지 못하는 일을 할 수 있다고 자부하지는 않겠네. 내가 할 수 있는 최대의 것은 내가 할 수 있는 일들이 별 볼 일 없다는 것을 확인하는 것뿐이야. 비록 내가 찾은 것들이 토끼똥처럼 동글동글하고 무미건조한 의미 나부랭이라 할지라도, 적어도 나는 '그것이 그렇다'는 사실만은 알고 있단 말이야. 결국 나는 의미를 통해서밖에, 저 춤을 가로지르는 시간에 접근할 수 없다네. 하지만 내가 어떻게 춤을 파악하든 간에, 나도 자네와 마찬가지로 구경꾼에 불과하니까….

귀신 그런 식으로 변명하는 것은 자신을 안심시키는 일밖에 되지 않아. 자기의 무능력이 어떻게 자기의 존재 이유가 되지? 아예 세상을 편하게 살려고 마음먹든지, 아니면 최후의 순간까지 불편한 것을 선택하든지 양자택일하게. 어설프게 고통을 치르면서 자기를 정당화시키지는 말게. 자네는 쾌락으로 바꾸기 위해서만 고통을 받아들이고 있어. 자네는 덜떨어진 쾌락주의자라구. 자네가 즐기는 그 고통을 남들이 진짜 고통으로 믿어 주리라는 요행을 바라지는 말게. 전락轉落은 언젠가는 찾아온다네. 하하하….

처용 그런 전락은 하나도 두렵지 않아. 왜냐하면 내게 다가오는 순간순간이 바로 전락이니까. 이봐, 내가 나 자신을 가엾게 여겨야지, 누가 날 가엾게 여기겠나? 이렇게 억세게 살아가는 것 하나만 해도 내 자신의 친절이고 호의야. 아까 나는 내 능력으로 하지 못하는 일을 내가 확인할 수만은 있다고 했지? 그처럼, 그와 똑같은 이유로 나는 내가 할 수 있는 가능한 일을 ―별로 변변치 못한 일이기는 하지만― 축복해 줄 수는 있지. 그러니 이제 자네도 왜 내가 받아들이는 고통이 내 몸속에서 쾌락으로 바뀌는지 이해할 만도 한데…. 생각해 보라구, 내가 무슨 일을 하든, 그 일은 이미 이루어져 있었어. 나도 선신도 자네도 영원한 과거, 혹은 고정된 현재, 혹은 영원히 오지 않을 미래, 혹은 이미 와 버린 미래지. 이제 내게 충고하지는 말게. 나는 벌써 자네 충고가 닿지 않는 곳에 배수진을 치고 있어. 내 뒤엔 죽음의 강물이 흐르고 있다네.

귀신 참 섭섭하게 만드는군. 나는 그래도 자네가 현재의 순간을 낱낱이 잃지 않고 살아가도록 이야기한 건데. 그럴 테지, 내 말을 믿지 않는 곳에 자네의 맹점이 있고, 그래서 언제나 나는 자네의 치부를 넘보게 되는 거지. 아, 실수! 내가 소갈머리 없이 이런 말까지 하다니! 내 사업상의 비밀을 폭로해 버린 셈이군. 어쨌든 자네는 행운아야. 내 계략을 알고 있는 사람은 몇 안 되거든. 대체로 세상에서 내로라하는 사상가들 ─참 명색 좋지─ 그자들이 다 내 하수인이라는 사실을 자네는 알고 있나? 그렇다고 내게서 무슨 보수라도 받는 줄 아나? 아냐, 논리에 대한 맹신이 그들을 내 부하로 만들었을 뿐이야.

처용 이제 그따위 허풍일랑 집어치우게. 자네가 언제 어디서 나를 공격해 오든 간에, 자네는 나의 약점에 불과해. 나는 자네를 품속에 안고 다녀. 언제 어디고 간에 말이야⋯. 내가 자네를 부정하면 자네는 나를 집어삼켜 버릴 테지.

귀신 너무 정직하게 이야기하지는 말자구. 어디까지든지 자네가 할 수 있는 한, 우회를 해 보란 말이야. 자네는 너무 정직하기 때문에, 언제든지 내 뱃속으로 자진해 들어와 내 허기를 채워 줄까 봐 염려가 될 지경이야. 하하하⋯.

처용 그 자신만만한 꼴을 보니 나도 이제는 용기를 가져도 부끄러움이 없겠네. 나는 절대로 약하지 않아. 그러니까 언제든지 자네는 내 적수가 되려고 싸움을 걸어오지. 이봐, 자네 때문에 저 가수들이 정말 건성으로 노래하는 게 되잖아? 공연한 너스레로 내 즐거움을 망칠 생각은 말게. 자네도 이제 자네의 귀를 찾아서 저 노래를 들어 보라구!

귀신 그건 아까부터 내가 자네에게 했던 말이 아니던가. 먼저 가겠네, 이따가 자네 집에서 보세.

정든 유곽에서
서막

(막이 오르면 목조가옥의 한 방. 좌측 벽에 출입구. 우측으로는 작은 화장대와 기타가 보인다. 중앙에는 작업복과 잠옷 등이 어수선하게 걸려 있고, 윗목에 치우지 않은 밥상이 놓여 있다. 재영, 주머니에 손을 쑤셔 넣고 서성거린다. 영숙, 화장대 앞에서 눈썹 화장.)

재영 또 나갈 거냐?

영숙 응, 이제는 뭐 나갈 일도 없을 거야. 다시 들어오지도 않을 텐데. 엄마가 대신 온다니까.

재영 그래, 이번엔 어떤 놈팡이냐?

영숙 글쎄, 반반한 편이야. 돈도 있고. 작은오빠만큼은 못 되어도 말이야.

재영 너도 네 행실을 좋다고는 생각 않겠지?

영숙 작은오빠는 내가 꼭 '좋다'고 해야 직성이 풀리겠수? 무엇에 견주어 봐야 내 행실이 좋게 보이겠수? 이따가 등장하실 우리 엄마, 그 알량한 엄마한테 비한다면 몰라도….

재영 말꼬리를 돌리지 말아. 내가 묻고 있는 것은 네 행실에 대해서야. 엄마가 더러운 짓을 했다 해서 네가 깨끗해지는 건 아니야.

영숙 누가, 언제 더럽게 살고 있다는 거야? 무언가 깨끗한 것이 있어야 내가 더러워 보이지. 작은오빠는 깨끗하게 산다는 것이 어떤 거라는 걸 알고 있어? 남의 여자를 안 건드리고, 남의 남편을 안 건드리고, 결혼 전까지는 순결을 지키는 것? 그게 깨끗한 건가? 갓 사 온 물건에 아직 떼지 않고 남겨 둔 상표 딱지, 그건 순결이 아니야. 오빠가 나보다 더 잘 아실 텐데…. 우리 삼 남매에게 엄마가 가르쳐 준 진실을.

재영 그래, 세상 사람들이 순결이라고 부르는 게 순결이 아니라고 치자. 그럼 네가 하고 있는 일이 깨끗하다고 자신할 수 있니?

영숙 작은오빠는 자기도 대답할 수 없는 걸 나같이 약한 여자에게 묻고 있어. 엄마는 내가 다섯 살 때 집을 나갔다고 했지? 나는 생각도 안 나. 다섯 살인지 열다섯 살인지, 내게는 아무런 기억도 없어. 바람이 몹시 불고 있었는데, 나는 울고 있었어. 얼어 터진 손으로 눈물을 씻으며 울고 있었지. 울다가 지나가는 자전거에 받혀서 넘어졌지. 그때부터 나는 새 옷을 입을 수가 없었어. 어느 누구도 내게 새 옷을 입혀 줄 수 없어. 그래도 오빠는 내가 나를 깨끗하다고 생각하길 바라는 거야?

재영 너는 캄캄한 밤이 두려워 눈을 감고 있구나. 눈을 뜨면 네 자신의 모습을 확인하게 될까 봐. 그리고 언제나 무서운 건 밤, 캄캄한 밤이라고 말하고 믿어 버렸어. 너는 적어도 너에겐 잘못이 없다고 믿고 있어. 그래, 네가 옳다고 치자. 그렇지만 잘못은 네가 그렇게 믿기 시작하면서부터 싹트기 시작하는 거야. 네 믿음이, 언젠가 놈팡이와 눈이 맞아 달아난 엄마가 너에게 준 상처, 그 상처에 대한 믿음이 너한테 면죄부를 주고 있어. 그래서 너는 한 번 더 엄마처럼 방종할 수 있는 자유를 얻지.

영숙 작은오빠는 꼭 내가 공연히 불행을 사서 믿는 것처럼 말하네. 백화점에 가서 형형색색의 브로치를 골라 가며 사듯이 말이야. 언제 내가 이 가난을 사들였수? 언제 내가 좋아서 편물점, 양장점, 미장원까지 떠돌아다닌 줄 알아요? 엄마가 집 나간 지 삼 년이 안 되어 아버지가 돌아가셨지. 그런데 아버지는 우리들을 살려 두셨어. 돼지우리보다 못한 방구석에 빈 약병들과 함께. 오빠들이 일하러 나간 대낮에는 배가 고파 그 빈 약병부터 강냉이와 바꿔 먹었어. 이 보세요, 나는 내 불행을 사들인 게 아니라 잡아먹은 거야, 어린 나이에.

재영 그래, 그건 우리 모두가 겪은 얘기 아니냐. 그래도 그 쓰라린 추억이, 멋대로 놀아나고 싶은 우리를 변명하게 해서는 안 돼. 엄마의 죄가 네 방탕을 용서할 수는 없어.

영숙 그럼 작은오빠는 엄마의 죄를 용서할 수 있어? 죄진 엄마를 풀어 주어야 우리가 깨끗하게 다시 살 수 있다는 거야? 착하기만 한 큰오빠가 이제 곧 엄마를 데려올 거야. 큰오빠의 얼빠진 순결이 쭈그러진 엄마의 얼굴을 화장시켜 주겠지. 늦었어. 우리는 벌써 쐐기풀처럼 표독해질 때도 됐어. 엄마의 죄가 무효가 되기 전에 우리는 종기처럼 자라서 곪아 버렸어. 엄마를 용서하기 전에 엄마나 작은오빠가 아닌 제삼자가 나를 용서해야 했어.

재영 너는 적어도 네 행실에 대해서는 자신이 없지? 누가 너를 용서한단 말이냐.

영숙 나는 더럽지도 깨끗하지도 않아요. 또 누가 나를 용서한다 하더라도, 그건 내 더러움을 용서하는 게 아니야. 그건 아무도 나를 비난할 수 없다는 약속에 불과해.

재영 그 약속을 받아내려고 집을 나가는 건 아니겠지? 아무도 너에게 그런 보잘것없는 호의를 베풀려 하지 않을 거다, 우리

집 안에서 말고는.

영숙 우리 집 안에서? 우리? 다 같이 버림받은 처지에, 서로서로 돌아가며 친목계처럼? 아, 그럼 작은오빠는 큰오빠처럼 우선 엄마의 허물을 벗겨 주고 고마운 아들로 자립하겠다는 거야?

재영 나는 엄마를 용서하지 않아. 내가 용서할 수 있는 힘이 있기 전에 엄마는 집을 나갔어. 그런데 엄마는 이제 돌아오려 하지, 십오 년간의 바람기와 함께. 내 속에서 잠자는 바람기도 그걸 용서하지 않아. 그렇지만 난 너처럼 달아나려 하지는 않는다. 용서하거나 도피하거나 둘 다 비겁한 짓이야. 병자는 자신의 병을 이야기하고 섬기면서 병으로부터 벗어나려 하지. 그래, 너는 네 품행의 의무로부터 달아나려고 하는 거야. 마치 그것이 엄마의 귀중한 선물인 것처럼.

영숙 작은오빠는 자기를 속이고 있어. 강한 체한다 해서 해결의 실마리가 풀리지는 않아. 만약 작은오빠가 어떤 곤경에서 마지막 남은 사람이라 하더라도, 그건 작은오빠가 강하기 때문은 아니야. 오빠의 이해타산 때문이지.

재영 그래, 그게 이해타산 때문이라 하더라도, 너는 왜 달아나는 거지? 왜 네가 지금 저지르고 있는 일조차 분간을 못 하니? 그래, 네 해결의 실마리는 도대체 어디에 있니? 너는 언제나 그런 게 있다고 말하면서, 한 번도 몸을 일으켜 찾아본 적이 없어.

영숙 작은오빠의 그 허세도, 윽박지름도 내 뱃속의 아이를 죽이지는 못해요. 아세요, 나는 벌써 남의 아기와 한 몸이라는 것을?

(이때 재식과 어머니 등장. 어머니, 오십대의 키가 크고 수척한 여인. 광대뼈가 두드러져 보이고, 유난히 눈이 크다. 마치 누가 뒤에서 밀고 있는 것처럼, 수족을 거의 움직이지 않고 걷는다. 영숙은 좌측 벽으로 돌아서고, 들어오는 사람들을 아랑곳하지 않고 서성거린다.)

재식 어머니, 어서 안으로 들어오세요. 야, 이건 아직 밥상도 치우지 않았구나. 이 게으름꾼들. 어머니, 애들은 아직 어린애예요. 언제 철이 들지 모르겠어요. 영숙아, 어머니야 어머니! 빨리 인사드려. 재영아, 뭣들 하고 있니?

재영 재영입니다. 알아보시겠어요?

어머니 그래, 잘 있었니?

재식 어머니, 영숙이 많이 컸지요? 바싹 말라서 언제나 반찬 투정이나 하던 애가 이렇게 예뻐졌다니까요. 보세요, 얼마나 세련된 아가씨가 되었는지.

영숙 큰오빠는 복덕방 주인이나 되는 듯이 소개하는군. 착각하지 말아요. 나는 거래를 하거나 물건 값을 깎고 올리는 건 질색이야.

재식 너 무슨 말을 하고 있는 거냐? 어머니야, 어머니. 네가 그렇게 기다렸던 어머니.

영숙 그래요. 배고픔과 눈물 속에서 수없이 많은 손짓으로 불러 대던 엄마지요. 그래요, 배고픔과 눈물 속에서 수없이 많은 손짓으로 우리가 누군가를 부르도록 만든 엄마예요.

재식 이제 돌아오시지 않았니. 얼마나 기뻐. 이젠 행복할 수 있어. 어서 어머니 곁으로 가 봐.

영숙 기쁘다고요? 여기 있는 사람들 가운데 기쁜 사람은 큰오빠 혼자뿐인걸. 기쁘다고? 큰오빠는 동네 깡패나 좀도둑들을 위해 교회라도 하나 차려 줄 모양이지? 그렇지만 단순하기만 한 그 기쁨을 우리에게 강제로 나누어 줄 생각은 말아요. 안 그래, 작은오빠? 그리고 큰오빠의 친애하는 어머니, 당신도 나와 함께 맞장구를 쳐 주어야겠어요. 진실을 위해서는, 나와 공모하지 않더라도 고개를 끄덕이세요. 당신은 당신만의 기쁨을 위해 이곳에 돌아오지는 않았겠지요? 큰오빠가 갖는 기쁨이 얼마나 무의미한가를 나에게 추가로 알려 주기 위해서? 그렇지요? 아하, 당신은 눈빛 하나 까딱 않으시는군요.

재식 어머니, 저 아이가 저래도 어머니를 얼마나 찾고 있었는지 몰라요. 나는 몸이 피곤하면 쉽게 잠들고, 바쁜 일에 매달리면 잊을 수도 있었어요. 그런데 저 아이는….

영숙 지금, 내가 큰오빠 등에 업혀 보채던 그 얘기를 하려는 참인가요? 무엇 때문에 옛날 얘기를 하려는 거야? 십오 년 전 시장 바닥에서 진눈깨비와 함께 뒹굴던 어린아이의 울음을 오늘에 와서 그치게 할 수는 없어. 자, 어머니라는 당신, 용서받고 싶으신가요? 내게 용서받고 나서 십오 년 전 그 울음을 곱게 포장해서 당신 가슴에 묻어 주시겠어요? 어때요, 한번 안아드릴까요? 예전의 당신 가슴처럼 팽팽한 내 가슴이 당신 마음을 한번 설레게 만들어 드릴까요? 꼼짝도 않으시는군. 잘 됐어요. 여기 꼼짝 말고 서 계세요, 앞으로 십오 년 동안만. 당신은 어린애가 아니니까, 길바닥에서 뒹굴며 울지는 않겠지요. (이때 밖에서 영숙을 부르는 남자 목소리) 자, 모두들 들으셨지요? 오늘은 참 즐거운 날이에요. 만남과 이별이 이렇게 겹칠 수 있다니. 여러분, 안녕히! 그리고 잘 기억해 두세요. 우리들의 어머니라는 분은 우리 삼남매를 비가 새는 집구석에 남겨 두고 달아났지만, 보세요, 나는 내 죄의 씨앗을 뱃속에 안고 나가요. 나는 아주 조그만 애정이라도 볼모로 데리고 간답니다. 보세요, 나는 당당히, 자랑스럽게 이 문턱을 넘어갑니다. 안녕히!

재식 영숙아, 영숙아… 대체 어디로 간다는 거야? 왜 이러는 거니, 왜 이래? 제발, 영숙아… (영숙과 재식 퇴장)

고백의 서書

자랑과 부끄러움을 느끼며 어떤 상실을 얘기해 볼까요. 시를 만나게 된 다음부터 관념의 색다른 음료를 즐기게 되었습니다. 시가 온통 관념의 음악으로, 성스러움을 찾던 내 갈증을 적셔 주었습니다. 그러나 어떤 '공정함'이 내가 혼자 있을 때 뒤안으로 나를 불러내어, 시를 좋아하되 신앙하지는 말라고 충고했습니다. 근거 없는 시, 땀에서 흘러나온 시가 아니면 짓무른 감정과 동경으로 썩어 없어질 테니까요. 공무도하公無渡河! 물 깊은 곳으로 제 남편이 나아가는 것을 막으려는 여인이 아니면 노래 부를 수 없고, 부른다 해도 제 스스로 빚은 말의 술에 취해 거짓되게 죽고 말지요. 그때 나는 처음 시가 일년생 풀의 이름에 지나지 않는다는 것을 알게 되었어요. 나는 이제 시에게 고향을 마련해 주어, 금의환향하는 시가 나를 데려가게 하고 싶었어요. 그리하여 더 이상 시를 쓰지 않고 다만 시가 기거할 이동천막을 만들기로 결심했지요. 나는 정든 유곽遊廓의 저잣거리에서 막일을 하며, 막일의 고달픔이 나를 불러내어 노래를 불러 주면 그 말을 받아 적으려 했습니다. 이따금 내가 시인이 아니라는 사실이 어렴풋이 내 방랑과 도취를 비추어 주면, 나는 눈을 꼭 감고 잊어버리려 했어요. 대신 이렇게 중얼거렸습니다. 시를 쓰지 못하면 시의 순간을 믿고 느끼자. 시의 풀밭이 아니라면 대지大地가 무슨 소용이겠는가. 언어가 땅 속으로 기어들어 가 나를 흡족하게 한다면, 싸늘하게 시가 식어 버리거나 소리 없이 증발해도 좋다. 이동 자체가 작전이고 경비인 포함砲艦의 전속력으로 살아낸다면 시 아닌 것이 무엇이겠는가. 세상을 꿰뚫는 공정한 사명이 없다면, 내 몸을 사명의 근거지로 삼아 움직이는 몸이 시로 포착되도록 하자. 그리하여 나는 '사람은 시 없이 살 수 있는가'라는 질문이 '신 없는 세계에서 어떻게 살아야 하는가'라는 질문과 다르지 않다는 것을 깨닫게 되었습니다. 그러니까 애초의 질문에서 한 발자국도 벗어나지 못한 것이지요. 결국 나는 야곱이 밤새 하느님과 겨룬 싸움처럼, 그 질문과 한판 승부로 내 운명을 결정짓기로 작정했습니다. 1974년 겨울 자정 내가 타던 배의 함수艦首에서 네 시간을 근무했을 때, 나는 인가隣家도 천국도 보이지 않는 난바다에서 다시 한번 그 질문을 이끌어냈습니다. 나는 자기 파괴의 가혹한 쾌락을 맛보며 질문을 점검해 들어갔습니다. 하지만 무시무시한 질문의 잉걸불에 내 몸은 항변할 수가 없었고, 나는 사도 바울처럼 질문의 잔등 위에서 떨어지며 기절해 버렸습니다. 난폭한 질문은 죽음의 사자使者처럼 내 여린 모가지를 비틀어 선잠의 백사장에 버리고 갔습니다. 먼동이 틀 무렵 기진해 깨어났을 때, 나는 더 이상 시나, 시로 인한 상처와 별 인연이 없다는 것을 깨달았습니다…. 하지만 아직도 나는 시를 생각할 때마다 벅차오르는 생명과 공포를 느낍니다. 내 안에 살고 있는 죽음이 바로 시이기 때문이지요.

무기명의 시학

많은 현대 시인들이 시의 언어와 산문의 언어를 구분하고, 이러한 구분을 전제로 자기 시론詩論을 전개하고 있다. 실제로 언어가 이처럼 명확히 다른 두 가지 성질을 가지고 있는가, 이러한 구분 자체가 허구는 아닌가 하는 의문이 제기될 수도 있다. 한편, 왜 이러한 구분이 행해졌는가, 혹은 이러한 구분은 무엇을 의미하는가를 살펴본다면, 우회적으로 현대시의 특징을 파악할 수 있다.

일견, 시에 있어서 자유의 이행은 시의 산문화 경향과 동일한 것이 아닌가 하는 의문이 생겨난다. 당연히 이러한 현상은 시의 추락이 아니라 시의 구원이라는 각도에서 볼 수 있다. 이기든 지든, 정당한 자리를 차지하기 위해서는 싸움을 은폐시키거나 싸움의 현장을 떠나서는 안 된다. 오히려 문제의 원인을 파고들어 문제의 순수성을 보존해야 한다.

시란 '시'와 산문의 싸움이며, 그 싸움의 현장이고 파장이다. 시의 내용이 형식에 대립하듯, 언어의 의미는 소리에 대립한다. 의미는 항상 상대적이고 우연적이다. 산문화의 시대에 시인은 시의 절대성을 확보하기 위해 시대의 산물인 의미와 싸워 나가야 한다. 이때 그가 사용할 수 있는 최선의 무기는 의미의 맞수인 소리이다.

의미가 인간에 의해 만들어지는 것이라면, 소리는 인간에게 주어지는 것이다. 소리는 물질적이다. 그것은 대상을 참칭僭稱하며, 대상 주위를 겉돌고 있는 의미를 제압하고, 우연을 필연으로 바꾸어 준다. 그럼으로써 의미의 세계에서 소멸해 가는 사물들을 구제한다. 따라서 현대시는 의미보다 소리를 편애함으로써 잃어버린 자유를 되찾으려 하는 것으로 볼 수 있다.

소리는 시의 형태를 일회적으로 확정해 준다. 그러나 언어는 소리와 의미의 총체이므로 소리가 의미를 압도할 때 시는 절대적 자유를 맛봄과 동시에 소멸한다. 그런 점에서 시의 자유는 또한 시의 죽음이라 할 수 있다. '시'는 한 번도 쓰인 적이 없으며, 기왕의 시들은 '시'에 대한 추억이며 발버둥이다. 그것은 의미의 공백, 즉 무無이고 침묵이다.

시인은 불확실한 의미와 싸워 침묵의 음악을 만든다. 그는 시대의 천박성을 체험하고 꿈을 원하되, 소극적으로 원하기만 하는 것이 아니라 스스로 꿈의 자궁이 되어야 한다. 그러나 우리가 꾸는 꿈이 잡념이나 감정토로와 마찬가지로 우연의 산물이기 때문에 시인은 타 예술, 곧 음악(리듬)이나 미술(이미지)을 길잡이로 삼아 꿈을 길들여야 한다.

이제 의미가 힘을 잃게 됨에 따라 시는 더 이상 아무것도 지시하지 않는다. 그것은 마치 축구경기에서 문전에 띄워 올린 로빙 볼처럼 허공에 던져진 것이다. 그때 시인 혹은 독자는 약간의 희망과 무한한 의문을 품고 공중으로 점프한다. 그리하여 대상은 변형transformation을 겪게 되며, 초현실주의자들은 이것을 대상의 해체décomposition로까지 밀고 나간다.

그리하여 시인의 의식 속에서 내면화된 사물들은 스스로의 힘과 자유를 되찾게 된다. 사물들은 시인의 눈에 상형문자로 보이며, 시는 사물들의 불립문자不立文字가 되는 것이다. 이처럼 현대시의 모호성은 그것 자체가 목적이 아니라, 황폐한 세계에서 꺼져 가는 생명을 부화하기 위한 고난의 필연적 귀결이라 할 수 있다.

현대시는 근원을 동경하고 모색하는 시이다. 대상을 묘사하지 않고 일그러뜨림으로써 사라진 근원에 도달하려는 현대시는, 극단적인 허무의 시인 동시에 희망의 시라 할 수 있다. 그것은 번갯불처럼 강한 충격이며 허망함이다. 지리멸렬한 세계에서 잃어버린 낙원을 되찾으려는 시, 이 때문에 현대시는 영웅주의로까지 치닫게 된다.

부치지 않은 편지 하나

아름다움은 불성실과 자유와 안일과…
그 모든 것에 대한 성실이다.
—1978년 12월 29일 밤 11시

보내 주신 편지 즐겁게 읽었습니다. 저는 형의 질문을 이리저리 따져 보고, 따져 보는 가운데 제가 시에 대해 가졌던 생각들을 정리 보완하고, 이제는 제 마음에 차지 않는 부분들을 다시 손질해 보았습니다. (그렇다고 해서 제가 시에 대해 완전무결한 체계를 세우려 한 것은 아닙니다. 만약 그러한 체계가 있다면 시의 형틀이 될 것입니다. 시에 대한 어떠한 생각도 시의 길을 만들고, 또한 그 길이 됨으로써 만족해야 할 것입니다. 한 편의 시는 그것을 위해 만들어진 시론을 파괴하고서만 성립할 수 있습니다.) 형은 '시는 무엇인가'라고 물으셨습니다. 우선 제가 대답할 수 있는 것은 거기에 대한 답은 없다는 것입니다. 달리 말하면, 그에 대한 어떤 대답도 정답이 아니며, 어떤 대답들의 집합도 정답이 될 수 없다는 것입니다. 역설적으로 말해 우리가 답을 안다면 왜 시를 다시 써야겠습니까. 시는 우리가, 세계 속에 묶여 있는 우리가 행할 수 있는 자유, 그 자유의 현재진행형입니다. 그러므로 시에 대한 어떤 사변적 논의도 정당한 것이 될 수 없다는 것입니다. (지금 제가 쓰고 있는 이 글도 마찬가지입니다.)

그러면 형은 제가 원점에서 맴돌고 있다고 하시겠지요. 그렇습니다. 이 원점은 사람의 고향이고, 문명의 대립항이며, 대지大地이고 죽음입니다. 이 원점에서 한 발 더 나아간다면 문화나 학문이 성립하겠지요. 이제 저는 또 한 발을 더 내디뎌 '시는 무엇인가'라는 질문을 '어떤 시가 좋은 시인가'라는 질문으로 바꾸어, 시에 대해 말할 수 있는 최선의 것을 밝혀 보고자 합니다. 좋은 시, 그것은 당연히 감동을 주는 시일 테지요. 그러나 이것은 결국 '좋은 것은 좋다'는 동어반복에 지나지 않습니다. 저는 앞서 말한 '자유'와 이 감동이라는 문제를 원인과 결과, 행위와 흔적의 관계로 파악해 보고 싶습니다. 가령 어떤 시가 다만 기발하고 아름다운 이미지로 꾸며져 있다고 합시다. 그러면 그것이 좋은 시일까요. 물론 저는 아니라고 생각합니다. 어떤 것을 이미지로 바꾸는 것과 안 바꾸는 것의 차이는 무엇일까요. 제가 말하려는 것은 그러한 전환에 필연적이고 일회적인 조건이 성립해야 한다는 것입니다. 즉 이미지로 바뀐 것이 바뀌기 이전과 차원을 달리함으로써, 바꾸는 행위에 대한 결정적인 이유를 제시해야 한다는 것이지요. 또한 우리가 어떤 의미를 이미지로 바꾸는 데 있어서, 시적 상상력은 꿈을 따라가지 못합니다. 꿈은 상상력을 초월하며, 기껏해야 상상력은 꿈의 편린에 불과합니다. 시가 다만 멋진 이미지들의 결합이라 한다면, 그것이 장식품이나 공예품과 다를 것이 무엇이 있겠습니까. 저는 아름다운 몇 개의 이미지를 잡아내기 위해 시를 쓴다고는 생각하지 않습니다.

　그렇다면 우리가 시를 쓰는 이유는 무엇입니까. 조심스럽게 말하자면, 우리로 하여금 시를 쓰게 하는 것은 한 시행에서 다음 시행으로 옮아가게 하는 어떤 '힘'이라는 생각이 듭니다. 물론 '힘'이라는 말은 그리 적당한 말이 아닙니다. '힘'이라고 한다면, 또 힘 아닌 것은 시가 안 되느냐는 물음이 생기겠지요. 그래서 이 말을 '살아 있음'이라는 말로 바꾸어 봐도 좋을 듯합니다. 어떻든 이 '힘' 혹은 '살아 있음'이 어떻게 시를 만드는가에 대해 이야기하기 위해, 우선 우리 자신과 말의 관계부터 해명해야 되겠습니다. 당연히 우리는 세계 속에 살고 있고, 세계와 우리를 맺어 주는 것이 말일 테지요. 무엇보다 시는 우리와 세계의 새로운 관계 맺음이라고 저는 생각합니다. 시는 새로운 각도에서 사물의 의미를 되찾고, 그로 인해 우리 자신의 의미를 되찾게 합니다. 그러면 어떤 말이 우리와 사물의 의미를 되찾게 해 주는 것일까요. 만약 제가 배가 고파서 빵을 달라고 한다면, 빵이라는 말은 제 의사에 구속됩니다. 여기서 한 가지 염두에 두어야 할 것은, 말이 구속됨으로써 동시에 우리 자신이 구속된다는 사실입니다. 여기 이 세상에서는 모든 것이 연관되어 있고, 어떤 것도 다른 것을 떠나 존재할 수 없기 때문입니다.

　이 구속에서 풀려나기 위해서는 무엇보다 말을 우리들의 의도로부터 풀어 주어야 합니다. 이 풀어 줌이 시가 시작하는 지점이며, 우리의 차유의 시발점이 됩니다. 이 풀어 줌은 바로 우리의 살아 있음, 온전히 살아 있음의 증거이며, 한 시행에서 다음 시행으로 시를 몰고 가게 하는 힘입니다. 그러니까 시는 어떤 기발한 이미지가 아니라 이 진행, 이 살아 있음의 순간적인 양태가 시입니다. 우리는 어떤 내용을 이미지로 바꿀 수도 있고, 혹은 바꾸지 않을 수도 있습니다. 문제는 '힘'입니다. 한 이미지를 다음 이미지로 연결시켜 주는 것은 이 살아 있는 힘이며, 그것으로 인해 우리는 자유로워집니다. 그러면 이 힘은 어디에서 나오는 것일까요. 달리 말해 무한히 자유롭고 싶어 하는 우리들의 열망은 어디에서 나오는 것일까요. 그 대답은 다시금 '우리가 살아 있다'는 그 사실에 있습니다. 어느 시대 어느 사회에서나 우리 삶은 훼손되어 있습니다. 삶은 부족하고 부자유스러운 것이며, 행복은 오직 이미지로만 존재하기 때문에 우리는 시를 쓰게 됩니다.

그렇다면 다시 이 삶의 힘은 어떤 방식으로 한 이미지와 다른 이미지를 연결시켜 주는 것일까요. 시를 통해 우리는 어떤 말이든지 서로 접붙이는 즐거움을 가질 수 있습니다. 돌과 누이, 물과 유곽, 이빨과 천국… 이는 또 돌과 물, 누이와 천국, 이빨과 유곽… 이라는 식으로 결합시킬 수도 있습니다. 이러한 결합을 가능하게 하는 것은 단순한 재치나 유치한 놀이가 아니라 우리의 삶, 우리가 살아온 날들과 살아갈 날들인 것입니다. (물론 재치나 놀이도 그 속에 포함되겠지요.) 임의의 한 이미지를 그와는 아무 관계없는 다른 이미지로 몰아가는 것은 우리들의 생이며, 기억이며, 예감이며… 그 모든 경험들입니다. 시를 통해 우리는 시간의 단절로부터 벗어나고, 분리된 세계를 결합시키는 것입니다. 한 편의 시를 이루게 하는 이 삶의 힘은 곧 자유의 시발점입니다. 저는 다시 이 힘을 '정신'이라는 말로 바꾸어 보고 싶습니다. 새로운 정신은 언제나 새로운 형태를 요구합니다. 고정된 형태로 제작되는 시는 기계제품이나 다를 바 없으며, 당연히 우리를 자유롭게 할 수 없습니다.

처음에 말씀드렸지만, 한 편의 시는 기존의 시학詩學의 파괴 위에서 태어납니다. 시학은 시의 문입니다. 우리는 문을 지나가지만 등에 업고 가지는 않습니다. 시인은 장애물 경기 주자처럼 끊임없이 형태라는 관문을 넘어서야 합니다. 만약 한 가지 형태에 안주한다면 이미 시인이라 할 수 없을 것입니다. 형태는 정신의 모습이며 흔적입니다. 비유컨대 우리는 가구 같은 것의 긁힌 자국을 보면 그것을 핥고 지나간 것의 힘을 느낄 수 있습니다. 더 정확히 말하자면, 그 힘의 방향과 강도와 지속시간을 짐작할 수 있습니다. 그와 마찬가지로 시의 형태는 독자로 하여금 그 시가 이루어지게 한 '힘'을 즐길 수 있게 합니다. 그런 점에서 형태는 시인과 독자가 마주 보고 있는 관문이라 할 수 있습니다. 그 문을 통해 시인은 자신의 자유를 행사하고, 독자는 자신의 감동을 수확합니다. 이쯤에서 앞서 제가 제기한 자유와 감동의 관계가 해명되는 것입니다.

마지막으로 한 가지 덧붙일 것은, 우리가 삶을 어떤 각도에서 파악할 때 이 자유를 얻을 수 있는가 하는 문제입니다. 앞서의 논의와 다소 동떨어진 듯이 보이지만 시의 본질을 이루는 이 핵심적인 문제를 간략히 말하자면 이렇습니다. 누가 저에게 행복한 삶이란 어떤 것인가 묻는다면, 저는 그 질문을 묻는 사람에게 되돌려 줄 수밖에 없습니다. (이것은 '시란 무엇인가'라는 물음처럼 항시 원점에 머무르는 질문입니다.) 제가 설사 어떤 대답을 하더라도 저는 그것이 옳은 대답이 될 수 없으리라는 것을 알고 있습니다. 우리의 행복, 그것은 오직 우리의 불행의 그림자로서만 존재합니다. 그처럼 우리의 불행이 한 편의 시 속에 들어올 때, 그것은 행복이 어떤 것인가를 보여 줄 뿐만 아니라, 어떤 대답으로도 밝혀지지 않는 행복 그 자체의 모습으로 남게 되는 것입니다. 이것이 바로 시의 묘미이며, 이 때문에 시인은 성性에 눈뜨는 소년들처럼 삶이라는 홍등가를 배회하는 것이 아닐까요. 밤이 깊었습니다. 난필에 두서없는 말씀 용서해 주십시오.

추신

형, 제가 전에 이렇게 물어본 적이 있지요. '사람이 X 없이 살 수 있습니까.' 이제 저는 X를 시로 바꿉니다. 도대체 사람이 시 없이 살 수 있습니까. 그런데도 사람들은 시 없이 살고 있고, 시 없이 살 수 있다고 생각하지요. 그들은 그것이 현실이라고 생각합니다. 그러나 착각해서는 안 됩니다. 그들이 살고 있는 것은 현실이 아니라, 현실에 대한 상투화된 관념이지요. 시는 죽음(이것은 관념이라기보다는 물질이지요)이 만드는 것이므로, 시는 관념이 아니라 현실입니다. 거듭 말합니다. '시'는 우리가 끝내 파악할 수 없는 현실입니다. 우리가 쓰는 시는 우리와 현실의 타협점일 뿐이지요.

부치지 않은 편지 둘

　형, 언젠가 내가 이런 말씀을 드린 적이 있지요. '삶은 죽음의 얼굴이다.' 나는 이 말을 액면 그대로 신용하지는 않습니다. 그러나 약간의 의아심과 함께 나는 이 말이 만들고 있는 감옥 속으로 기꺼이 빠져들어 갑니다. 한동안 나는 '사람이 시 없이 어떻게 살 수 있는가'라는 문제에 시달려 왔고, 결국 시를 대신할 아무것도 생각해낼 수 없었습니다. 그런데 우리가 시를 유일한 낙원으로 생각할 때, 우리는 세상과 시를 갈라놓는 것이 아닐까요. 그렇다면 나의 삶도 시와 갈라서고, 시를 얻어내려던 삶이 시에게 배반당하는 결과를 가져옵니다. 형은 이렇게 말할지도 모르겠군요. 우리의 사고는 원래 현실에서 떨어져 나온 것으로, 삶의 앞으로 나설 때만 삶을 초월할 수 있으며, 그 때문에 삶을 고양시키는 것이라고요. 즉 문학은 영원한 이율배반으로서 '잡으면서 놓치는 기술'이며, 그것은 예술가의 어쩔 수 없는 죄며, 그를 무덤까지 몰고 가는 양심가책일 것이라고요.

　그러나 시가 언제부터 그런 위치에 있으며, 또 그 위치에 있는 것이 정당한가 하는 의문이 생겨납니다. 만약 시가 '잡으면서 놓치는 기술'이라면 그것이 그것 자신까지도 잡으면서 놓쳐야 하지 않을까요. 문학이 문학 자신을 버리지 않을 때 일어나는 결과가 소심한 형식주의나 말초적 기교주의, 고답적 낭만주의 같은 것이 아닐까요. 형식은 내용의 피부나 힘줄 같은 것으로서, 형식 없이는 어떤 내용도 살아 있을 수가 없습니다. 그러나 다른 한편으로, 형식은 내용이 내쉬는 숨결이나 내뿜는 체온 같은 것으로서, 내용이 살아 있지 않을 때 아무 의미도 갖지 못합니다. 내가 왜 형식 이야기를 꺼냈느냐 하면, 문학이 삶에 대해 가지는 관계가 어쩌면 형식이 내용에게 지고 있는 빚, 혹은 내용이 형식에게 베푸는 친절과 같은 것이 아닌가 하는 의문이 들기 때문입니다.

요즘 내가 생각하기로는 세상 어떤 일도 결코 시보다 덜 중요하지 않으며, 형식의 귀에다 대고 그렇게 되풀이해 말해 주는 것이 시의 목숨을(그것은 동시에 우리들의 목숨이기도 하지요) 위해 다행한 일이라 생각되기 때문입니다. 이때까지 나는 사람들과 만나 시시한 잡담이나 하는 내가 불쌍해 보였습니다. 나의 내부에 시라는 감독관 같은 것이 들어앉아 '이것은 쓸데없는 짓이다' 하고 계속 몰아세우는 것이었어요. 어쩌면 내 스스로 시라는 가상을 만들어 놓고 거기에 미리 무릎 꿇고, 내 스스로 만든 계율을 시의 계율인 것처럼 받들었던 것이 아닌가 해요. 왜냐고요? 그것은 아마 끊임없이 나를 찾아와 떨게 만드는 죽음의 위협에 대해, 나 자신을 방어하기 위한 노력이었는지 모릅니다. 즉 죽음의 맞수 혹은 적수로서 시를 상정했던 것이지요. 나는 시의 감옥에 갇혀 있었습니다! 사실 나는 죽음도 시도 아니었습니다.

그런데 이제 달리 생각해 보면, 끊임없는 나의 불안의 원인인 죽음은 내 삶이 없으면 저도 없어지는 것이지요. 어쩌면 내 삶을 움켜쥐고 있던 죽음이 오히려 삶의 그림자 같은 것이라 할 수 있지 않을까요. 그러니까 이제 '삶은 죽음의 얼굴이다'라고 말하는 대신 '죽음은 삶의 얼굴이다'라고 말해야 할 것 같은 생각이 드는군요. 삶은 무한히 풍부합니다. 삶은 죽음의 고향일뿐더러, 죄와 꿈과 이데아까지도 삶의 소유물입니다. 아무도 이 명백한 사실을 부정할 수 없습니다. 어떻든 이러한 사고방식의 전환이 죽음에 갇혀 있던 나를 해방시키는 것만은 틀림없습니다. 그러므로 '시 없이 어떻게 살 수 있는가' 하는 의문은 이제 시를 제외한 나머지 세상이 시보다 결코 덜 중요하지 않으며, 시는 죽음의 강압으로부터 복권된 삶의 목소리일 수 있다는 생각으로 바뀝니다. 그리고 결국에는 이러한 최소한도의 시에의 집착까지도 버려야 하겠지요.

형은 내가 이러한 해답을 만들어 놓고 스스로 안주해 버리려는 게 아닌가 하고 물어보시겠지요. 내 생각으로는 그렇지 않습니다. 이 해답은 해답이라기보다 다른 형태의 질문이라고 보아야 할 것입니다. 왜냐하면 이 해답은 '씨 없는 수박' 식의 자기 위안이거나 위험부담 없는 유희가 아니라, 나 스스로를 열어 놓는 모험이기 때문입니다. 위험부담 없는 해답은 결코 우리를 행복하게 하거나 구원해 줄 수 없습니다. 나는 이제 세상을 향해 내 약한 피부 전체를 노출시키고 있습니다. 당연히 예술작품의 가치는 예술가의 특정한 지향, 즉 그의 인생관이나 세계관에 좌우되는 것이 아니라, 그가 임의의 방향으로 어떻게 열심히 나아갔는가에 달려 있습니다. 어떤 예술도 자기 시대와 사회의 오리엔테이션에 갇혀 있으므로, 예술이 예술이기 위해서는 자신의 오리엔테이션과 싸워야 합니다. 말장난을 꾸짖지 않으신다면 예술은 오리엔테이션의 자기분열이고, 자기분열의 오리엔테이션이라 할 것입니다.

형, 여전히 횡설수설이었습니다. 돌아오는 일요일 아침 관악산 등산로 입구에서 뵙겠습니다.

1979년 2월 13일

부치지 않은 편지 셋

선생님, 그간 잘 지내셨습니까. 며칠 전 학림學林에서 말씀 나눈 후 그때 미진했던 얘기들이 머릿속에 맴돌아, 오늘은 꼭 선생님께 글을 올려야겠다는 생각을 하게 되었습니다. 그날 선생님께서 해 주신 말씀들을 되짚어 보면서, 제 스스로 시에 대해 품고 있는 생각들을 간추려 보려는 뜻에서였습니다. 먼저 조심스럽게 몇 가지 질문을 드리면서 제 이야기를 시작해 볼까 합니다.

우선, 선생님께서는 언어는 대상을 반영하는 데 있어서 언제나 미흡하다고 하셨습니다. 그것은 언어가 하나의 '이미지'로서 대상을 제시하기 때문이 아닐까요. 그 때문에 언어와 대상 사이에는 언제나 간극이 있기 마련이지요. 문제는 언어가 대상을 충실하게 반영하지 못한다는 점에 있는 것이 아니라, 언어의 속성 자체가 대상을 '이미지'로서 받아들인다는 점에 있는 것이 아닐까요. 즉, 어떤 대상을 지시하는 언어가 일단 시 속에 던져지면, 그때부터는 그 대상과의 관계를 떠나, 물론 완전히 떠날 수는 없겠습니다만, 스스로 하나의 대상이 되어서 무수한 '이미지'를 갖게 된다는 말입니다. 이렇게 생각하면, 언어와 대상 사이의 간극이라는 문제는 다른 차원에서 이해할 수 있지 않을까 합니다.

다음으로, 선생님께서는 한 편의 시를 읽고 난 독자는 읽기 전과는 달라져야 한다는 말씀을 하셨습니다. 그렇다면 그 달라짐이 어떤 종류의 것인지, 즉 그것이 개인적인 감동의 장場에 남아 있는 것인지, 아니면 사회현실의 구체적인 변혁에까지 이르러야 하는 것인지 여쭈어 보고 싶습니다. 물론 시인이 현실에 발붙이고 사는 한 현실을 외면할 수 없고, 보다 적극적으로는 다른 지식인들과 함께 현실의 변화를 꿈꾸어야 하겠지요. 하지만 그러한 공동적인 관심에도 불구하고, 한 편의 시는 한 편의 시사평론과는 다릅니다.

편의상, 시인이 다른 지식인들과 달리 갖추고 있는 자아에 '시적 자아'라는 이름을 붙여 보겠습니다. 독자의 경우에도 이 말이 적용될 수 있을 것 같습니다. 독자가 시를 읽을 때, 시 아닌 글에서 받는 감동과는 다른 감동을 받는 것은, 독자의 시적 자아가 시인의 시적 자아와 공명했기 때문이라 할 수 있습니다. 우리는 어떤 절박한 상황 아래서도 이와 같은 기본적인 관계를 인정하고 들어가야 하리라고 봅니다. 그렇지 않고, 시인의 시적 자아가 곧바로 독자의 윤리적 자아에 호소한다든지, 시인의 윤리적 자아가 독자의 시적 자아에 호소하여 현실의 변화나 새로운 가치 정립을 꿈꾼다면, 이는 문학의 기본 바탕을 건너뛰는 것이 아닌가 하는 생각이 듭니다.

마지막으로, 시의 민주화라는 용어와 시의 난해성에 관한 것입니다. 제가 선생님께 여쭙고 싶은 것은, 시의 민주화가 예술적 가치의 평가절하 같은 것은 아닌지 하는 문제입니다. 예컨대 '눈에 보이지 않는 것은 존재하지 않는다'라는 말이 틀린 것과 같이, 물량적으로 현실에 기여하지 않는 것은 별 가치가 없다는 식의 논리는 위험하지 않을까 싶어요. 오히려 시인으로서 해야 할 일은, 보이지 않는 것도 있을 수 있다는 가능성을 열어 놓는 일이 아닐까요. 한 시대의 사회에 대해 문학이 할 수 있는 일은 기존 가치의 전도를 통한 의식의 각성일 수도 있겠지만, 눈에 보이지 않는 가치의 보살핌 혹은 보존일 수도 있으니까요.

그렇다면 시의 난해성이란 문제도 다른 각도에서 볼 수 있지 않을까 합니다. 선생님께서는 시의 난해성이 왜 거부돼야 하는 가에 대해 '오늘날처럼 바쁜 사회에서…' 등의 말씀을 하셨는 데, 그것만으로는 합당한 이유가 될 것 같지 않습니다. 물론 꼭 전달해야 할 무엇도 없이 난해할 경우 그 난해함은 마땅히 거부되어야 될 성질의 것이지요. 그러나 무엇인가 꼭 표현하고 싶은 것이 있고 그렇게밖에 할 수 없다면, 그 난해함은 어쩔 수 없는 것으로 받아들여야지, 그것을 시의 민주화라는 과제로써 배척할 수는 없다는 이야기입니다.

시가 모든 사람에게 읽히고, 모든 사람과 즐거움을 나누어 갖도록 해야 한다는 데 대해서는 저도 이의가 없습니다. 그러나 한 가지 짚고 넘어가야 할 것은, '평이하게 이해되지 않는 시는 곧 좋은 시가 아니다'라는 논리는 큰 위험을 안고 있다는 사실입니다. 한 편의 시가 주는 감동은 어떤 사회적 현실이 시인의 의식 내부에 불러일으킨 감동으로 독자에게 전달될 때 생겨나는 것이지, 사회적 현실 자체에 내재하는 것은 아닙니다.

당연한 이야기지만, 예술작품은 현실의 복사품이 아닙니다. 현실은 예술가의 의식을 통해 작품 속에 들어옴으로써 어쩔 수 없이 변형을 겪게 마련이지요. 제 생각으로는 예술이 불러일으키는 감동, 즉 놀라움이나 즐거움은 이러한 변형에서 오는 것 같습니다. 컴퓨터가 예술작품을 만들어낼 수 없는 것도 같은 까닭이겠지요. 너무 과도하게 강조되어서는 안 되겠지만, 어떻든 체험의 주체이며 변형의 주체인 예술가 개인은 인정되어야 하리라고 봅니다. 그렇지 않고서는 예술은 현실의 복제품이 되고 말 테니까요. 시가 공동체 속으로, 구체적인 생활공간 속으로 파고들어 가야 한다는 말씀은 저도 인정을 하고, 또 그래야만 하리라고 생각합니다. 하지만 시가 그 속에서 벗어나지 못할 때, 즉 어떤 사회적인 묘사나 진술로 끝날 때, 그것이 시의 끝장을 의미하는 것이 아닐까 합니다.

앞에서 제가 시적 자아와 윤리적 자아라는 구분을 했던 것도 무엇을 세분화시켜 보겠다는 의도에서가 아니라, 무엇인가 건너뛰어서는 안 될 부분을 분명히 해야겠다는 의도에서였습니다. 물론 한 인간의 시적 자아와 윤리적 자아는 명확히 구분 지을 수 있는 성질의 것이 아닙니다. 그러나 이 양자가 자주 혼동되는 상황에서는 이러한 구분도 의미가 있을 것 같아요. 당연히, 시는 윤리와 다른 것입니다. 비록 시가 윤리에 대해 이야기할 때라도 말입니다.

가령, 누군가 어떤 좋은 일을 하자고 하였을 때, 그 말이 옳고 또 그 말을 하는 사람의 심정까지도 충분히 이해되더라도, 우리가 거기서 시적인 감동을 받는다고 할 수는 없거든요. 시에서, 그리고 오직 시에서만 문제되는 것은, 어떤 현실이 시인에게, 그리고 시를 통해 독자에게 불러일으키는 마음의 파문입니다.

이것을 간과할 때에는 시와 윤리는 완전한 혼동에 빠질 것 같아요.

덧붙여 말씀드리고 싶은 것은 시의 해석에 관한 문제입니다. 지난번 선생님께서는 어느 시인의 시에 나오는 '물'이라는 말을 '민중'이라는 말로 대치시켜 해석하셨습니다만, 제 생각으로는 이것을 일대일의 관계로 묶어 두는 것보다는 열어 주는 작업, 그러니까 '물'이 '민중'뿐만 아니라, '원초적 삶'이라든가 그 밖의 여러 가지 의미로 번져 나갈 수 있는 가능성을 열어 주는 것이 시와 상상력의 자유를 위해 더 바람직하지 않을까 해요.

가령, A=B라고 할 때, A를 이야기하기 위하여 굳이 B로 치환시켜서 이야기할 필요가 있겠는가, 그렇다면 시는 단순한 '알레고리'에 불과한 것인가 하는 문제입니다. 독자 편에서도 마찬가지일 것입니다. B가 A로 완전히 치환될 수 있는 것이라면, 시를 읽는 즐거움, 시에서 얻는 자유는 많이 줄어들고 말 테니까요. 제 생각으로는, 시가 주는 감동은 B가 A로 완전히 바뀔 수 없는 데서 오는 것 같습니다. 그래야만 말과 말 사이에 긴장이 남고, 이해와 해석의 기쁨이 따르겠지요.

사실 제가 그날 선생님 말씀을 들으면서 느꼈던 것은, 한편으로는 여러 사회적 문제들이 저에게는 그렇게 절박하게 다가오지 않은 데 대한 자괴감이라고 할까 그런 것이고, 다른 한편으로 그러한 문제들을 시인으로서 어떻게 다루어 나가야 할 것인가 하는 점이었습니다. 마땅히 시인도 한 지식인으로서 그 문제들을 직시해야 된다는 점에서는 저도 동감입니다. 그러나 그 여러 지식인들 중에서, 특히 한 시인으로서 감당해야 할 몫이 무엇인가 하는 점도 생각해 보아야 할 것 같아요.

시인은 현실의 여러 문제들을 행동으로 보여 주는 것이 아니라, 글로써, 그리고 다른 글들과는 달리 '시'로써 이야기합니다. 그렇다면 시인의 과제는 무엇을 이야기해야 하는가에 그치지 않고, 그것을 어떻게 이야기할 것인가 하는 데까지 이어진다고 봅니다. 다시 말해, 시인이 할 일은 자기가 살고 있는 현실에 발 디디려는 노력뿐만 아니라, 그 현실을 시로써 구체화시키려는 노력까지도 포함해야 하지 않을까요. 어떻게 말할 것인가를 도외시하고서 무엇을 말한다는 것은, 이미 시의 영역에서 벗어나는 일이 아닐까요.

또한 선생님께서는 공동적인 체험이라 할까, 사회적 공감대라 할까, 그런 것을 다스리고 승화시키는 시인의 역할에 대해 말씀해 주셨는데, 저는 그보다도 한 시인의 시인됨, 즉 우리가 보통 '아, 그 사람 시인이다'라고 할 때의 그 시인이라는 말뜻에서부터 시작해 봤으면 해요. 저의 생각으로는 우리를 둘러싸고 있는 모든 것들에 대해 연애하듯 얘기할 줄 아는 사람이 좋은 시인인 것 같아요.

그것이 우리의 공동적인 체험이든 개인의 사사로운 체험이든 간에 감수성으로써 확실하게 짚어낼 수 있어야 한다는 얘기입니다. 그렇지 않고서는 아무리 좋은 얘기를 장황하게 늘어놓아도 감동을 줄 수 없을 것입니다. 누군가가 이미 말했듯이, 시인은 이 세상에 존재하는 모든 것에 빚을 지고 있는 사람입니다. 그 모든 것, 아주 미미하고 사소한 것에서부터, 나아가서는 한 사회나 역사에 이르기까지 시인의 눈은 열려 있어야 합니다. 우리가 설사 더 참혹한 현실을 노래할 때라도, 꽃이나 짐승에 대해 이야기할 때처럼 작은 사랑에서 출발해야 한다는 이야기입니다.

어차피 시는 '우리'라는 공동체의 세계 속으로 들어가야 합니다. 하지만 거기서 끝내 벗어날 수 없을 때, 시로서의 의미를 잃게 됩니다. 왜냐하면 체험의 주체는 복수인 '우리'가 아니라, '우리' 속의 '나'이기 때문입니다. 그러니까 공동체 속에서도 시를 존재케 하는 힘은 '우리'이면서 '나'인, 바로 그 '나'에서 오는 것일 테지요. 선생님께서는 어떤 비전이나 자유의 세계를 제시하는 것이 시인의 역할이라고 하셨는데, 저로서는 상처받기 쉬운 '나'를 드러내 주는 것도 의미있는 일이라 생각해요. 그러한 '나'가 지워지지 않음으로 해서, 시는 추상적인 진술에서 벗어나 생생하고 구체적인 모습을 띠게 되는 것이지요.

저는 어떤 추상적인 진술로써 옳은 것을 옳다고 답답하게 얘기하는 것이 아니라, 독자가 만져 볼 수 있고 냄새 맡을 수 있는 사물과 장면으로써 제시해 주는 데 시의 묘미가 있다고 생각합니다. 시인은 어떤 비전이나 유토피아를 그려내는 일뿐만 아니라, 자기 체험의 살肉을 보여 줘야 합니다. 다시 말해서, 시인이 독자에게 주는 것은 딱딱한 관념의 덩어리가 아니라, '이는 내 살이니 받아먹어라' 할 때의 바로 그 '살'이지요.

물론 시인과 독자의 관계는 무엇을 '선사한다, 베푼다' 하는 식의 수직적인 것은 아닙니다. 시인은 자기 몸을 허락하듯이 독자에게 시를 내주는 것이며, 한 편 한 편의 시를 통해 그가 사회에 진 빚을 조금씩 갚아 나가는 것입니다. 하지만 그 빚을 완전히 청산하는 날은 오지 않을 겁니다. 그렇게 되면 그는 이미 시인이 아니겠지요. 어떻든 저는 지난번 선생님께서 말씀하신 시인과 독자 사이의 '수평적 관계'에 대해서는 이의가 없습니다.

다만 저는 선생님과 달리, 한 편의 시에서 시인의 '나'가 드러나고 구체화되는 부분도 의미있다고 생각합니다. 물론 그것만이 다는 아니겠지요. 그리고 모든 시인이 연애시만 쓴다면, 모든 시인이 현실 비판의 시를 쓰는 것만큼이나 답답한 세상이 되겠지요. 하지만 그러한 면을 부단히 강조하는 것도 다양한 시의 꽃밭을 위해서는 필요한 일이 아닐까 싶어요.

이제 제 시집 『뒹구는 돌은 언제 잠 깨는가』에 대해 잠깐 말씀드리겠습니다. 여기에 실린 시들은 대체로 1978년과 1979년 사이에 씌어진 것들입니다. 애초에 하나의 흐름을 계산하고 배열하였는데, 중간에 몇몇 시편들이 잘려 나가는 바람에 실패로 돌아간 것 같습니다. 우선 저로서는 '시는 나의 문제다'라는 말을 하고 싶어요. 지금은 시에 대한 회의가 따르고 해서 많이 변했습니다만, 한때 저는 '너 없이는 못 산다' 할 때의, 그 '너'로서의 시를 생각하였습니다. 그렇지 않고서는 모든 것이 무의미하게 느껴졌으니까요.

어쨌든 제가 말씀드리고 싶은 것은, 시는 제 삶의 문제이며, 제 삶과 죽음을 책임지고 밝혀야 한다는 생각입니다. 물론 그것이 불가능하고, 어쩌면 유치한 생각인 줄은 저도 잘 알고 있습니다만, 그러나 지금도 시는 저에게 하나의 동아줄이라고 할까, 어쩌면 이미 썩어 버렸을지도 모를 동아줄이라고 할까, 그런 것입니다. 이처럼 시에 대해 과도한 요구를 하는 까닭에 시 속에 저 자신을 지나치게 드러내기도 합니다만, 자기를 노출시키는 일이 그리 아름다운 일이 못 된다는 것을 저도 알고 있습니다. 어떻든 저로서는 저의 삶이 모독받은 만큼 저의 시도 모독받아야 한다는 점을 고집하고 싶습니다. 저의 시에 빈번히 누추하고 조잡한 사물들이 들어오고, 불경건하고 몹쓸 기억들, 기억하고 싶지 않은 기억들까지 들어오게 되는 것도 이런 까닭에서입니다.

또 하나 시에 대한 저의 불만은, 산문이 땅에 발을 딛고 있는 반면에 시는 언제나 공중에 떠 있다는 점입니다. 시가 완전히 땅에 발을 내리면, 그때부터는 시로서의 의미를 잃고 산문으로 바뀌고 말겠지요. 시의 속성이 그러하다면 문제는 가능한 한 낮게 낮게 가라앉되, 그러나 떠 있는 일입니다. 그런 점에서 저는 저의 시작詩作 태도를 '저공비행'이라는 말로 바꾸어 보고 싶습니다. 가령 비행기가 공습을 할 때에는 가능한 한 낮게 아래로 내려와야 합니다. 그것은 아주 위험한 일이긴 하지만, 정확한 공격을 위해서는 어쩔 수 없는 일이기도 합니다. 그러니까 시가 얼마만큼 땅으로 내려설 수 있는가, 또 거기서도 시가 살아남을 수 있는가 하는 문제가 저의 관심사입니다.

제 생각으로는, 시인은 어떻든 자기가 발 딛고 있는 현실사회 속으로 내려와야 합니다. 시인이 이 문제를 직시하지 않고 눈 감으려고만 할 때, 시의 운명은 걷잡을 수 없는 것이 될 것 같아요. 저는 공동체라든가 현실사회를 우리가 들어가야 할 문門으로 생각해요. 우리는 문을 통해 안으로 들어가지, 문을 등에 지고 들어가지는 않습니다. 그러니까 예술은 현실의 단순한 반영이 아니라, 현실을 통한 해방이지요.

저는 시를 통하여, 우리 눈앞에 육중하게 버티고 서 있는 현실이라는 괴물을 철저히 때려 눕히고 싶은 생각이 듭니다. 한순간에 불꽃처럼 왔다 가는 그러한 시가 아니라, 거대한 피라미드처럼 우리 삶을 억누르고 있는 정체 모를 현실을 오래오래 끈질기게, 그리고 가능하다면 현실만큼 육중하게 때려 부수고 싶습니다. 그럼으로써 우리가 함께 숨 쉴 수 있는 공간을, 아주 작은 공간을 열어 놓고 싶습니다.

마지막으로, 제가 저 자신에 대해 항시 추궁하고 있는 믿음을 말씀드리면서 이야기를 끝내겠습니다. 그 하나는 시인은 언제 어디서든 상처받을 수 있는 사람이라는 것이며, 다른 하나는 한 절망에 대한 위안은 더 큰 절망에서 온다는 것입니다. 상당히 비관적인 믿음인 셈이지요.

두서없는 말씀 오래 들어 주셔서 감사드립니다.

1980년 12월 27일

추신

지난번에 선생님께서는 제가 초현실주의의 영향을 받은 듯한 느낌이 있다고 하셨는데, 저 자신은 그렇게 생각해 본 적이 없습니다. 무의식적으로 어떻게 스며들었는지 몰라도, 의식적으로는 초현실주의 쪽으로 눈을 돌린 적은 한 번도 없었습니다. 저에게 부족한 것은 현실이고, 현실보다 더 초현실적인 것은 없다는 다짐을 늘 하고 있습니다.

비망록 · 1984

시

시. 영혼 혹은 내면의 소리와 대면 형식으로서의 시. 자신과의 맞섬, 자기반성의 현장으로서의 시. 오랫동안 나는 시 쓸 생각을 해 본 적이 없다. 이제 나는 시 쓰기를 내 인생의 성패의 담보로 선택한다. 나 자신의 전모를, 부끄러움과 역겨움과 오만함까지도 샅샅이 드러내는 거울로서의 시. 하루하루의 죽음과 싸운 흔적으로서의 시. 내가 희망하는 삶에 도달하기 위한 확고한 길잡이이며 지름길로서의 시. 내 살아 있음과 살아왔음의 미미한 증거로서의 시. 그러나 어디까지나 지금의 나 자신을 추궁하기 위한, 깨끗한 영혼의 진통의 몸부림으로서의 시. 도피하는 나를 끈질기게 세상과 대면시키고, 하루하루를 잠식하는 미지의 죽음과 대질시키는 시. 깨끗한 영혼, 더러움과 썩어 문드러지는 삶으로부터 벗어나려고 몸부림치는, 다만 깨끗해지고 싶어 하는 영혼의 기도, 기도, 기도! 해안 절벽의 깎아지른 바윗돌을 부딪는 파도의 숨 틀 데 없는 답답함과 막막함과 낭패감을 제 자신의 율동과 힘으로 삼으며, 다만 살아 남기 위한, 살아 넘어서기 위한 처절한 맞섬으로서의 시. 그 뜨거운 폭풍 속의 고요함, 그 숨 막히는 고요함의 절정에서 나는 나 자신을 번제燔祭하고 싶다.

내가 좋아하는 시인들

소월素月: 무당과 같은 민족적 차원의 한恨의 위무사慰撫使.

이상李箱: 치열한 자기반성, 속지 않으려는 정신과 맺어진 요사스러운 재능.

백석白石: 청정한 슬픔 속으로의 여행. 개인과 민족의 비극적 만남.

윤동주尹東柱: 폭풍 속 고요한 불꽃과도 같은 영혼의 떨림.

김수영金洙暎: 영원한 젊음. 당대적 현실의 최초의 발견자.

그러나 그들은 자신을 완성(소진)하지 못했다. 그들은 자신의 눈으로 보나 후세의 눈으로 보나, 안타깝게도 깜박이는 등대에 불과하다. 언젠가 그들에 대한 논의를 개별적으로 하는 날이 오겠지.

나의 동년배들

무엇보다 나는 C의 깨끗한 영혼이 무섭다. 그의 길들지 않은 들짐승 같은, 때로는 유치하고 난폭한, 그러나 그의 전신을 감고 있는 외로움과 배고픔의 정신, 자신과 자신을 둘러싼 위선적인 것에 대한 다스릴 길 없는 증오. 이런 것들은 그의 시를 김수영의 시 못지않게 장대 같은 활달함과 불길 같은 뜨거움 속으로 끌어들여 단련한다. 그는, 아직은 개발되지 않은 무진장한 광맥이다. 앞으로 그가 유치함과 조야함에 떨어지지 않고 자신이 지닌 광맥을 송두리째 개발할 수 있을까. 그에 비하면 다른 시인들의 재주와 뚝심은 그리 부러운 것이 못 된다. 솜씨는 언제나 막다른 골목에 있는 것이고, 본질적으로 뚝심은 시가 아니다. 또한 L의 냉정한 치열함과 끈질김. 그는 나의 문학과 나라는 인간을 긍정적으로 보아줄 줄 아는 몇 안 되는 친구이다. 나는 그의 따뜻함과 성실함에 많은 것을 빚지고 있다. 앞으로 그의 작품이 굉장한 것이 되기 위해서, 나는 그가 자신이 지녀 온 교양과 문화와 형식을 샅샅이 벗고, 시장 바닥과 같은 이 세상 삶에 참혹하게 내동댕이쳐지기를 바란다. 나는 그의 성공을 진심으로, 또한 시기심을 가지고 바라본다. 그렇다면 나는? 나는 너무 일찍 늙어 버렸다. 나는 이제 이 일기를 쓰면서 나의 정체를 밝혀 보기로 한다.

어떤 시인들

그들은 근본적으로 예술가의 소양을 타고 나지 못한 시인들이다. 예술가라면 삶을 꿰뚫는 눈이 있어야 한다. 그들 자신은 삶을 보는 눈이 있다고 주장할지 모른다. 그러나 그들이 말하는 삶은 도덕 교과서에 실려 있는 삶이다. 그들은 '정직한' 예술가들이다. 정직하다는 것만큼 예술가에게 경멸적인 말은 없다. 마치 권투선수가 그의 정직함으로 인해 몰매를 맞고 매트 바닥에 쓰러지듯이. 예술은 대상과의 싸움이다. 그 싸움에서 이기려면 최소한 정직함에서는 벗어나 있는 수준이 되어야 할 것이다. (이것은 영혼의 정직성과는 다른 문제이다.) 예술가로서 그들은 애꾸눈이나 다름없다. 그들은 자기 눈앞의 원근을 가려내지 못한다. 그들 작품의 평면성은 여기에서 기인한다. 내밀함과 깊이가 없는 그들은 예술가라기보다는 칭찬받을 만한 시민이다. 그들이 가진 유일한 장점은, 그들이 현실에 대해, 도덕적 진실에 대해 열심히 발언한다는 점이다. (나는, 그러나, 그들의 발언이 진실되다고 생각하지 않는다.) 그들의 작품만큼 재미없는 것은 없다. 그러나 나는 악착같이 그것들을 읽는다. 나에게 부족한 현실을 보충하기 위해서. 유감스럽게도 그들은 자극제에 불과하다.

영혼의 타락과 부끄러움

최초의 타락은 부끄러움을 지각하는 능력에서 비롯된다. 아담과 이브가 부끄러운 데를 가리기 시작한 순간부터 그들은 타락한 것이다. 그들은 타락과 동시에 타락하지 않은 상태, 즉 순결을 열망한다. 순결은 그것을 상실한 순간에 비로소 존재하는 것이다. 즉 순결은 언제나 잃어버린 순결이다. 부끄러움/타락의 동시적 생겨남과 쾌락의 발생은 불가분의 관계에 있다. 쾌락의 본질은 스스로 죄를 저지름, 혹은 저지르려고 하는 의도에 의해 태어난다. 어느 성의학자sexologue의 말처럼, 건전한 성性은 성의 타락이다. 성적 쾌락은 타락한 것, 타락하려 하는 의도에서 비롯되기 때문이다. 천진무구한 자연과의 합일, 자연과의 친화는 잃어버린 신화이다. 썩지 않는 영혼은 자신이 속속들이 썩었음을 지각하는 영혼이다. 그에게 절충이나 방임은 있을 수 없다. 자신의 환부를 절개하려는 의지와 용기를 지니고, 시대의 밤에 정면으로 맞서는 영혼. 그의 적극적인 역사주의는 삶의 한

가운데를 흐르는 생명의 물길이다. 그는 미래의 역사를 예감한다. 왜냐하면 그는 현재의 부패를 속속들이 알고 있으므로.

무모한 기다림에 대하여

아침잠에서 깨면서부터 잠자리에 들기까지 나는 막연히 기다린다. 그래서 하루 종일 아무 일도 못 한다. 어떤 일이든 내 기다림의 절대적 소망에 비하면 하찮은 것이다. 책도 손에 잡히지 않고, 당장 해야 할 일에도 마음이 가지 않는다. 때때로 여행이나 산보나 성性이 내 기다림의 벌어진 입을 막기도 한다. 그러나 그것들은 기다림의 충족이 아니라 일시적인 망각에 지나지 않는다. 그 절대적 기다림에서 벗어날 수만 있다면, 나는 어떤 쾌락에도 선뜻 몸 맡길 준비가 되어 있을 정도로 타락했다. 지고지순의 기다림이 어느덧 나를 추악할 정도로 병들게 한 것이다. 기다림은 무위無爲를 낳고 무위는 영혼을 부패시켰다. 나를 살려야 할 문학이 도리어 고칠 수 없는 병이 되었다. 이 도저한 병에서 소생하기 위해서는 병보다 더 큰 의지를 가져야 하리라. 그러나 내 기다림은 아무도 눈치채지 못하게 내 의지의 뿌리까지 잘라 버렸다. 대체 무엇을 기다린단 말인가. 마치 두 개의 물방울이 합쳐지듯 나와 생이 하나가 되는 순간에 이르는 것. 그 절대적 행복의 탐구 과정을 글로 담아내는 것. 그렇다면 이 기다림은 무언가 확실한 근거를 가진 것인가, 아니면 단지 내가 만든 환상에 불과한 것인가. 나는 아직 그것을 모른다. 그러기에 이 기다림을 선뜻 포기하지도 못한다.

근래의 내 시들

「분지 일기」「약속의 땅」「환청 일기」「귀향」에 이르는 길은 「1978년 10월 30일」 혹은 「테스」에서 시작된 '더럽혀짐'을 수습하기 위한, 긴 망설임과 갈등의 여정이었다. 그리하여 마침내, 비록 그것이 서툴고 허술한 수습책이었다 할지라도, 내 시적 표류의 한 단계를 마감하게 되었다. 그러나 분명히 이것들은 『뒹구는 돌은 언제 잠 깨는가』의 탄탄하고 치열한 싸움에 비하면 실패작임이 틀림없다. 그러나 어쩌랴. 1980년에서 1984년에 이르는 어려웠던 한 시절을 달리 내가 어떻게 살 수 있었으랴. 그 시절을 지나쳐 오면서 내가 잃은 것은 무엇인가. 삶에 대한 다스릴 길 없는 호기심과 애정, 삶답지 못한 모든 것에 대한 증오, 언젠가 한 번은 대면해야 할 죽음에 대한 준비, 고통이 삶에 내재하는 한 자신을 속이지 않고 고통과 대결하려는 자세, 그리고 그 모든 선하고 아름다운 것들에 대한 기도…. 나는 이제 시를 낳기 위한, 혹은 시가 태어나기 이전에 마땅히 지녀야 할 긴장과 고뇌의 태반을 잃어버렸다. 그 대신 내가 얻은 것은 무엇인가. 조금은 모나지 않게 삶을 바라보는 눈, 보편적인 것에 대한 배려, 시대와 역사에 대한 눈치 등등. 확실히 나는 타락했다. 문제는 내가 타락했다는 점에 있는 것이 아니라, 타락으로부터 벗어날 용기와 희망을 잃었다는 점에 있다. 나는 분명 달라져야 한다. 그렇지 않으면 나의 삶은 숨겨진 악에 불과할 것이다.

이른바 내 시의 난해함에 대하여

흔히 사람들은 내 시가 어렵다고들 한다. 무슨 소리인지 대체

씨가 먹히지 않는 횡설수설이라는 것이다. 그 난해함과 연관 지어 거론되는 것이 주관성과 요설饒舌이다. 그들의 말을 십분 이해한다 치더라도, 그들이 미처 생각하지 못하는 부분이 있다. 나 자신으로서는 내 시에 이해하지 못할 부분이 그리 많지 않다. 이것은 나를 변호하기 위한 억지가 아니다. 무엇보다 그들과 나는 시를 쓰고 논하는 방식이 다르다. 나는 어떤 의미내용을 전달하기 위해 시를 쓰는 것이 아니다. 나는 이미지에서 이미지로 건너뛰며 사유한다. 내 시가 난해하다고 그들이 불평하는 것은 그 때문일 것이다. 의미에서 의미로 넘어가지 않으면, 그들은 이내 길을 잃고 만다. 나는 분위기에서 분위기로 건너간다. 그러므로 말과 말 사이의 논리적 연관에 대해서는 그리 개의치 않는다. 나는 그들이 시를 대하는 수준이 열등하다거나, 또는 상대적으로 나의 시적 수준이 우수하다고 말하려는 것이 아니다. 이른바 시를 대하는 이 두 가지 서로 다른 방식을 고려하지 않는 한, 그들은 내가 모색하는 또 다른 시적 질서를 눈치채지 못할 것이다. 그들의 눈에 아주 평이한 작품으로 보이는 시들만큼이나 내 시는 나에게 평이하다. 나의 시는 모험의 과정이며 합성의 묘미이다.

요설의 현실성

지금까지 나는 어떤 내용을 미리 구상하여, 그것을 시라는 의장意匠을 씌워 드러낸 적이 없다. 나의 시는 격렬한 고통과 막연한 충동의 자연발생적인 운동 과정이다. 따라서 한 편의 시뿐만 아니라, 한 권의 시집까지도 여러 단편들의 조립으로 이루어진다. 이것은 물론 전체로서의 탄탄한 축조를 결여함으로 인해 지리멸렬로 떨어질 위험을 안고 있다. 그 대신 모험과 자유와 새로운 공간의 탐사라는 즐거움을 만나게 된다. 나의 시 혹은 나의 시집은 같은 제목이 붙은 추상 미술가들의 작품들처럼, 서로 별개이지만 동일한 구심점을 가진다. 나는 내 시가 그들이 본보기로 내세우는 시에 비해 성실성을 결하고 있다고 생각하지 않는다. 시는 현실에 대한 세밀한 관찰일 뿐만 아니라, 현실에서는 눈치챌 수 없는 미답未踏의 공간에 대한 탐험이기도 하다. 사실, 좋은 시는 관찰과 탐험이라는 서로 다른 지향의 만남이기 십상이다. 나의 시의 요설과 주관성은, 글쎄, 지금처럼 주관적인 것이 헐값으로 매도되는 시대가 지난다면, 즉 그들이 내세우는 객관성이라는 것의 뿌리가 드러나는 시대가 온다면, 전혀 다른 눈으로 이해될 수 있지 않을까. 나는 내 시의 독자가 앞으로도 소수에 그치리라는 것을 알고 있다. 그것이 슬프지만은 않다. 그 소수의 사람들은 내가 왜 요설을 하지 않으면 안 되었는가를, 즉 요설의 필연성과 현실성을 이해할 것이다.

나의 치명적인 단점

우선 비겁함과 성급함. 내 성격적인 결함의 태반은 비겁함에서 유래하는 것이며, 그 결함들을 치명적인 것으로 만드는 것은 성급함이다. 생각해 보면, 나의 인정머리 없음, 우유부단, 어리석음, 게으름, 비사교성, 칩거 등 어느 하나 비겁함에서 유래하지 않은 것이 없다. 인내심의 결여까지도…. 나는 눈앞의 사소한 것들이 겁나 돌이킬 수 없는 잘못을 저지를 때가 많다. 더 기막힌 것은 나에게 있어서 용기나 성실성뿐만 아니라 냉혹함이나 잔인함까지도 비겁함의 위장이거나, 비겁한 자신을 보호하기 위한 도구였다는 것. 당면한 사태에 당당히 맞설 용기를 지니지 못한 자는 필연적으로, 음성적(음험하고 간교하며, 마치 수음행위와도 같은) 저항의 방식을 택하기 마련이다. 나의 사내답지 못함, 정직하지 못함, 건강하지 못함은 그 음성적 작위(作爲)들의 결과이다. 이같은 비겁함에서 오는 결함들을 불붙은 집에 기름 뿌리듯이 돌이킬 수 없게 하는 것은 성급함이다. 나는 화가 나거나 미움에 사로잡히면 눈앞이 잘 안 보인다. 나는 내 비겁함과 성급함으로 인해, 자의든 타의든 목전의 현실로부터 격리되었다.

약간의 장점

언제든지, 비록 그것이 내게 불리한 결과를 가져올지라도, 솔직해지려는 노력. 내 비겁함을 어떻게든 시인하려는 마음가짐. 이는 나 자신이 솔직하다고 말하는 것은 아니다. 다만 나는 지금의 나보다 솔직해지려고 노력한다. 비록 제자리걸음에 그칠지라도. 이러한 자세도 이제는 많이 흐트러졌다. 그것이 내 늙음의 분명한 증거일 것이다. 하지만 최소한 나 자신에게만이라도 정직하지 않다면, 나는 무엇 때문에 사는가. 썩지 않은 영혼에 대한 갈망, 진실한 삶에 다가가려는 소망. 이것이 내가 가진 것의 전부가 아닐까. 그러나 나는 솔직해지려는 노력을 끝까지 밀고 나가 본 적이 없다. 언제나 치명적인 약점인 비겁함이 가로막기 때문이다. 약간의 장점으로 들 수 있는 다른 한 가지, 어떻게든 공감하려는 자세. 바꾸어 말하면 남들보다 쉽게 공감할 수 있는 능력. 그것은 아직 사랑이 아니라 하더라도 사랑의 출발점은 되리라. 나는 나 자신이기 위해서라도 다른 사람이 되지 않을 수 없다. 비록 되지는 못하더라도, 되려고 하는 노력조차 포기한다면 나의 잠은 언제나 불편할 것이다. 나는 이 삶이 이루 말할 수 없이 가난하고 조잡한 것임을 안다. 그 때문에 나는 삶을 사랑한다. 삶은 나 자신이다. 그러나 비겁함은 종종 이러한 공감의 능력까지 가로막고 만다.

영혼의 타락이 시에 나타난 결과

타락이라는 말은 아무래도 자학적인 느낌이 짙으므로 피폐함이나 곤핍함이라는 말로 바꾸어도 좋을 것이다. 내 영혼의 피폐함이 시에 나타난 결과, 그것은 한마디로 말해 투혼(영혼의 싸움)의 결여이다. 『뒹구는 돌은 언제 잠 깨는가』 이후 내 시가 추구해 온 상반된 두 방향, 한편으로는 도저한 현실 탐구와 적나라한 까발림, 다른 한편으로는 꿈꾸는 자의 도피와 망각. 달리 말하자면 보편적인 것에 대한 경도와 사적인 범위 안에서의 칩거. 어느 쪽으로든 있는 그대로의 현실이 아니라 박제된 현실의 외피만 나타날 뿐이다. 현실은 현실과 맞싸우는 영혼, 외롭고 굶주린 영혼과 함께 나타난다. 이는 현실주의자들이나 초현실주의자들이나 똑같이 간과하는 점이다. 홀로 깨어 괴로워하는 영혼, 자신의 타락을 절감하는 영혼, 자신의 죄로 인해 몸부림치는 영혼은 엄청난 힘을 지닌 자석처럼 현실을 견인한다. 가령 도스토옙스키. 그러나 나약한 영혼은 병자의 식욕이나 노인의 성욕처럼 대상을 전유할 능력이 없다. 영혼의 기력이 소진될 때, 사람들은 남을 닮아 가거나 양식良識에 기댄다. 그들의 현실은 현실에 대한 자신의 관념일 뿐이다. 두드리지 않는 자에게 문이 저절로 열리지 않듯이, 갈등하지 않는 영혼에게 현실은 없다. 아아, 나의 영혼은 타락했다.

영혼의 타락이 시에 나타난 증거

근래 몇 년 동안 나는 극단적인 현실묘사에 집착하거나(「수박」「목욕」), 영혼의 정처 없는 여행에 몰두해(「분지 일기」「환청 일기」) 왔다. 「약속의 땅」은 그 둘의 뒤범벅이다. 쓰고 있는 글에 자신이 없어질 때, 혹은 글로 써야 할 아무런 현실이 없을 때, 사람들은 과도하게 현실묘사에 치중하거나, 아니면 현실이야 아무것도 아니라는 식의 경멸적인 자세를 취함으로써, 자신에게 없는 현실을 위장하려 든다. 그럴 때 나오는 문학은 남이 애써 찾아낸 이미지를 차용하고, 남이 (그의 싸움으로써) 만들어 놓은 생각의 틀을 훔치며, 거기에 적절한 분위기를 덧씌우는 것이다. 문학은 영혼의 싸움의 결과이다. 이미 발견되고 고정된 것은 살아 있는 진리가 아니다. 작가는 매 순간 자기 죽음을 죽어야 한다. 진실한 신앙인은 그리스도의 죽음을 다시 죽는 사람이지, 그리스도의 죽음을 빌려 자기 죽음을 면제하려 드는 사람이 아닐 것이다. 문학은 영혼의 갈등에 의해 태어난다. 결과로서의 문학에 집착함으로써, 나는 예술이라는 허깨비만 얻게 되었다.

정신의 운동 부진

문학은 근본적으로 자기비판auto-critique의 장場이다. 그것은 자아를 처벌하기 위한 비판이 아니라, 구원하기 위한 비판이다. 문학의 자기비판은 일종의 기도이다. 그 점에서 타아비판他我批判의 형식인 주장이나 설득과 다르다. 문학이 종교와 닮고, 작가가 수행승과 닮은 점은 여기에 있다. 자기를 구제하기 위해 자기를 버리는 역설적인 길을 택한다는 것. 근래 내 정신의 황폐함과 결부되어 흥미로운 것은 언제부턴가 독서에 대한 열의를 잃어버렸다는 것. 그리고 이제는 단상 형식의 짧은 메모를 하지 않는다는 것. 독서가 작업을 위한 식사라면 일기는 그 자양의 흡수라 할 수 있다. 내 정신의 황폐함은, 어느덧 내가 현실로부터 유리되어 문학이라는 고급 자양분만을 원하는 지경에 이르렀다. 요컨대 내 문학의 부진은 내 정신의 운동 부족에 근거하고 있다. 언제부턴가 나는 다른 사람들의 시 작품만을 즐겨 읽는다. 그러면서도 이제나저제나 '범속한 트임'에 도달하기를 열망한다. 이야말로 허수아비가 냉수를 들이켜고 벌떡 일어나기를 기다리는 꼴이다.

낮잠 자 둔 사람들의 문학

언젠가 신문에서, 이율곡李栗谷이 젊었을 때 "잠이 오지 않는 한, 절대로 침구를 꺼내거나 드러눕지 말 것…" 혹은 그 비슷한 의미의 구절을 좌우명으로 삼았다는 것을 읽은 적이 있다. 사실 한밤중에 자신과 맞닥뜨리는 것만큼 무섭고 괴로운 일은 없다. 그럼에도 깨어 있는 사람들은 엄청난 고민이 있거나 불굴의 의지를 가지고 있는 사람들일 것이다. 밤과 맞선다는 것은 세상과 맞서는 것이며, 죽음과 맞서는 것이기도 하다. 말하자면 자기 '운명'과 대면하는 것. 지금까지 나는 나 자신의 운명과 마주 본 적이 없다. 기껏해야 질금질금 피하면서 곁눈질로 보았던 것. 그리스도가 "너희는 깨어 있으라" 했을 때, 그것은 두어 시간씩 낮잠을 자 둔 사람들에게 하는 말은 아닐 것이다. 즉 쏟아지는 잠 속에서도 깨어 있으라는 것. 이는 참 부끄러운 얘기다. 지금까지 내 글은, 그리고 앞으로 씌어질 내 글은 '낮잠 자 둔 사람의 문학'에 불과할 것이다. 이렇게 백 년을 살아서 무슨 이득이 있을까. 그러므로 부끄러운 자여, 너는 하루에도 몇 번씩, 그리고 모두가 잠든 한밤중에, 실성한 듯이, 이렇게 자꾸 중얼거려야 한다. "너는 무엇하러 이곳에 왔는가. 너는 조만간 이곳에서 홀로 떠나야 한다. 이제 너의 날들은 반절도 남지 않았다. 이곳을 떠나기 전에 네가 해야 할 일을 계속 미루고만 있을 것인가."

시—기화성 식물

시를 쓸 때마다, 그리고 그 결과의 참담함을 확인할 때마다 느끼는 것은 시란 기화성氣化性 식물 같은 것이라는 점이다. 시를 잡으려 하면 시는 어디에도 없다. 도덕주의와 이념 지향의 시들이 포즈로 남는 것은 그 때문일 것이다. 나의 '덧없음의 기록'으로서의 시가 실패한 것도 마찬가지이다. 의미를 미리 염두에 두고 그것을 전달하려 할 때, 시는 그 의미 이상의 것이 되지 못한다. 의미는 시가 아니라, 시의 매체일 뿐이다. 시는 어떤 사물이나 풍경에도 나타나지만, 순간온수기의 파란 불꽃처럼 다른 곳, 다른 차원에서 오는 것이다. 시는 그것들이 점화되는 순간, 다시 말해 그것들이 연소됨으로써 질적으로 변화하는 순간에 나타난다. 우리의 추억과 희망들은 그 점화의 순간을 기다리고 있다. 그것을 초월이나 해탈이라고 해서는 안 된다. 일상에 가리어진 그 청정한 빛! 그런데 왜 나는 아직 거기에 이르지 못하는가.

현실, 나의 스승

현실, 유일한 스승이며 길잡이. 지금까지 내 문학의 실패와 앞으로 내 문학의 갱생의 실마리는 현실에 있다. 아무리 반복해도 모자랄 정도로, 내가 필요로 하는 것은 현실이다. 좀 더 정확히 말하면 현실에 대한 '관심'이다. 그 관심이 현실을 현실로 존재하게 한다. 정말 내가 문학하기를 바란다면, 지금부터라도 문학 얘기는 집어치워야 한다. 지금부터라도 아편처럼 말초적인 욕망을 자극하는 문학에 매달리지 말고, 현실 앞에 마주 서서, 현실과 부딪치고, 현실을 넘어서야 한다. 물론 지금 나에게 현실이 없는 것은 아니다. 그러나 그것은 습관에 의해 박제되고 관념으로 경직된 현실이다. 깊은 의미에서의 현실에 도달하기 위해서는 끈질긴 관찰이 필요하고, 관찰로 이끄는 관심이 필요하다. 사랑의 다른 이름인 관심은 '삶에 대한 탐구' 혹은 '죽음에 대한 준비'의 원동력이다.

공동체주의자들

소위 공동체주의자들은 머리로 글을 쓴다. 그것을 위장하기 위해 그들은 격한 감정에 휩싸이거나 공격적 본능에 매달린다.

공격은 도피가 문학인 만큼만 문학이다. 그들이 애지중지하는 현실이라는 관념 덩어리는 그들이 내세우는 평등 박애의 정신과 달리, 그들만의 '소유'이다. 그들은 그들의 관념성을 지적하는 사람들을 '민중의 적' '매판자본의 앞잡이'로 몰아세운다. 그들은 쉽게 감상주의에 사로잡히고 과장된 묘사를 일삼는다. 감상주의는 정신의 평면성, 다시 말해 자기반성의 결여를 입증하는 것이고, 사실주의적 나열은 표현된 현실의 평면성, 다시 말해 현실을 바라보는 안목의 평면성을 입증하는 것이다. 그들의 이기주의가 좀처럼 탄로 나지 않는 것은 그들이 '정의'라는 공공의 원칙을 앞세우기 때문이다. 그들의 사고방식의 제일 원리는 '거두절미'이다. 세부적인 것보다는 중심적인 것, 실제적인 것보다는 효용적인 것에 치중하는 그들의 정신은 문학보다는 '운동'에 가깝다. 그들의 운동방식은 그들이 공격하는 전체주의자들과 상당히 닮아 있다. 양자 모두 통폐합주의자라는 점. 그들이 문학을 운동으로 밀어붙이려 하는 것은 결코 근거 없는 것이 아니다. 그들의 가장 소중한 존재 가치는 그들이 무제한의 현실광(혹은 관념광)이라는 점에 있다. 그들이 하는 얘기를 알지 못한다면, 그들을 비판해서는 안 되고 비판할 수도 없다.

이념형 문학

물론 나는 이념 위주의 문학이 존재해서는 안 된다고 하는 것은 아니다. 위기의 시대마다 문학은 팸플릿으로서의 임무를 다해 왔고, 앞으로도 그러할 것이다. 그러나 '모든' 문학이 이념의 선양에 몰두할 때, 우리의 내면은 어디서 그 모습을 비추어 보고, 우리의 영혼은 어디서 자양을 얻을 것인가. 민중·역사·공동체, 혹은 순수·감성·서정 등 허울 좋은 명색들을 다 떨쳐버리고 우리가 이야기할 수 있는 것은 '문학은 인생이다'라는 사실이다. 한 인간에게서 이념을, 다시 말해 그가 지향해야 할 당위를 빼앗아 버린다면, 그를 거세시키는 것이나 다름없다. 그러나 한 인간에게 그가 지향해야 할 당위만을 강요할 때, 그는 강요된 당위의 무게에 압사하고 말 것이다. 그러한 강제는 '정의'가 행하는 독재이며, 그 결과 인간은 인형이나 기계에 가까워질 것이다. 내가 말하고 싶은 것은 '이념형' 문학이 '현실형' 문학을 적으로 몰아세울 때 결과적으로 자신의 파멸을 초래할 것이라는 점이다. 그러나 이렇게 항변해서 무슨 소용이 있을까. 그들은 그들의 독선에 의해 파국에 이를 것이며, 그것이 그들이 예감하는 영광일지 모른다. 문학의 죽음.

도덕주의의 전횡적 습관

도덕주의의 악습은 그것이 다른 유형의 삶을 타락주의로 몰아세우는 것이다. 삶은 삶을 재판할 수 없고 재판하지도 않는다. 오직 자기를 반성하지 않는 이념만이 그렇게 할 수 있다. 모든 이념의 이념성은 자기의 옳음에 대해 의심하지 않는 데 있다. 따라서 마음 놓고 자기 아닌 것을 벌할 수 있다. 대개의 도덕주의는 무엇이 진정한 도덕인가를 따져 보거나 의심하지 않는다. 그 때문에 때로는 도덕주의만큼 도덕과 상반되는 결과를 빚는 것도 없다. 중세 원리주의자들의 이단자 고문은 그리스도의 이름과 위조된 동의로 저질러졌다. 그들은 자신의 옳음을 의

심하지 않았기 때문에 그들의 만행을 서슴지 않았던 것이다. 가장 보잘것없는 것에 대한 가장 보잘것없는 사랑에 바탕을 두지 않는 이념은 언제든지 가공할 폭력으로 변할 위험을 안고 있다. 모든 이념은 긍정적으로든 부정적으로든 휘발유나 폭약 같은 것이다. 그러나 이념의 경직성을 지적하는 것이 곧 목전의 체제에 대한 긍정이나 수락을 의미하는 것은 아니다. 이 또한 원리주의자들의 눈에는 같은 것으로 보일 테지만.

순교의 제작

어떻게 해야 현실에 다가갈 수 있을까. 내가 현실이라고 부르는 것과 가난한 삶은 불가분의 관계에 있다. 현실의 본질은 어떤 형태이든 가난에 있다. 유복하고 안락한 곳에 현실은 없다. 불안과 좌절, 부질없는 희망 속에 현실은 '겨우' 있다. 우리나라의 가난한 사람들. 막노동을 하거나 밥 먹듯이 야근을 하고, 파출부를 하면서 겨우 입에 풀칠하는 사람들. 그들의 눈에 비치는 잘 먹고 잘사는 사람들의 삶. 현실이 곧 가난한 삶이라면, 그 삶에 도달할 수 있는 것은 가난한 정신밖에 없다. 육신의 고달픔을 속속들이 알아줄 수 있는 것은 가난한 영혼일 뿐이다. 확실히 나는 너무 편하게 살아왔다. 지금 나는 현실에서 너무 멀리 떨어져 살고 있다. 정신과 육신이 뒤엉켜 싸우는 가난에 이르기에는 너무 늦었다. 주어진 조건 속에서 자신과 세상을 돌아보고, 한눈팔지 않고 지켜보는 것, 어쩌면 그것만이 가능할지 모른다. 그러나 그것만 해도 얼마나 어려운 일인가. 하루하루 먹을 양식을 준비하며 무너져 가는 집의 축대를 다시 쌓아 올리는 일. 즉 순교殉教가 아니라 순교의 제작. 싱겁고 맥 빠지는 일이기는 하지만 그 길밖에 없다. 당장 주어진 조건들을 박차고 부랑의 삶을 시작하지 않는 한….

글 중독 환자

「강」「꽃」「하늘」「산」등 지난해 가을 썼던 것들을 거의 다 찢어 버렸다. 새삼 내 재주 없음을 뼈저리게 느낀다. 그것들은 시가 아니다. 이렇게 몇십 년을 쓴들 무슨 소용이 있을까. 이럴 바에는 글을 쓰지 않는 편이 낫겠다. 이거다, 하는 확신이 들지 않는 한 어쭙잖게 손을 내밀지 말아야 한다. 글을 쓴다는 자부심을 갖지 말 일이며, 그것으로 내 게으름을 변명하는 악습을 버리도록 하자. 나는 포기한다. 앞으로 내가 쓰게 될 글, 어쩌면 평생 쓰지 못할지도 모를 글을 위해, 지금 나는 포기한다. 적어도 담배 피우듯이 글 쓰는 습관만은 버리도록 하자. 마치 시들어 가는 나무를 살리기 위해 멀쩡한 가지와 줄기를 잘라내듯이. 이제부터는 쉽사리 쓰고 싶은 유혹에 이끌려 들어서는 안 된다. 그래 왔기에 오늘 이 지경이 된 것이다. 언제나 사는 일을 배우고, 관찰하고 동참하는 일을 멈추어서는 안 된다. 지금 내게 그것만큼 필요한 일은 없다. 기다려 보자. 그러나 기다림과 무위를 혼동해서는 안 된다. 결정적인 발기의 순간에 이르기 전까지, 수음手淫하듯이 글을 쏟아내서는 안 된다. 기다려 보자. 그러면 최소한 지금처럼 돼먹지 않은 글을 쓰면서 귀한 시간을 축내는 일은 없을 것이다. 아, 나는 글 중독 환자나 다름없다. 갱생해야 한다!

영혼의 진통

글이란, 영혼의 진통이 뒷받침되지 않으면 말장난에 지나지 않는다. 그러기에 몇십 년씩 씨도 먹히지 않는 시를 쓰면서 그래도 손을 놓지 못하는 사람들이 안타까운 것이다. 나를 포함해 우리나라 시인의 태반은 시가 되지 않는다. 우선, 사회학적 상상력을 내세우는 시인들에게는 갈등하는 영혼이 없다. 그들에게 영혼은 금기이다. 또한 순수주의를 표방하는 시인들에게 영혼이란 한낱 멋부림과 횡설수설에 지나지 않는다. 내가 보기에 최악의 사태는 오히려 순수주의에 있는 듯하다. 공동체주의자들에게는 그래도 '외침'이라도 있으나, 순수주의자들에게는 '꿈틀거림'조차 없다. 그 쓰나 마나 한 시를 신줏단지 모시듯이 부둥켜안고 졸고 있는 사람들이 한심하게 생각된다. 그들이 소생할 수 있는 방법(최소한 '인간'으로서!)은 그 쓸잘데없는 시를 내던져 버리는 것이다. 나도 마찬가지다. 삶의 동력動力이 끊어진 나의 시에는 언어유희밖에 남지 않았다. 그것이 표어나 재치문답과 무엇이 다를까. 삶의 동력이란 미지와 위험에 부딪치려는 '자세'에서 생겨난다. 그것은 또한 죽음의 동력, 죽음이 충전하는 동력이기도 하다. 그러나 이처럼 단순한 사고의 전환이 나날의 삶 속에서는 얼마나 어려운가.

퇴폐한 영혼

매일매일 죽음같이 고요하고, 아무 일도 일어나지 않는 나날. 계속되는 진흙창에서 발 빼지 못하고 걷는 듯한 역겨움. 그것을 진흙창이라고 느끼는 순간에만 진흙창일 뿐, 나태하고 무료하며 편안하기만 한 나날. 또 한편으로는, 문득문득, 이웃과 현실을 외면하지 말아야겠다고 마음먹지만, 23시간 59분 59초까지 아무 일도, 아무 생각도 않고 허깨비처럼 산다. 이것이 퇴폐다. 퇴폐는 도덕적 선의 대립항이 아니다. 그것은 나태와 방종 속에서와 마찬가지로, 양심과 도덕 속에도 있다. 삶의 의문과 희망을 저버리는 퇴폐는 게으름의 다른 이름일 뿐이다. 게으른 자는 구제받지 못한다. 게으른 도덕주의자는 고뇌하는 악인 이상으로 퇴폐한 자이다. 그의 정신이 먹고 놀 바에야 차라리 악을 행하라. 악으로 인해 그의 영혼이 찢기고 갈라 터져, 그 속에서 생의 울부짖음이 새어나오게 하라. 어떤 고통스런 억양을 지니고 있더라도, 생의 부르짖음은 이미 희망이다. 삶은 희망이다. 반대로 말하자면 죽음은 퇴폐다. 퇴폐에서 벗어나는 길은 그 무료한 죽음을 다시 죽는 길밖에 없다. 희망은 결코 낙관주의자들의 마음 편한 긍정이 아니다. 삶은 절망의 얼굴과 절망의 목소리로 터져 나오는 희망이다. 그러나 퇴폐는, 삶이 절망이라고 낄낄 웃으며 게으른 하품을 한다.

위험한 시

뗏장처럼 눈이 쌓인 산속에서는 소리를 질러서는 안 된다고 한다. 그 소리에 완벽한 균형이 깨어져 눈사태가 일어날지 모르기 때문이다. 그 고요, 폭발 직전의 그 정적. 어쩌면 시는 그처럼 위험한 소리가 아닐까. 폭발 직전의 단순성과 일촉즉발의 죽음. (그러나 지금 나의 시는 웃음거리밖에는 안 된다.) 시라는 말을 삶이라는 말로 바꿔도 좋을 것이다. 시로서의 삶, 삶으로서의 시—일촉즉발의 순간에 차오른 죽음. 모기소리만 한 시의 목소리가 죽음을 성취한다. 장엄한 정적, 장엄하다는 느낌조차 없는 정적! 시는, 삶은 그토록 위험한 것이다. (그러나 지금 나의 삶은 웃음거리밖에 되지 않는다.)

희망에 대하여

희망, 그것은 소수의 사람들밖에 갖지 못한다. 삶의 마지막 벼랑에 서 있는 사람들. 희망은 절망하는 사람에게만 주어진다. 흔히 생각하듯, 희망은 맹목적 의지나 믿음 같은 것이 아니다. 희망은 깨어 있는 사람들만 가질 수 있다. 낙관주의와 비관주의의 구분은 피상적인 것에 지나지 않는다. '살아야 한다' —이 말이 함축하고 있는 숙명성과 지향성. 배불리 먹고 코 고는 사람에게 희망은 없다. 울고 있는 아이, 푼돈밖에 안 되는 월급으로 많은 식구들을 거느리고 살아가는 가장들, 방 한 칸 얻기도 어려워 해마다 이 집 저 집 쫓겨 다니며 주인집 눈치 보는 여자와 아이들, 정해진 일자리 없이 그날 벌어 그날 입에 풀칠하는 늙고 병든 사람들. 지금까지 나는 무엇을 했는가. 무슨 이유로 편하게 사는가. 그들에 대해 그들만큼 괴로워하지 않는 한, 나에게 희망은 없다. 왜냐하면 희망은 오직 가난한 삶에서만 생기기 때문이다. 나는 무엇하러 이곳에 왔는가. 대체 나는 누구인가. 언제가 되어야 지독히도 반성할 수 있겠는가. 그래도 싸늘하게 웃음 짓는 게으른 몸뚱이.

희망이 뚫은 구멍

그 실현이 도저히 불가능해 보일지라도, 희망을 가질 수 있다는 것은 얼마나 큰 위안인가. 뚫리지 않는 벽만큼 '단단한', 뚫으리라는 희망. 문제는 그 희망을 저버리는 '퇴폐'에 있다. 낙숫물이 바위에 구멍을 뚫는 것은 얼마나 신기한 일인가. 그것은 낙숫물이 뚫었다기보다는 낙숫물의 집요함이, 집요한 희망이 뚫은 구멍이다. 희망은, 비록 그것이 바늘구멍만 한 것이라 하더라도, 다른 방향으로 나아갈 수 있는 틈새를 만든다. 역사와 문화의 진보는 그런 구멍의 흔적들이다. 예술사藝術史 전체는 그런 작은 흔적들로 뒤덮인 암벽이다. 각 개인의 고뇌의 몸부림이 뚫어 놓은 작은 구멍들. 그 구멍들 앞에서 물러서는 것은 퇴폐로 떨어지는 것이다. 아무도 결과를 장담할 수 없다. 그것은 낙천주의자들이나 하는 일. 그러나 희망할 수는 있다. 더욱이 희망할 수밖에 없다면, 달리 무엇을 바라겠는가.

절망이라는 죄

이 구멍이 뚫리리라는 희망을 버려서는 안 된다. 오늘 아무 성과 없고, 내일 아무 성과 없고, 모레도 글피도, 그리고 죽는 날까지 그러하더라도, 마지막 성과는 나와 무관한 일이다. 내가 이 세상에 태어난 것이 나의 잘못이 아니듯이, 허락되지 않은 재능으로 인한 변변찮은 결과는 내 탓이 아니다. 그러나 희망이라는 구멍 앞에서 망설이거나 물러나는 것은 전적으로 내 잘못이다. 절망이 죄가 되는 것은 나태와 타락을 부르기 때문이다. 따라서 절망을 부추기는 비겁함과 성급함은 그 죄의 무서운 단

초라 할 수 있다. 절망에 대한 생각은 절망을 부른다. 나는 더 이상 절망에 대해 생각하지 않으리라. 돌이켜 보라. 지난봄 우리 아파트 벽에 내 친구가 페르세(벽에 구멍 뚫는 전동기구)로 구멍을 뚫을 때, 그렇게도 뚫리지 않던 구멍이 우연히 송곳을 갈아 끼우자마자 얼마나 시원하게, 망설임 없이 뚫리던가. 그때 나는 하도 신기하여 박수를 쳤다. 그처럼 알 수 없는 사물의 핵심 앞에 설 때마다, 나는 그날의 페르세를 생각한다.

문학, 삶의 눈동자

문학에서 현실로, 현실이라는 말이 너무 거추장스러우면 '삶'으로, '사는 것'으로, 관심의 방향을 옮겨야 한다. 문학은 그 자체로 실체가 아니다. 문학은 현실로 들어가는 문일 뿐이다. 문학을 신줏단지 모시듯이 하는 사람이 배신당하는 것은 바로 그 때문이다. 문학이 중요한 것은 삶이 중요하기 때문이다. 문학은 삶을 꿰뚫어 보는 '눈'에 지나지 않는다. 예술지상주의자들은 이 점을 유념하지 않는다. 그들은 삶 대신, 문학이라는 우상을 떠받들다가 목숨을 잃는다. 지난 팔십년부터 지금까지 내가 문학에 대한 관심을 잃지 않으면서도 거듭되는 우왕좌왕을 떨쳐 버리지 못한 것은 삶 혹은 현실을 정면으로 마주 볼 힘이 없어서이다. 힘이란 곧 용기이며, 용기는 희망의 다른 이름이다. 어떻든 나는 근래 사오 년간의 발자취를 하나로 뭉뚱그려 그 실패의 흔적을 나 자신에게나 남에게나 드러내 보일 것이다. 여기서 한 걸음 더 나아가지 않으면 안 된다. 이 육중한 암반을 터뜨려 진실 혹은 죽음과 조그만 통로를 트는 일, 그것이 나의 숙제이다.

『뒹구는 돌은 언제 잠 깨는가』의 시절

이십여 년 전 나의 마음속엔 불덩어리 같은 의문 하나가 꺼질 줄을 몰랐다. '대체 사람들이 어떻게 시 없이 한순간이라도 살 수 있는가.' 이를테면 시는 입이었고, 밥이었고, 밥 위로 흐르는 침이었다.

밤마다 나는 시와 함께 잠들었고 시와 함께 깨었다. 고로쇠나무 수액을 받는 사람들처럼 나는 몸속에 흘러내리는 시를 받아 적기 위해 메모지와 펜을 옆에 끼고 잠자리에 들었다. 그 시절 나는 '시는 나의 유일한 구원'이라고 말했다가 여러 번 핀잔과 비웃음을 샀지만, 그럴수록 시에 대한 나의 믿음은 깊어 갔다.

그렇다고 해서 내가 시를 신비화하거나 이상화했던 것은 아니다. 시에 대한 나의 사랑은 삶에 대한 사랑과 다른 것이 아니었다. 한 편의 시는 사랑의 눈으로 들여다본 막막하고 안쓰러운 세상의 모습, 바로 그것이었다. 그런 의미에서 그때 나는 예술지상주의자였으며 동시에 예술지상주의자가 아니었다.

그동안 나는 시로부터 멀리 떠나와 살게 되었다. 그토록 젊고 아름다웠던 '시'라는 애인은 이제 막 흰머리가 돋아나기 시작하는 중년 여인이 되었다. 이제 나는 시의 흰 머리카락을 사랑할 수 있게 되었다.

『그 여름의 끝』이 끝날 무렵

1

어쩌다 연애시에 눈독을 들이면서 내가 다시 꺼내 읽기 시작한 것은 소월素月과 만해萬海의 시들이었는데, 다시 꺼내 읽었다는 말보다 처음으로 깊이 새겨 읽었다 하는 편이 옳을 듯하다. 문학 공부를 시작할 때부터 지금까지 나는 그들의 시가 다소 유치하고 감상적인 넋두리이거나, 자못 심각하지만 투박하기 짝이 없는 요설饒舌 정도로 치부해 왔으니, 그들의 뛰어난 안목을 전혀 감지할 수 없었다. 그 때문에 나의 연애시 쓰기가 그들의 시에 대한 재해석, 혹은 다시 쓰기가 될 수 있으리라는 생각을 가지고 있었다. 그러나 작업이 끝나 갈 무렵, 그들의 천부적인 가락이나 깊은 사유 가운데 어느 하나도 베껴낼 수 없음을 깨닫고, 내 몫으로 만들어낸 것이 거의 없다는 사실을 확인하게 되었다. 남에게 선뜻 내보일 수 없었던 그 창피함으로 인해, 나는 내 몫으로 찾아내야 할 세계가 무엇인가를 깊이 고민하게 되었다.

2

지금까지 내가 관심을 가져 왔고 마지막까지 그러하리라 생각되는 문제는 '삶은 무엇인가' 하는 물음이다. 그 질문은 또한 '나는 누구인가' '이 세상은 어떻게 생겨먹은 것인가' 하는 질문과 다르지 않다. 그 점에서 나의 글쓰기는 종교나 철학이 탐구하는 일과 멀지 않으며, 글을 쓰든 안 쓰든 그 질문은 내 인생의 숙제로 남으리라는 생각이 든다. 처음 이러한 의문에 사로잡혔을 때, 나는 문학보다 철학에 관심을 두고 있었다. 그러나 정체불명의 개념들로 이루어진 철학적 구조물이 근본적으로 머릿속 가건물로서 사상누각에 지나지 않다는 것을 어렴풋이 짐작하고 있었다. 당시 내가 필요로 했던 것은 머리뿐만 아니라 심장과 소화기관, 배설기관, 생식기 들이 들어가 살 수 있는, 보다 형이하학적인 집이었다. 철학적 글쓰기와 달리 문학적 글쓰기에서는 피와 정액, 똥과 오줌 등 사람의 신체나 노폐물들을 감시받지 않고 동원할 수 있다는 것이 얼마나 기뻤는지 모른다. 그러나 언젠가부터 나는 내 시에 동원된 육체의 세부들이 거칠고 과장된 액세서리라는 느낌이 들기 시작했다. 요즘 내가 나 자신의 글쓰기나 남의 글쓰기에 흥미를 잃고, 문학적 글쓰기보다 철학적 글쓰기에 더 끌리는 것도 그 때문인지 모른다.

3

나는 문학개론이나 사전에서 서정시가 어떻게 정의되는지 자세히 모른다. 막연하게 짐작하기로는, 이른바 서정시란 미래보다 과거, 집단보다 개인, 이성보다 감정, 물질보다 정신 쪽으로 향해 있는 시들을 뭉뚱그려 일컫는 것으로 여겨진다. 한마디로 말해, 그런 의미의 서정시라면 다소 편협한 시가 아닐까 하는 생각이 든다. 대개 사람들이 갈라 세우고 나누어 놓을 때는 미리 점찍어 둔 어느 한쪽을 편애하려는 꼬부라진 의도를 갖고 있는 경우가 많다. 문제는 무엇을 예뻐하거나 사랑하는 데 있지 않고, 그 예뻐함과 사랑함이 다른 것에 대한 폄하와 무시를 동반한다는 데 있다. 가령 두 사람을 앞에 두고 어느 하나에게 칭찬을 퍼붓는다면, 다른 하나에게는 무시와 모욕으로 느껴질 것이다. 서정시와 대척점에 있는 시를 무엇이라 부르는지 모르겠지만, 만약 그러한 시에 대해 열렬한 애호를 보인다면 그 또한 서정시에 대한 과도한 집착과 마찬가지의 폐단을 낳을 것이다. 당연한 이야기이지만, 인간은 '사이'에 있는 존재이고 사랑도 아름다움도 '사이'에 있다.

4

근래 나는 아무것도 쓰지 못했다. 쓰지 못했다는 말보다는 쓰는 일에 애착을 느끼지 못했다는 표현이 적절할 듯하다. 끈기가 부족한 탓인지 성질이 못돼 먹어서인지, 나는 한 번 썼던 투의 글에 대해 쉽게 염증을 느끼며, 인내심을 가지고 천착해 들어가야 할 문제에 대해서는 아예 손을 떼고 만다. 그것이 나의 한계임을 잘 알고 있지만 좀체로 벗어날 수가 없다. 요즘 내가 글쓰기에 대해 갖는 두려움은, 내가 빠져 있는 권태의 늪이 지금까지의 글쓰기 방식에 대한 염증이 아니라, 글 쓰는 일 자체에 대한 식상함에서 비롯된 것이 아닐까 하는 의혹 때문이다. 이는 대단히 심각한 문제이다. 왜냐하면 글 쓰는 일이 그토록 대단해서가 아니라, 글 쓰는 일 대신 할 수 있는 일이 아무것도 없기 때문이다. 지금 무엇을 다시 시작하기에는 많이 늦다는 생각이 든다. 그렇지만 이미 흥미가 떨어진 일을 남 보는 앞이라 애지중지하는 척하는 것도 피곤한 노릇이다. 그렇다면? 하기야 내가 아직 시로써 해 보고 싶은 일이 없는 것은 아니다. 지금까지 나는 세상을 가족관계로 치환하는 일에 몰두해 왔고, 그것이 얼마나 작위적인가를 뼈저리게 느끼고 있다. 지금 나는 세상 위에 내가 덧씌운 인위적인 그물을 벗겨내고, 세상을 '있는 그대로' 드러내고 싶다. 그것은 아마도 나의 관념이 장난질치기 이전의, 삼인칭의 즉물적 세계일 것이다. 물론 그 세계까지도 관념의 장난질이라는 것을 모르는 바 아니나, 만일 관념이 관념 자신까지도 '있는 그대로' 드러낸다면 달리 할 말이 있겠는가. 요즘 나의 궁리는 그런 것이지만, 문제가 쉽게 해결될 것 같지는 않다. 아마도 그 문제의 해답은 글쓰기에 대한 흥미가 되살아날 때 주어질 것이다.

5

자신의 글쓰기에 대한 뚜렷한 전망을 갖지 못한 마당에서도, 가끔은 글 쓰는 사람이나 읽는 사람이 좀 덜 촉박한 마음을 가졌으면 하는 바람이 들기도 한다. 당장 무슨 일이 벌어질 것 같은 데서는 아무 일도 일어나지 않는 경우도 많고, 아무 일도 일어날 것 같지 않지만 눈치 채지 못하는 사이 엄청난 일이 벌어지고 있는지도 모른다. 다른 일에서도 마찬가지겠지만, 예술에서 일희일비—喜—悲하는 태도는 깊은 샘을 파내려 가는 데 결정적인 장애가 된다. 대체로 쉽게 뜨거워지는 것들은 쉽게 식는다. 높은 산은 밋밋하게 올라가며, 깊은 강은 완만하게 흐르는 것이 자연의 생리이다. 그에 반해 너그러움의 부족은 정신의 수명을 단축한다. 정신의 너그러움이 절충주의나 타협주의로 속단되는 사회에서는, 그 촉박한 태도에 대한 너그러움이 무엇보다 소중한 덕목이 될 것이라는 점을 되새겨 본다.

마흔 즈음에

작년 가을부터인가 이따금 작은 글자들이 흐릿하게 보여 나도 모르게 멀리 떨어뜨려 놓고서야 읽히는 경우가 더러 있다. 선배들은 마치 처음 '음모陰毛'가 생기는 아이에게 얘기하듯이, 이제야 '노안老眼'이 시작되나 보다고 껄껄 웃는다. 아버지도 형도 지금 내 나이에 안경을 쓰기 시작했으니 마침내 올 것이 오는구나 하는 생각도 들지만, 아직 마음속에는 열한두 살짜리 아이가 천방지축 까불대고 노는데 어찌하여 손등은 쭈그러들고 양미간엔 깊은 주름이 패는지 이해할 수 없는 노릇이다. 나이드는 것이야 이치로 따져 보아 서러워할 일 아니나, 마음속의 내가 몸의 나이를 따라잡지 못하니 때로 서글플 따름이다.

고등학교 일학년 때인가, 처음 주민등록증 하러 동사무소에 가서 "해 놓은 일도 없이 나이만 먹었다"고 했다가 옆에 있던 직원에게 어린놈이 시건방지다고 혼벼락을 맞았지만, 그때나 지금이나 버르장머리 없고 어리석기는 마찬가지인 듯하다. 아무리 쥐어박아도 머리꼭지를 들이미는 쓰잘데없는 '욕심'이 대구로 서울로 나를 몰아갔고, 지금도 나를 돌아보며 '야, 지금 네 꼬라지가 그게 뭐냐'며 혀를 찬다. 어떤 지독한 술꾼이 있어 밥도 술에 말아 먹는다더니, 나야말로 내 유치함에 흠뻑 절어 모가지에 숨 붙어 있는 날까지 내가 맡기에도 역한 냄새를 끊이지 않으리라.

때로 모든 게 자업자득이라는 생각이 들기도 한다. 글은 한 눈금도 더할 수도 뺄 수도 없이 자기가 살아낸 만큼 쓰는 것이니, 이왕에 쓴 글이나 앞으로 쓰게 될 글 또한 내 깜냥 이상을 기대할 수 없다는 것을 나는 잘 안다. 어느 판에서나 한밑천 잡겠다는 헛된 '욕심'이 급기야는 나를 글 쓰는 동네로 내몰았으니 지나치는 김에 한번 고개 숙여 감사할 일이나, 그 '욕심'이 또한 내 글의 모가지를 졸라매고 있으니 마냥 감사할 일만은 아닌 듯 싶다. 이것저것 다 고려해 보아도 나는 지금처럼 살고 싶지 않았고, 지금처럼 살게 될 줄은 꿈에도 몰랐다.

그러나 두어 해 전 진주 가는 길에 고속버스 터미널에서 본 컴퓨터 관상의 지적처럼, 나는 '남의 심정을 전혀 모르는 독선주의자가 될' 가능성이 다분하니, '항상 자신의 복이 남에게서 비롯됨을 잊지 말아야 할' 것이다. 지금의 나로서는 순순히 수긍할 수 없을 테지만, 내 삶의 태반은 남에게서 빌려왔거나 억지로 빼앗아 온 것이리라. 그 사실을 쉽게 인정하려 들지 않는 것도, 빚잔치를 하고 나면 내 것이라고 남는 것은 '나'라는 껍데기뿐이기 때문이다. 연극이 파하면 숨은 스태프들을 불러내듯이, 이맘때 나는 지금의 나를 만들어 준 얼굴들 하나하나에 눈도장을 찍는다.

지금 처가에나 본가에나 부모님들 계시고 아직 아이들 어려 품속에서 놀고 있으니, 따지고 보면 사람의 여행길에 이보다 나은 때가 있을까마는, 집 떠난 마음은 어리고 잠시도 안절부절이다. 아직 나는 가까이 죽음을 겪어 보지 않았다. 그러나 비바람 휩쓸고 지나간 울안 망초 대궁처럼 가까운 사람들 하나둘 몸져 눕고 나면 이 풍경도 많이 바뀔 것이다. 그때도 유치하기는 매한가지인 마음은 귀밑머리를 쓰다듬으며 중얼거리리라. '그래, 좋은 때가 있었지. 그런데 나는 어느 세월에 철이 들지?'

나무 이야기

수 주일 전 아내와 동네 뒷산에서 배드민턴을 치고 내려오는 길에, 그리 크지 않은 소나무 밑둥치에 녹슨 쇠못이 촘촘히 박혀 있는 것을 보았다. 현수막 같은 것을 걸 만큼 높은 위치도 아니었는데, 거기 왜 그렇게 많은 쇠못이 박혀 있는지 짐작이 가지 않았다. 손으로 그 못들을 잡아 돌려도 꿈쩍도 않아, 길옆 돌 부스러기를 집어 못과 못 사이에 넣고 이리저리 돌려 보니, 그 가운데 몇 개는 빠져나왔다. 남은 대여섯 개의 녹슨 못은 나중에 장도리를 가져와 뽑아 줘야지 하고는, 이 글을 쓰는 지금에서야 그 약속이 되살아난다.

또 어느 해 가을인가는 묘사墓祀를 지내러 고향 선산에 올랐다가 녹슨 철사 줄로 칭칭 동여맨 소나무 몇 그루를 보았는데, 비록 야산이기는 했지만 꽤 깊은 산중에 누가 무슨 일로 그런 짓을 했는지 알 수 없었다. 그때도 몇 가닥은 풀어 주었지만, 깊이 옥죄어 나무와 한 덩어리가 된 녹슨 철사 줄을 잡아 빼기란 쉽지 않은 노릇이었다. 상처가 오래되면 상처 준 것과 받은 것이 서로 살 섞어 한 몸을 이루는 것이니, 빽빽한 잡목림 속에서 발견하는 것이 나무의 일만은 아닌 듯싶어 못내 마음이 편치 않았다.

하기야, 누군가 무슨 일로 그 나무들에게 못을 박고 철사 줄을 동여맸으리라. 그러나 일이 끝나고서도 못과 철사 줄을 걷어 낼 생각이 아예 없었으니, 어떤 기약도 없는 세월 동안 제 몸의 상한 자리를 바라보고 견디어야 하는 나무들의 심사는 어떠했을까. 나에게는 심하게 비틀린 나무들의 상처 그것보다, 물끄러미 제 상처를 바라보고 견디어야 하는 나무들의 눈길이 더 고통스럽게 느껴졌다. 어쩌면 나무들은 내가 느낀 그 고통을 애초에 느껴 본 적이 없으며, 또 어쩌면 나무들의 고통을 생각하는 나의 고통이 더 고통스러웠을지도 모른다.

(언젠가 아이들을 야단치고 나면 자기 전에 꼭 풀어 주고 재워야겠다는 생각을 한 것도 비슷한 까닭에서였을 것이다. 녀석들이 아직 어렸을 때 일이다. 깊은 밤중에 깨어 보면 몹시 혼나고 매까지 맞은 아이가 불도 안 끄고, 맨바닥에 팔을 위로 뻗은 채 옹크리고 잠들어 있었다. 아이는 많이 울다 제 서러움에 지쳐 잠들었을 테지만, 꿈속에서도 삭지 않은 괴로움과 노여움으로 시달릴 것을 생각하면 짠한 마음이 없지 않았다. 이를테면 그것은 다리에 쥐가 난 상태로 헤엄을 치는 것과 같아서, 맺힌 마음을 풀어 주기 전에는 아이의 잠이 편할 리 없다.)

하기야 내가 못을 빼고 쇠줄을 벗겨 준 나무는 한두 그루에 지나지 않고, 내가 아는 혹은 모르는 그 비슷한 처지의 나무가 어디 한두 그루이겠는가마는, 그런 생각을 할 때마다 쉽게 잊히지 않는 이야기가 있다. 끝없는 바닷가에서 파도에 밀려온 불가사리들을 집어 바다로 돌려보내는 한 노인에게, 누군가 세상엔 이런 불가사리가 한둘이 아닐 텐데 무슨 소용이냐고 묻자, 노인은 '그래도 이 불가사리에게는 세상 전부'라고 했다는 것이다. 그처럼 별다른 생각 없이 보살펴 준 나무들 하나하나에게 내 보살핌은 세상 전부의 일이었을지도 모른다.

하지만 달리 생각해 보면, 그 몇 그루 나무들에 대한 나의 보살핌은 수없이 많은 다른 나무들에 대한 무감각과 무의식적인 해코지에 비해 빙산의 일각일지도 모른다. 어쩌면 그러기에 그 보살핌이 나의 뇌리에 더욱 깊이 각인되었는지도 모른다. 가령 동네 뒷산에서 아내와 내가 제일 좋아하는 운동기구는 아카시아 생목을 베어 두 나무 사이에 철사 줄로 고정시켜 놓고, 그 위에서 발을 구르게 해 놓은 것이다. 내가 뜀뛸 때마다 아카시아 나무는 미친 듯이 춤추고, 나무와 나무가 부딪치는 자리는 수없이 닳아 사포로 갈아 놓은 듯 깊이 파였다.

또 언젠가 '나는 생명이요 길이었으니' 어쩌구 하는 성가를 흥얼거리며 산속 배드민턴장 근처를 지날 때, 러닝 차림의 사내 둘이 시시닥거리며 제법 굵은 나무 하나를 톱으로 베어내고 있었다. 하도 황당하고 기가 막혀서 "왜 멀쩡한 나무를 그러느냐"고 따져 물었더니, "이놈의 아카시아 나무 때문에 옆의 소나무가 자라지 못해서 그런다"고 말했다. 나는 "아, 그렇군요" 하고 안도의 웃음을 지으며 내려왔지만, 그 후로도 잘린 나무의 무표정한 둥치를 지날 때마다, 그날 톱질이 덜 된 채 서서히 기울어지던 나무의 푸른 몸체를 잊을 수 없다.

그러니 고통받는 나무들에 대한 어설픈 연민으로 무얼 어쩌겠다는 건가. 오만 가지 기이한 모양으로 비틀어 분재해 놓은 나무를 보면 너무 잔인해서 토할 것만 같아도, 화분에 식물을 키우거나 병에 꽃을 꽂는 것 또한 정도 차이는 있지만 마찬가지 잔인한 일이 아닌가. 예나 지금이나 사람 곁에서 당하는 것이 소나 닭뿐이겠는가. 대체 사람과 함께 있는 것들은 대대로 저주 받은 종족이어서, 그들이 스스로 깨닫기 전에는 그 저주로부터 풀려날 길 없으며, 그리하여 그들의 저주는 영원히 완성되는 것 이다.

이맘때 나는 흔히 '호랑이 꼬리'라고 불리는 포항 장기곶 바 닷가 보리밭 사이의 다섯 그루 소나무를 생각한다. 그 나무들이 이루는 풍경은 보이지 않는 손이 아니고서는 이룰 수 없는 것이 라는 생각이 들 정도로 절묘한 것이다. 눈이 없는 나무들이 단 지 서로를 알고 느끼면서, 서로의 몸으로 이루어낸 그 아름다운 풍경을 나무들 자신은 결코 보지 못하리라. 어쩌면 볼 필요조차 없으리라. 머지않아 그곳에도 개발의 붐이 일어 소나무들이 베 어지고 만화의 성곽 같은 조잡하고 유치한 러브호텔들이 들어 서리라.

시, 심연 위로 던지는 돌멩이
제12회 대산문학상 수상 소감

여러모로 굼뜨고 모자란 사람을 자랑스러운 자리에 서게 해 주신 선생님들께 감사드립니다. 지난 세월 우리 모두가 사랑하는 문학과 결코 행복한 동거를 해 왔다고 생각되지 않는 저로서는, 지금 이 자리가 마냥 즐겁지만은 않아서 조심스럽고 부담스럽기까지 하다는 것을 숨길 수 없습니다.

그러나 다른 한편으로는, 이 조심스러움과 부담스러움이 문학을 제대로 사랑해 오지 않은 저 자신의 자격지심에 그치는 것만은 아니라는 짐작도 해 봅니다. 어쩌면 이 불편한 마음들이 처음 문학이 제 속에 깃들 수 있게 해 주었고, 여전히 저를 떠나지 못하게 하는 이유라는 생각이 들기도 합니다.

처음이나 지금이나 어렴풋이 떠나지 않는 생각들 가운데 하나는 마치 어머니가 아이를 낳을 수는 있어도 만들 수는 없듯이, 시인은 제 머리로 시를 빚어내는 것이 아니라, 제 속에서 깨어나는 시를 알아차리고 지켜보고 견뎌낼 수 있다는 것입니다. 옷섶의 천과 천이 맞닿은 부분에 사는 '이'처럼 시는 언제나 어둡고 그늘진 곳을 찾는 까닭에, 시인은 말과 말 사이를 얼기설기 꿰매어 그 사이에서 시가 자라나게 해야 합니다.

달리 말하자면, 시인은 사물들과 사건들의 가랑이를 슬며시 혹은 억지로 벌려 놓아, 거기 무심코 찾아든 시가 알을 슬게 하는 것입니다. 집요하게 상대의 허점을 살피는 권투선수처럼 시인은 말을 하면서 동시에 자기 말의 틈새를 엿보는 사람이고, 그 틈새를 통해 막 이륙하는 비행기처럼 시가 말들의 차원 위로 떠오르는 것을 느낍니다.

방금 허점이라고 말했습니다만, 어쩌면 시의 품성은 실사보다는 허사, 명사나 동사보다는 전치사와 접속사에 있는지도 모릅니다. 그 텅 빈 말들이 사물들과 사건들의 가랑이를 벌려 놓는 단단한 쐐기가 되기 때문입니다. 바늘구멍 상자 같은 그 최초의 틈새를 통해 두뇌의 용량과는 비교가 안 되는 언어 인터넷의 무한 정보들이 흘러들게 되고, 그로 인해 우리는 적외선 카메라를 통해서만 포착될 수 있는 미지의 삶의 풍경들을 볼 수 있는 것입니다.

하지만 그 풍경들을 바라보고 있는 한, 그 풍경들이 투사되는 백색의 스크린을 눈치챌 수 없으니, 우리가 쓰는 시는 심연 위로 던지는 돌멩이처럼 아주 작은 물거품을 남길 뿐입니다. 보이지 않는 바닥을 향해 끝없이 가라앉는 그 희미한 몸짓을 언제나 기억하며, 다시 한번 감사드립니다.

문학, 불가능에 대한 불가능한 사랑
제53회 현대문학상 수상 소감

먼저 분에 넘는 상을 주신 현대문학사와 심사위원 선생님들께 감사드립니다. 수상 소식을 접하고 한동안 들었던 생각은 쑥스러움과 고마움이었습니다. 스스로 낄 자리가 아닌데 덥석 상을 받는 것도 멋쩍을뿐더러, 무슨 훈장처럼 상을 챙기는 것도 눈치가 보였기 때문입니다. 그러나 아직 근근이 살아 계신 노모와 가족들에게 깜짝 기쁨을 안길 수 있어 기뻤고, 제대로 글 쓰고 살라는 경책을 따뜻한 타이름으로 돌려주셔서 고마웠습니다.

조심스럽게 말씀드리면, 근래 저는 그리 문학적으로 살고 있지 않습니다. 문학은 저에게 전부를 요구하지만, 안타깝게도 저에게 문학은 전부가 아니라는 사실을 숨길 수가 없습니다. 감각적 신체적 즐거움에는 거품이 빠지지 않는데도 문학에 대한 열정은 끈끈이에 붙은 날개처럼 무력하기만 하고, 벗어나려는 몸짓이 오히려 더 깊이 빠지게 할 따름입니다. 하지만 문학은 '문학에 대한 사랑'일 뿐이고, '문학 아닌 것과의 싸움'일 것이라는 생각도 해 봅니다.

그 싸움은 우리가 이 몸, 이 마음을 가지고 있는 한 이길 공산이 전혀 없는 싸움입니다. 그러나 파멸로 끝나는 고전 비극이 역으로 인간의 위대함을 송두리째 보여 주듯이, 비문학과의 싸움은 문학에 대한 사랑을 '문학' 그 자체에 근접하게 할 수 있을 것입니다. 그런 점에서 문학에 대한 사랑은 불가능한 사랑이면서 동시에 불가능에 대한 사랑이기도 합니다. 하지만 어디 문학에 대한 사랑만이 불가능한 사랑이며, 또한 단지 사랑만이 불가능일까요.

모든 존재, 모든 사태는 불가능이며, 그것들을 드러내는 언어 곁에는 필히 불가능이 따라붙습니다. 어쩌면 언어는 불가능을 숨기기 위해 존재와 사태를 보여 주는지도 모르겠습니다. 언어가 보여 주는 것만을 따라가며 불가능을 놓치는 우리는 언어의 외피 속에서 불가능의 위험으로부터 몸을 숨기는 것입니다. 그러나 종이에 뚫린 동그란 구멍처럼 우리의 존재 한가운데 뚫린 불가능의 흔적은 애초에 시간과 공간을 포괄하는 우주로 뚫린 것입니다.

도대체 불가능에 관한 모든 논의는 헛소리에 지나지 않는다는 것을 저도 잘 알고 있습니다. 하지만 저는 불가능이 두렵습니다. 그 두려움은 잠들기 직전, 그러니까 모든 세상 것들과 떨어져 혼자가 될 때 가장 절실해 진저리 치며 일어나기도 합니다. 그런 의미에서 불가능은 실재보다도 더 실제적입니다. 헛소리에 불과한 불가능이 쭈그러져 가는 제 몸뚱이보다 더 생생하게 살아 있습니다.

그리하여 혼자 문학이라는 암실에서 불가능과 마주하는 일은 고요한 시체 안치소에서 시트를 들치고 가까운 사람의 얼굴을 확인하는 것 이상으로 끔찍한 것입니다. 할 수만 있다면 저는 되도록 안 하겠습니다. 그러나 한번 불가능의 얼굴을 본 사람은 스스로 불가능이 되기까지 잊을 수 없다고 합니다. 다른 한편 그것은 제 똥을 주무르는 치매환자의 미소처럼 그 무엇에도 견줄 수 없는, 견딜 수 없는 향락을 가져다 준다는 것도 시인하지 않을 수 없습니다. 불가능은 윤율리아의 '율신액'보다 더 달콤합니다.

인류 최고의 고안은 '부재'의 발명이라고들 이야기합니다. 어쩌면 그 고안은 최대 불운이며 저주이기도 합니다. 불행하게도 우리가 알아 버린 그 불가능의 입구는 생生·사死·성性·식食의 불길한 화환과 불후의 먹이사슬로 둘러싸여 있고, 그 속에 한번 떨어지면 다시는 못 나오는 심연으로 이어져 있습니다. 오직 인간과 가까이한 죄로 자손대대로 천형天刑받은 짐승들처럼, 우리 또한 불가능이 애지중지 기르는 가축들인지 누가 알겠습니까. 비록 천형을 피하지 못하더라도 천형받은 줄은 알아야 하지 않겠습니까.

문학이 소중한 것은, 검은 보자기 속 어둠으로 들어가 스위치를 누르는 옛날 사진사처럼 한순간 한순간 불가능을 기록하기 때문일 것입니다. '공자가 죽어야 나라가 산다'는 말이 있듯이, 내가 어두워야 불가능이 드러나고, 내가 죽어야 문학이 삽니다. 비록 제가 지금 문학적으로 살지 못해도 저는 문학을 믿습니다. 제가 비록 불가능을 잊는다 하더라도, 불가능이 저를 기억할 것입니다. 감사합니다.

이인성 선생에게

내가 책을 내겠다고 했을 때 제일 기뻐해 준 것은 너였다. 너의 기뻐하는 모습에 내가 제일 기뻤던 것도, 책 나오던 날 뒤풀이 자리에서 너에게 고백했듯이, 너는 내 젊은 날의 '자아'였기 때문이리라. 보다 정확히 말하자면, 너는 내 젊은 시절 자아의 '이상'이었기 때문이리라. 어쩌면 너는 입을 삥긋거리며 고개를 가로젓겠지만, 한참 말을 더듬던 형이 오랜 자폐증에서 처음 말문을 열 때 동생의 얼굴에 떠오르는 미소, 나는 기뻐하는 네 모습에서 그런 미소를 떠올려 본다.

자폐증이라고 했지만, 그 말은 반쯤 맞고 반쯤은 틀린 것이기도 하지. 그러니까 반쯤의 자폐증, 그냥 넓은 의미의 자폐증이라고 하자. 말을 하다 보니 자폐증도 '넓은' 자폐증이 있구나. 그래, 복수腹水가 차면 순대처럼 배꼽이 늘어지는 것도 같은 이치겠지. 내 말은, 닫히는 구석이 있으면 열리는 구석이 있게 마련이라는 거야. 입이 있으면 항문이 있고, 항문이 없으면 그 입이 항문 구실을 하고, 그럴 때가 바로 완전한 자폐증이겠지. 요는 자폐증도 닫히는 구석과 열리는 구석을 합쳐서 한 벌의 자폐증이라는 거야.

너도 알다시피 십 년 만에 책을 묶긴 했지만, 내가 아예 작품

발표를 하지 않은 것은 아니지. 때로는 이런저런 인연으로 마지 못해, 때로는 이것도 시가 되지 않을까 조심스런 기대감에서, 자신 없이 휘두른 방망이에 맞은 공처럼 그렇게 띄엄띄엄 바깥 으로 내보낸 시들. 그럴 때 내 자세는 영락없이 번트를 대려고 포수 앞에 쭈그린 타자의 모습이라 할까. 경상도 말로 그건 뭔 가 쭈글스러운 데가 있지. 정말 말 못 할 쭈글스러운 데가 있었 어. 내가 안 봐도 내 모습이 훤히 보여.

그런데 대개 쭈글스러운 것들은 말 못 할 사연 하나쯤은 가지 고 있는 것인데, 그건 제 쪽에서 하는 말이고, 남들이 보면 꼬리 한 꿍꿍이속이고, 들키면 좀 창피한 꼼수겠지. 언제나 내 꼼수 는 잘해 보겠다는 것, 어쩌든지 잘해야겠다는 것이었는데, 그게 잘 안 되면 아예 안 하겠다는 것, 안 하고 말겠다는 것. 그럴싸 하게 말하면 '전부냐 무無냐'의 논리이지만 까뒤집어 보면 좌절 된 사랑에서 나온 무관심과 회피, 지난 십 년은 가속기 페달과 브레이크 페달을 번갈아 밟는 울컥거리는 세월이었어.

하지만 지금 아내 말고 다른 결혼 생활을 상상할 수 없듯이, 아니 상상이야 하겠지만 아무런 실감도 나지 않듯이, 다시 그 십 년을 산다 해도 지금과 똑같은 지점에 와 있을 거라는 생각 이 들어. 그 사이에 한두 권의 책을 더 묶어낼 수도 있었겠지만, 그렇다고 그 십 년이 달라졌을까. 이건 변명만은 아니야. 가령 손가락과 손목 사이, 손목과 팔목 사이, 팔목과 어깨까지 각각 길이는 달라도 한 통뼈로 되어 있잖아. 구비진 강의 어떤 지점 에서 물은 한없이 더디게 흘러도, 물은 그럴 수밖에 없잖아.

요는 한 벌의 옷, 한 끼의 식사처럼 그것도 한 덩어리 세월이었던 거야. 하지만 자세히 들여다보면, 그 통뼈인 세월도 이전 세월의 모자이크로 덮여 있었어. 책 나오기 전 얼핏 너한테 한 말이지만, 그 책에는 앞서 낸 네 권의 책들이 각기 사분의 일씩 들어 있었어. 한참 도망쳐 왔다고 생각했는데, 여전히 그것들이 발바닥에 붙어 있었던 거야. 아니 그것들은 한참 도망쳐 왔던 내 발바닥이야. 그래, 앞으로도 나 대신 내 발바닥이 헤매리라는 걸 속절없이, 속수무책 받아들이게 된 거야.

그렇긴 하지만, 이번 책이 단지 앞의 네 권의 책들을 짜깁기해 놓은 것만은 아니어서, 혹은 짜깁기하는 순간 나도 모르게 다른 책이 되어 버려서, 저에게는 다른 이름을 붙여 주기를 기다리고 있었다고 할까. 앞서 세 권의 책들이 각기 아버지, 어머니, 당신을 호명하는 것이었다면, 이제 아버지로서의 화자가 아내와 아이들을 불러내는 것이 네번째 책이었다고 할까. 그렇다면 이번 다섯번째 책은 가족을 떠나서 모든 사물들을 혹은 가족들까지도 그들, 그것들로 이야기하는 자리가 아니었을까.

지금 글을 쓰는 시점에서 돌이켜 보면, 언젠가 나는 그들/그것들에 관한 책을 써 보고 싶다는 생각을 했던 것 같아. 하지만 그건 다만 스쳐 가는 생각이거나 내 정신이 밟아 갈 궤적을 막연히 그려 본 것이었을 뿐, 지난 십 년 동안 한 번도 그렇게 하겠다고 마음먹은 적은 없었던 것 같아. 만약 그랬더라면 내 스스로 엄청나게 부담스러웠을 거야. 하지만 결과적으로는 그렇게 되고 말았어. 강변하자면, 내가 책제목을 '아, 입이 없는 것들'이라고 정했던 것도 그냥 우연만은 아니었던 것 같아.

그래서인지 이번 책에서 화자 '나'와 작가 '나'의 동일시가 좀 덜해지지 않았나 하는 생각이 들어. 물론 군데군데 괴로움과 그리움에 시달리는 로맨틱한 자아가 여전히 기승을 부리지만, 앞선 책들에 비해 그런 대목들이 다소 줄어들지 않았느냐 하는 생각이야. 물론 어디까지나 내 생각이지. 아, 이젠 내 얘기를 좀 덜하게 되었구나, 앞으로는 좀 덜해도 되겠구나 하는 생각. 그건 조금 철이 들었다는 얘기도 되겠지만 정신역학적 에너지가 많이 떨어졌다는 얘기도 된다는 걸, 난들 왜 모르겠어.

정작 내게 좀 야릇하게 생각되었던 것은, 막상 책 제목을 붙이고 나서 보니까 묶인 글들 태반이 말 못 하는 것들의 속내 얘기로 비쳤다는 거야. 입이 있거나 없거나 간에 말로는 못 하는 것들이 있지. 하다못해 감기로 골이 지끈거리는 걸 어디 말로 다 표현할 수 있겠어? 그건 사람이나 사물이나 마찬가지일 거야. 지금 살아 있거나, 애초에 살아 보지도 못했거나 간에 속절없이 불행한 것들, 존재한다는 그 이유만으로 속수무책 시달리고 끄달리는 것들, 그런 것들의 얘기를 들어 보고 들려주고 싶었던 걸까.

그것들은 대개 구멍을 가진 것들이고, 그 구멍은 그것들에게 육체가 있기 때문에 생겨난 거야. 그것들은 음陰이고 그늘이고 암컷이고 여자야. 책을 묶고 다시 훑어보면서 한순간 난 좀 의아하고 난처하기까지 했지. 실제로 나는 집에서 빨래 한 번 해 본 적 없는데, 화자 '나'가 여러 번 빨래를 할뿐더러 연애하는 여자, 시집가는 여자, 임신한 여자, 젖 먹이는 여자, 애 보는 여자, 친정으로 돌아오는 여자…. 온통 여자들 얘기뿐이었어. 대체 난 영문을 알 수 없었어. 혹시 화자가 '호모'가 아닌가도 생각해 봤어.

오죽하면 프로이트의 사례연구 중 하나인 슈레버 고등법원장 생각이 났겠어. 분열증을 앓던 그는 남자인 자기 뱃속에 장차 메시아가 될 아이를 배고 있다는 망상으로 시달렸다는 거지. 그래, 문제는 바로 임신이라는 초강력 강박관념이었어. 자기도 모르는 불행으로 잉태되고, 다시 자기도 모르는 불행을 잉태하는 암컷들의 끝없는 불행의 연쇄 구조. 그 구조 속 각각의 고리들은 한결같이 입이 없는 것들이지. 생각해 봐, 이게 분명 '매직 아이' 속의 허깨비들이 아니라고 어떻게 말할 수 있겠어.

아마 그 세월 동안 나는 임신이라는 말을 잉태하고 있었는지, 임신이라는 말 속에 잉태되어 있었는지. 이를테면 며느리가 아이 젖을 먹이는데 시어머니가 또 애를 배고, 삼촌과 조카가 번갈아 젖을 빠는 그 왕성한 생산 공정의 피댓줄에 감겨 있었던 건 아닌지. 제대로 눈도 못 뜨는 애벌레로부터 뼈대만 남은 고대 매머드까지 짬만 나면 올라타고 술 처먹은 듯이 헐떡거리는 그 무한 생산의 긴긴 탯줄에 모가지가 엉켜 있었던 건 아닌지. 청명하다 못해 투명한 하늘의 달까지도 차고 기울며 그 세월을 축복하고 있었으니….

그러나 그 많은 임신들 가운데 내게 가장 충격적으로 다가왔던 것은 '백치 임신'과 '가상 임신'이었어. 그것들은 사랑과 폭력, 결핍과 욕망의 요철 구조로 면면히 이어지는 생의 완벽한 상징으로 여겨졌어. 전혀 원치 않았던 임신과 그토록 원했던 임신, 그 어느 것도 부풀고 꺼지고를 되풀이하는 생이라는 환상의 끔찍한 유희에 지나지 않았으니, 낳는 것도 환幻이고 배는 것도 환이라는 절체절명 앞에서 망연히 무릎 꿇을 수밖에. 병아리를 삼킨 뱀의 긴 몸뚱이처럼 부풀고 꺼지면서 앞으로 나아가는 생명을 지켜보는 수밖에….

정말 의외였던 것은 어수선하게 묶인 글들을 3부로 나누고, 제1부 제목을 '물집'으로 붙이고 나서야. 아직도 생각나, 오래 전 대학원 다닐 때 몇 달 동안 쓴 글들을 같은 제목으로 묶어 본 적이 있었지. 그때부터 뇌리에 남아 있던 '물집'이라는 말은, 십여 년 전 우연히 읽은 불교 책에서 공空, shunyata이라는 말의 본래 뜻이었다는 걸 알게 되었어. 심한 충격으로 부어 오른 물집은 그 속이 비어 있으므로 있는 것도 없는 것도 아니야. 있다고 해도 맞고 없다고 해도 맞고, 있으면서 없다고 해도 맞는 거야.

그래, 끝없이 부풀고 꺼지고를 되풀이하는 암컷들의 배는 물집이었어. 그 배에서 뭉게뭉게 피어오르는 생이라는 환상도, 그리고 그 속에서 잠자다 누에처럼 꿈틀거리는 너도 나도 물집인 거야. 이때까지 나는 한 번도 임신이 물집이라고 생각해 본 적이 없었어. 내가 이미 임신의 물집 안에 틀어박혀 있었기 때문이지. 여전히 그 속에서 꿈틀거리며 난 그 물집의 몽골 텐트를 떠받치고 있는 네 개의 기둥들을 더듬어 보았어. 노음老陰·노양老陽·소음少陰·소양少陽의 사상四象처럼, 네 개의 'ㅅ'으로 시작되는 생生·사死·성性·식食의 기둥들을….

대나무처럼 속이 텅텅 빈 그 네 개의 기둥들은 사실 하나의 나무를 네 동강 낸 것에 불과해서, 부풀어 오르는 '생'과 꺼져 버리는 '사', 종족 본능인 '성'과 개체 본능인 '식'도 알고 보면 한 통속인 것. 사랑하고 나면 죽어야 하고, 먹기 위해서는 죽여야 하니 그 입이 바로 항문인 셈이지. 이걸 어떻게 부정할 수 있겠어? 부정할 수만 있다면 난 뭐든지 믿고 뭐든지 다 내줄 수 있어. 이게 그냥 꿈이라면, 악몽이라면 좋겠어. 요즘 난 아무래도 유물론자인 것 같아. 아, 내가 신비주의자가 될 수만 있다면!

그렇지만 내가 늘 악몽 속에서 가위눌려 헛소리를 하고 지낸다고 생각하지는 말아 줘. 물집의 내부는 따뜻하고 포근하고 온갖 새소리 즐겁지. 아, 그래, '물집'이라는 말 대신 '종기'라고 해 보자. 띵띵 부어오른 종기의 상층부는 그렇게 말랑말랑하고 보드라울 수가 없지. 하지만 그 아래 밑바닥에는 누런 피고름의 마그마가 몰려다니지. 아마도 그 차이는 여린 사랑 노래들의 1부와 '진흙 천국'의 파노라마인 3부의 차이이기도 하겠지. 이를테면 1부의 경음악적 연애는 3부의 회임懷妊을 위한 전희前戲라고나 할까.

그럼 난 이제 어디로 가야 하지? 가다니, 아니야, 그 투명한 물집 속을 누런 고름처럼 떠돌아다니는 거야. 왜냐하면 애초에 모든 '글'은 긁어 부스럼이니까. 자꾸 긁어 봐, 상처는 덧나고 고름은 차오를 거야. 환상에 대해서는 질문하지 마. 질문할수록 눈덩이처럼 불어나. 네가 질문하기 전에 엄청난 눈이 와 있었지. 분명 내 눈앞에서 손바닥은 태양보다 크지. 수천만 배 태양이 크다고 알고 있어도 소용없잖아. 아무도 우리의 물집을 터뜨릴 순 없어. 때가 되면 가라앉을 뿐, 때가 되면 다시 차오를 뿐.

이맘때 난, 책이 처음 나오던 날 너의 딸 은지에게 사인해 주던 일이 생각나는구나. 1982년 겨울이었던가, 우리가 업고 안고 온천장 빙판길을 헤매던 그 아이들이 이제는 커서 우리의 책을 읽게 되었으니, 눈부실 것도 없는 젊은 날은 낡은 거룻배처럼 가라앉고 늘 띵띵하게 부풀 줄만 알았던 인생의 물집도 턱밑 주름살처럼 쭈글쭈글하구나. 까닭 없이 울음을 내놓으면 그칠 줄을 모르던 그 아이들이, 이제는 세상에서 제일 따뜻한 손으로, 우리의 눈물샘에서 흐르는 마지막 눈물을 닦아 주리라.

장봉현 선생에게

장 선생, 우리가 알게 된 건 이 년이 채 안 되지만 장 선생은 나에게 늘 즐거운 친구로 생각돼요. 아직 펄펄한 삼십대, 치과 개업의인 당신과 친구가 된 건 분명 내 쪽에서 그럴 만한 이유들이 있었을 거라고 생각해요. 나는 당신을 통해 리언 솔이나 카렌 호나이 같은 정신분석가들을 알게 되었고, 인지 심리학 쪽의 책들을 접하게 된 것도 당신의 징검다리를 통해서였지요. 물론 그 뒤로 우리는 아짠 차나 꼬딸라 사야도의 위빠싸나 수행으로 눈을 돌렸지만, 거기서도 당신이 추천한 책들의 독서가 얼마나 유용했는지 잊지 못할 거예요. 분명히 장 선생한테는 나한테 없는 것들이 있어요. 끝까지 자기를 속이지 않겠다는 정신과 언제라도 자기를 내놓을 수 있는 태도, 이른바 젊음의 바로미터인 그 두 가지 자세에서 여전히 문제되는 것은 '자기'이지요. 따지고 보면, 우리가 읽었던 책들과 우리가 나눈 대화들도 자기를 길들이고 정화하는 방법과 과정에 관한 것이 아니었던가요.

길들이고 정화한다고 말하고 보니까, '자기'라는 것을 내가 무슨 괴물이나 오물 같은 것으로 생각하고 있었다는 것을 알겠네요. 그래요, 우리 주위의 것들을 괴물과 오물로 받아들이는 것도 자기이니, 자기라는 것은 괴물들의 괴물이며 오물들의 오

물, 메타 괴물, 메타 오물인 셈이지요. 하지만 세상 무엇 하나
이유 없는 것들이 없으니, 그 이유를 알아 챙겨 주지 않는 한 모
두가 괴물이며 오물이겠지요. 말하자면 입이 있는 한 항문이 있
어야 하고, 눕는 순간은 편하지만 누워 있기만 하면 등창이 생
기지요. 그러니까 괴물과 오물은 없앨 수는 없고, 단지 그것들
에게 본래 자리를 일러 줌으로써 그 맹독성을 누그러뜨리는 것
이지요. 마치 숨바꼭질할 때 '나무 뒤에 누구' '장독대 뒤에 누
구' 하면 꼼짝없이 기어 나오는 것처럼 말이에요. 달리 말하자
면, 어떤 사물이나 사태를 저울의 기본 눈금인 0에 맞추는 거예
요. 그처럼 자기의 맹독성을 제거하는 일 또한 자기의 '제로 포
인트'를 찾는 데서 시작될 테지요.

언젠가 장 선생한테 얘기했지 싶은데, 어릴 때 나는 허리가
많이 굽었어요. 아버지는 늘 가슴을 펴라고 하셨지만, 나는 그
말이 그렇게 듣기 싫었어요. 누구는 안 펴고 싶어서 안 펴나요.
어거지로 가슴 펴는 시늉을 해 보지만 금세 본래대로 돌아갔고,
그렇게 사십 년 이상 꾸부정하게 살아왔던 거예요. 체형이 그렇
게 생겨 먹은 걸 난들 무슨 수로 바꿀 수가 있겠어요. 그런데 오
륙 년 전 한 신부님을 만나고 처음으로 가슴 펴는 방법을 알게
되었어요. 그분 말씀을 응용해 내가 개발한 방법은 아주 간단해
요. 양팔을 들어올려 머리 뒤로 깍지 끼고 턱을 뒤로 당긴 상태
가 바로 가슴을 편 자세예요. 그럴 때 명치끝에서 양쪽 갈비뼈
까지 뱃가죽이 짝 달라붙는 느낌이 들고, 엉덩이는 뒤로 빠지면
서 배의 면이 지면과 수직을 이루지요. 이토록 간단한 걸 사십
년 이상을 모르고 살았던 거예요. 하지만 지금은 가슴을 펴기보

다 허리를 구부정하게 하기가 더 힘들어요.

가령 〈셀 위 댄스〉라는 영화의 여주인공은 얼마나 자세가 곧은지, 장 선생도 보셨는지 모르겠네요. 우리 아이 학교의 여선생님이 그 여자만큼이나 서 있는 자세가 아름다운데, 그 선생님이 그랬대요, 가슴을 펴려 하지 말고 들어 올리라고. 지금까지 내가 몰랐던 게 바로 그거예요. 가슴을 들어 올리면 자연히 펴지게 되는데, 가슴을 펴려 하면 어색해서 금세 옴츠리고 말지요. 허리가 구부정한 것은 체형 때문이 아니라, 가슴을 펴라는 그 말 한마디에 대한 오해 때문이었어요. 정말 말 한마디가 모든 걸 바꾸는 거예요. '펴라'와 '들어 올리라'의 차이가 몸을 구부정하게도 하고 올곧게도 하니, 말의 힘은 엄청나게도 예민하지요. 옛날 어느 스님이, 깨달은 사람은 인과因果에 '안 떨어진다不落'고 말했다가 여우가 되었는데, 오백 년 뒤, 안 떨어지는 게 아니라 '어둡지 않다不昧'는 말을 듣고 사람으로 돌아왔다 하니, 말은 자세뿐 아니라 몸 자체를 바꾸는 거지요.

몸의 곧바른 자세, 말하자면 몸의 제로 포인트를 결정하는 것이 말이라면, 마음의 경우에는 더 말할 나위가 없겠지요. 마음이 자신의 제로 포인트를 알지 못하고 찾지 못할 때, 지치고 구부러지고 꺾일 뿐만 아니라, 죄 없는 몸까지 꺾여 버리게 되지요. 대체 스승들의 가르침이 없었다면 어떻게 우리가 마음의 제로 포인트로 직입直入하는 길을 찾을 수 있을까요. 가슴을 들어 올리면 자연히 펴지게 되는 것과 마찬가지로, 그 가르침 또한 믿을 수 없을 정도로 간단해서 도리어 믿지 않게 되지요. 요컨대, 몸과 마찬가지로 마음은 자기가 아니며 자기 것도 아니라는 것. 하루에도 수만 개씩 바뀌는 우리 몸의 세포처럼, 마음도 시도 때도 없이 일어났다가 사라지는 것인데, 그 많은 마음들이 한 마음으로 보여지는 것은 너무 빨리 바뀌기 때문이라지요. 모래시계에서 흘러내리는 모래나 열 지어 가는 개미들이 멀리서 보면 연속된 띠처럼 보이는 것처럼 말이에요.

"마음을 새로 내서, 앞의 마음을 뒤의 마음이 보게 하라, 그렇지 않으면 대상과 싸우게 된다"는 말씀도 전도망상顚倒妄想의 근원이 되는 '마음과의 동일시'를 경계하는 것이지요. 가령 내가 장 선생한테 섭섭한 마음이 들 때, '아, 나한테 섭섭한 마음이 있구나' 하고 알면 내 마음의 대상은 이제 장 선생이 아니라 내 섭섭한 마음이 되지요. 마음이란 한순간에 하나밖에 생각하지 못하는 것이니까요. 그렇게 마음을 새로 내지 않으면 나는 지쳐 나자빠지도록 장 선생을 원망할 거예요. 가령 오른발을 내고 왼발을 내지 않으면 그 자리가 멎은 자리이고 우리가 도달한 수준이 되는 거지요. 그러니 한 발을 내미는 즉시 다른 발을 내미는 스케이트 선수처럼 한 마음이 일어나는 족족 다른 마음을 내어 앞으로 나아가야 해요. 그건 또 걸레 빠는 일이나 비슷하지요. 물속에서 걸레를 쥐어짜면 새 물이 들어오면서 땟국물이 빠져나가잖아요. 요는 끝까지 마음이 자신의 주시자注視者로 남아 있어야 한다는 거예요.

마음의 제로 포인트가 정해지면 마음이 짓는 행위들의 제로 포인트가 한결 쉽게 잡히겠지요. 요즈음 우리가 나누는 대화에서 제일 큰 몫을 차지하는 '글쓰기'의 경우도 마찬가지일 거예요. 물론 우리한테만 해당되는 것이지만, 글쓰기란 다른 모든 행위들을 대표하는 상징이기도 해서, 때로는 다른 행위들을 눈여겨보는 것이 글쓰기의 본질을 아는 데 도움이 되지요. 가령 내가 아는 어느 스포츠에서나 일차적으로 손목을 쓰는 것은 금물이에요. 물론 손목도 쓰긴 해야지요. 하지만 그건 나중 일이에요. 손목이 먼저 나서게 되면 몸통에서 전달되는 힘이 딱 끊어져버리고 손목 힘만 남게 된다고 해요. 일전에 피아노 치는 어느 여선생님 말을 들었더니 거기서도 사정은 같다고 하더라고요. 손목으로 치는 피아노 소리는 치는 뒷모습만 봐도 알 수 있다고 해요. 하지만 손목에 힘을 빼고 손가락 끝에 주의를 집중할 때, 어깨로부터 내려 찍히는 힘이 건반까지 전달된다고 해요.

참 신기하지요. 어찌 그렇게 한결같을까요. 서예書藝에서도 그렇다고 해요. 아주 작은 세필細筆이라도 손목 힘으로 안 쓰고 팔 전체로 쓴다고 해요. 거칠게 말하자면, 글쓰기에서 손목과 어깨는 의식과 무의식, 머리와 몸, 뭐 그런 대립항에 해당되겠지요. 그 불변의 원칙은 스티븐 킹이나 골드버그, 자베스나 쿤데라 같은 사람들의 조언에서도 거듭 확인돼요. 요는 머리의 용량에는 한계가 있다는 얘기예요. 머리라는 개인용 컴퓨터는 인터넷 전체를 관장하는 메인 컴퓨터에 연결하는 구실을 할 뿐, 그 속에 담을 수 있는 자료는 극히 제한된 일부에 지나지 않는 거지요. 다른 비유를 들자면, 라디오는 외부의 전파를 받아 소리로 바꾸어 줄 뿐, 그 자체로 소리를 만들어내는 게 아니잖아요. 그런 점에서 '모든 것은 주파수의 문제다'라고 했다는 피타고라스의 말은 백 번 천 번 지당한 거지요. 동네 슈퍼하고는 달리 큰 회사들이 자기 자본의 몇 배나 되는 빚으로 사업을 하는 것도 같은 이

치일 거예요.

아마 글쓰기를 비롯한 여러 행위들의 제로 포인트가 결정된다면 그 행위들의 대상이나 결과도 엄청나게 달라질 거예요. 이제부터는, 잃어버렸다거나 숨겨져 있다고 생각하는 것들을 찾아내는 것이 문제가 아니라, 순간순간 만들어내고, 순간순간 만들어지는 것이 중요하지요. 물론 추후에 발견의 의미를 부여할 수는 있겠지만, 유일 불변의 의미 같은 것은 없거나, 혹은 있다고 해도 신화에 불과하겠지요. 예전에 나는 글쓰기를 땅바닥에서 흙에 묻힌 글자를 읽어내는 놀이나, 미술시간에 배운 스크래치 기법 같은 것으로 이해한 적이 있었어요. 하지만 나는 이제 근원을 내정하는 어떤 글쓰기도 믿고 싶지 않아요. 가령 미켈란젤로는 조각이 돌로 사람을 만드는 것이 아니라 돌 속에 갇힌 사람을 끌어내는 일이라 했다지만, 나는 글쓰기란 말을 쪼아서 사람을 만드는 일이라고 생각해요. 애초에 말속에 갇혀 구원을 기다리는 사람 같은 건 없어요. 있다면 구원에 대한 신화가 있을 뿐이지요.

얼마 전 내가 좋아하는 장옥관 선생님한테서 검은 돌 하나를 얻었더랬어요. 끝이 뭉뚝한 조각도로 새긴 것 같은 무늬들이 박수근朴壽根의 나목裸木을 생각나게 했지만, 그 옆에는 정사각형의 도형 같은 것이 있어서 완전 박수근 그림도 아니었지요. 그 네모난 도형을 중심으로 집 모양을 상상해 봤더니, 그러면 또 집에는 포함되지 않는 부분이 남게 돼요. 그처럼 의미는, 그리고 아름다움이나 진실은 끊임없이 움직이고 흔들리며 한순간도 온전히 채워지지 않지요. 그건 보는 각도에 따라 달라지는 비둘기

목의 빛깔 같은 것 아닐까요. 애초에 누군가 그 돌을 물가에서 주워 오지 않았다면, 그 아름다운 무늬, 혹은 그 아름다움은 있었다고 해야 할까요, 없었다고 해야 할까요. 거의 완전한 우연으로, 혹은 수천만분의 일의 필연으로 그 돌은 내 앞에서 잠시 아름다웠고, 내가 떠나고 나서 아무도 돌보지 않는다면 땅속으로 돌아가겠지요. 제가 나왔던 물가로 돌아갈 수 없다고 그 돌이 한탄하는 날이라도 있을까요.

아시다시피 몸身과 느낌受, 마음心과 마음의 내용法이 우리가 늘 알아차려야 할 네 가지 대상四念處이라면, 지금까지 얘기한 몸의 자세와 마음 내기, 글쓰기와 글쓰기의 대상도 일종의 '사념처'라 할 수 있겠군요. 4라는 숫자는 꽤 의미있는 숫자여서, 옛날부터 사상四象이면 기본적으로 우주를 설명할 수 있다고 했다지요. 하지만 4면 어떻고 8이면 어떻겠습니까. 문제는 저울의 눈금을 0에 맞추는 것. 만약 육십 킬로그램의 남자가 올라갔다 내려왔는데, 여전히 눈금이 60에 머물렀거나 너무 큰 충격에 0 이하로 떨어졌다면 그건 고장난 저울이지요. 저울의 침은 몸무게를 재기 위해 있는 것이니 눈금을 따라 오르내려야 하지만, 일 끝나면 바로 0의 자리로 돌아와야지요. 그처럼 우리의 몸과 마음이 0에 머물지 않으면 스스로 지칠뿐더러, 남의 몸과 마음까지 지치게 만들어요. 비 오는 날 차 안에 김이 서리면 즉시 에어컨을 켜고 환풍기를 틀잖아요. 그렇잖으면 앞이 안 보여서 남의 차를 들이박고 내 차도 쭈그러지지요.

이맘때, 입 꾹 다물고 내 말 끝나기만 기다리던 장 선생은 서둘러 묻겠지요. 죽으면 다 그리로 돌아갈 텐데 뭐 그리 닥달하느냐고, 그렇게 해서 문화와 문명에 무슨 도움이 되겠느냐고, 분명히 눈앞에선 해보다 손바닥이 크지 않느냐고…. 그래요, 입자로 설명되지 않는 부분은 파동으로 설명하고, 거시적 이해가 안 되는 부분에는 미시적 잣대가 필요하듯이, 위빠싸나적 사고는 반反위빠싸나적 사고와 맞물려 있어요. 다소 과장하자면, 몸과 마음을 제로 포인트로 끌어내리는 것은 결코 무덤을 삶으로 바꾸어 주지 못해요. 그것은 위생학衛生學에 불과할 뿐 섭생학攝生學은 아니에요. 그러나 어떤 형이상학도 어떤 신비주의도 받아들일 수 없는 불신자에게 "세상에 마음의 평화를 희생할 만큼 대단한 것은 없다"는 말씀만 한 위안은 없다는 걸 고백해야겠군요. 뱀의 입안에서 가까스로 목이 남은 개구리처럼, 그렇게 허공에 대고 하는 고백이라고 생각해 주세요. 오늘은 이만 줄이겠습니다.

윤교하 선생에게

어젯밤 통화가 미진하였던지 새벽잠을 설쳤습니다. 두서없이 몇 자 적어 올리오니 너무 허물하지 말아 주세요.

제가 생각하는 문학이란, 그것을 말하지 않고서는 우리의 일상적인 삶이 허위와 범죄가 되는 어떤 것을 말하기, 혹은 더 정확히 말하자면 그 어떤 것을 말하는 방식이라고나 할까요.

그 어떤 것은 우리가 속속들이 알고 있지는 못하지만, 그러나 분명히 없는 것은 아니지요. 혹은 그것이 우리 내부에 도사리고 있다는 것을 막연히 짐작만 할 뿐, 그 짐작으로부터 우리가 한시도 편할 날이 없는 어떤 것일 테지요.

이를테면, 아니라고 우기고 강변할 때조차 우리 자신이 틀렸다는 것을 부인할 수 없게 만드는 어떤 것, 그것은 늘 우리에게 막연한 부끄러움과 창피함을 느끼게 하지요. 그렇습니다. 그것은 분명 우리 안에, 우리 손이 닿지 않는 곳에 있습니다.

마치 양손을 다 써 보아도 닿지 않는 등허리의 어떤 부분, 그리하여 긁을 수도 없고 때를 밀 수도 없는 어떤 부분, 혹은 비유를 달리하자면, 자동차를 운전할 때 백미러에도, 룸미러에도 잡히지 않는 사각지대 같은 것을 지금 저는 말하는 것입니다.

우리 자신에게도 말할 수 없고, 하물며 아내나 자식이나 친구에게도 말할 수 없는 것, 그러나 명명백백히 존재하는 어떤 것, 어떻게 우리가 그것을 전달할 수 있을까요. 그것은 마치 사랑을 나누는 두 남녀가 상대의 쾌감을 알 수 없는 것과 같은 것이 아닐까요.

그것을 말한다는 것은 밑 빠진 독에 물 붓기처럼 도무지 불가능한 것이지요. 하지만 그것을 말하지 않고서는 아무것도 말하지 않은 것이기에, 빈대 한 마리 잡기 위해 초가삼간을 태우듯이 자신의 온 삶을 불살라야 하고, 불살라도 아무 소용이 없다는 것을 알지요.

저는 그것이 언제나 잴 수 없는 깊이로 우리 삶 속에 존재한다고 봅니다. 정서적인 차원에서는 인간과 인간 사이의 단절일 수 있겠고, 의식적인 차원에서는 정치·사회적인 현실이 될 수도 있겠고, 무의식적 차원에서는 맹목적인 생의 본능과 원죄로밖에 돌릴 수 없겠지요.

저는 그것이 '차원적 사고'에 의해서만 해결될 수 있다는 것, 다시 말해 우리의 인식보다 상위 차원에서만 이해되고 설명될 수 있다는 사실을 막연히 짐작할 뿐입니다. 그리고 면이 선으로 구성되고 입체가 면으로 구성되듯이, 어쩌면 그 상위 차원은 지금 우리의 인식 차원으로 구성되리라는 사실도….

하지만 그 말할 수 없는 어떤 것이 반드시 어둠과 죽음의 측면만을 지닌다고 생각하는 것은 아닙니다. 때로 그것은 그것 없이는 우리가 인간일 수 없는 어떤 것, 그것으로 인해 비로소 인간으로서의 긍지와 감사를 느낄 수 있는 어떤 것이기도 하지요.

우리의 헛소리와 허튼짓에도 결코 사라지지 않는 어떤 것, 늘 헛소리하고 허튼짓하는 우리를 끊임없이 번뇌하게 하는 어떤 것, 그것이 어둠과 죽음의 외피에 미세한 구멍을 내는 문학이라는 기쁨의 바늘일 것입니다.

이렇듯 거듭해도 본래 드리려던 말씀은 아득히 멀어지기만 하는군요. 이 또한 본래 말할 수 없는 것들의 생리일 것이라는 생각을 해 보면서, 이만 줄이겠습니다.

추신

윤 선생님, 지난번에 제가 무슨 이야기 같은 것을 써 보려 한다는 말씀 드린 적이 있지요. 삼십여 년 전 복학하고 나서 그해 겨울에 썼던 「천씨행장」 비슷한 글이 될 것 같은데, 일단 첫머리를 시작해 보았어요. 어디까지 써 나갈지 모르겠지만, 한번 보고 웃어 주세요.

"너 요새 시 안 쓰나?" 소파에 기대앉은 어머니가 느닷없이 말을 꺼냈을 때 제중현諸重鉉은 잠시 당황했다. 그날은 어머니의 아흔두번째 생일이었고 다섯 형제들이 어머니를 모시고 양수리에 있는 '초원돼지갈비'에서 식사를 마치고 돌아온 뒤였다. 의치를 뺀 어머니의 얼굴은 분이 안 난 곳감처럼 쭈그러들었고 거기서 새어나오는 흐릿한 눈빛에는 덜 익은 여드름을 짜 놓은 듯 물기가 남아 있었다. 어머니는 그를 바라보고 있었다. 무슨 말인가는 해야 될 듯해 그는 기어드는 목소리로 얼버무렸다. "으… 뭐 재미도 없고…." 그가 기억하기로 그 짧은 순간 어머니의 시선은 그의 무릎 아래를 향해 있었고, 그는 버릇처럼 아랫입술을 윗입술로 밀어붙이고 코끝을 만지작거렸다. 이윽고 구겨진 비닐봉지를 펼칠 때 빠져나오는 얕은 바람처럼 기운 없는 목소리가 들려왔다. "좀 쓰지…." 그 말 속에는 어떤 나무람이나 다그침의 여운도 없었지만, 그는 마음이 아려 왔다. 어머니는 마냥 그를 안타까워하시는 것이었다.

그리고 달포가 다 되어 가는 지금까지 어머니의 그 한마디는 옛날 그가 다니던 초등학교의 삐거덕거리는 풍금의 여음餘音처럼 귓가에서 떠나지 않았다. "좀 쓰지…." 어머니는 그가 쓰는 글에 관심이 있었던 것이 아니라 뭔가를 좀 써서 신문에도 나고 상도 받고 그랬으면 좋겠다는 것이었다. 그런데 뭘 쓰지? 아무 재미도, 아무 맛대가리도 없는데 뭘 쓴다는 거지? 올해로 등단한 지 만 삼십 년이 되는 그는 이미 여섯 권의 시집을 낸 바 있고, 글 쓰는 패들이라면 대개 욕심을 낼 만한 몇 개의 이름있는 상도 받은 적이 있었다. 특히 그의 첫번째 시집은 아직도 젊은 사람들에게는 호기심거리가 되기도 해서, 지난 시대 문학의 추이를 가늠할 때면 자주 그의 이름이 언급되곤 했다. 하지만 찬사와 비판이 심하게 엇갈리는 그 시집 이후 그가 펴낸 시집들은 대체로 독자들의 실망과 우려를 자아낼 뿐이었다. 그가 자주 하는 표현을 빌리자면, 그 시집들은 자신 없이 몸을 돌려 피하다가 배트 끝에 맞은 공이었다.

"에이, 인젠 신물이 나!" 혹은 "정말 넌덜머리가 나서…" 등의 말버릇은 어쩌다가 그가 시를 생각할 때면 자동적으로 그의 입술 위로 떠오르곤 했다. 하지만 그 자신도 어렴풋이 짐작하고 있는 그 말투의 과장됨은 지금 당장 해야 할 숙제를 내버려 둔 채 딴전을 피우는 어린아이의 맹목적 알리바이나 무분별한 자기위안의 심리극에 불과했다. 사실 그는 이제 시에 대해 신물이 나거나 넌덜머리를 내고 있는 것도 아니었다. 첫 시집을 내고 난 직후부터 시작된 그 신물과 넌덜머리는 이미 삼십 년에 이르는 연륜을 가진 것이어서, 오래전에 물기가 빠져나간 배설물처럼 아무런 불쾌감이나 불편함을 자아내지도 않았다. 삼 년 병치레에 효부 없다고 했는데 하물며 삼십 년에 무슨 고운 정 미운 정이 남아 있겠는가. 오히려 육포처럼 딱딱하게 굳어 버린 과도한 환멸의 표현이야말로 사그라져 가는 시에 대한 감각을 결정적으로 가로막는 굳은살인지도 모른다. 그는 자신의 굳은살을 애지중지 키워 왔던 것이다.

사실 지난 삼십 년의 허송세월은 '나는 시가 싫어요' 하고 광고하고 다니는 앵벌이식 글쓰기의 연속이었다. 비록 이 또한 과장된 표현임이 틀림없지만, 문제는 시가 싫다는 감정조차도 그에게는 자기과시 행위의 빌미로 씌어졌다는 사실이다. 실제로 그가 쓴 대부분의 산문은 '나는 왜 시를 쓰지 못하는가'라는 물음의 변주로 이루어졌으며, 그는 정교하게 자신의 무능력을 미화시키는 데서 은밀한 기쁨을 맛보았다. 그 불건전한 쾌락은 자기 궁둥이에 손바닥을 대고 모은 방귀 냄새를 맡으며 코끝을 들썩해 보는 변태적인 것이었지만, 그 자신이나 그의 독자들은 전혀 낌새를 채지 못했다. 아니 그 자신도 그의 독자들도 무의식적으로는 알고 있었다. 왜냐하면 모든 글쓰기와 책읽기는 모래밭에 얼굴을 파묻고 궁둥이를 쳐든 채 참 용케 잘 숨었다고 생각하는 타조의 착각과 크게 다른 것이 아니기 때문이다. 개미의 항문을 핥는 진딧물처럼 쓰기와 읽기는 서로의 궁둥이에 얼굴을 파묻고 단물을 빠는 것이다.

　그런데 이와 같은 앵벌이식 글쓰기에도 효용 체감 법칙은 예외가 없어서, 이제 그는 왜 자신이 시를 못 쓰는가를 강변하는 데서조차 별 재미를 느끼지 못하는 단계에 이르렀다. 이를테면 더 이상 모르핀이 듣지 않는 말기 환자에게서처럼, 변태적 글쓰기의 쾌락 또한 엄연히 유효기간을 지니는 것이다. 글쓰기에 대한 글쓰기, 달리 말해 글 못 쓰기에 대한 글쓰기, 혹은 자기애적 글쓰기의 전도상顚倒像인 자학적 글쓰기에서는 더 이상 단물이 흘러나오지 않게 된 것이다. 참으로 곤혹스러운 것은, 부정적 글쓰기의 은밀한 쾌락이 줄어들수록 그 쾌락에 대한 의지는 더욱 거세지고, 그 의지가 거세질수록 쾌락은 점점 더 줄어들어 기어코 바닥을 드러낸다는 점이다. 그리하여 마침내 '의지와 표상으로서의 세계'에서 표상 없는 의지들만 부유하는 불모의 시간이 시작된다. 최근에 이따금 그가 느끼는 것은 알몸으로 밤을 지새우는 발기불능의 사내의 참담함이며, 사체의 자궁 속에 살아 남아 있는 정자들의 무료함이다. (…)

나는 왜 문학을 하는가

"여배우의 모습 밑에서 수녀를 사랑하다니…!" 십구세기 프랑스 작가 네르발의 『실비』라는 소설의 이 한 구절은 삼십 년의 내 문학적 삶의 도정을 드러내는 적절한 비유로 쓰일 수 있다. 단도직입적으로 말해 지금까지 내가 문학을 애지중지해 왔던 것은 구두 밑창을 파고든 압정처럼 좀처럼 빠지지 않는 신경증적 야심을 충족시키기 위한 몸부림이었던 것이다. 쇼펜하우어의 책 제목 『의지와 표상으로서의 세계』를 끌어와 말하자면, 지난 세월 내 혼곤한 문학적 삶은 '야심'이라는 의지와 '문학'이라는 표상의 합작품이었던 셈이다.

대체 난공불락의 그 신경증적 야심이 언제 어떻게 시작되었으며, 어떤 까닭으로 하필 문학이라는 탄두를 가지게 되었는지 나는 모른다. 물론 뒤에 전해 들은 이야기로 조립된 것이겠지만, 어린 시절 내 최초의 기억은 시골 마을에서 이사를 가는데 서너 살 된 아이가 한사코 떼를 써서 소를 몰고 가는 장면이다. 이를테면 그 최초의 나이테 위에 오랜 세월 내 삶은 닮은꼴을 이루며 덧붙여졌고, 출세지상주의적인 한 소년이 열혈 문학청년으로 바뀌었다 해서 그 나이테의 모습이 달라진 것은 아니었다.

처음 문학에 맛들이기 시작한 때부터 오늘에 이르기까지, 유별나게 문학이 나에게 애증의 대상이 되어 왔던 것도 문학 자체의 문제라기보다는 문학에 대한 나의 신경증적 태도에서 기인하는 것이었다. 지금까지 나는 문학 때문에 행복했고 문학 때문에 좌절했다. 마치 심한 몸살을 앓을 때 몸이 뜨거운지 차가운지 분간할 수 없듯이, 지금 나는 대체 내가 문학을 사랑하는지 증오하는지를 알 수 없는 지경에 이르렀다. 나는 그놈의 문학 때문에 하루라도 편할 날이 없었다. 문학은 목에 걸린 생선 가시처럼 나를 불편하게 했다. 아니다, 내가 문학을 불편하게 했던 것이다.

한참 문학에 미쳐 있던 보다 젊은 시절, 나는 대체 사람이 '어떻게 시 없이 살 수 있는지' 이해가 되지 않았다. 학교에서나 다방에서나 시 얘기를 하지 않으면 재미가 없었고, 그리하여 친구들은 하나둘 내게서 떨어져 나갔다. 나는 그 시절이 영원히 계속될 줄 알았다. 아니었다. 어디에선가 썼던 비유이지만, 지금 나에게 문학은 내 아이를 배고 있으나 더 이상 사랑하지 않는, 사랑하려 하면 할수록 더 멀어지는 그런 여자와 같다.

문학과의 신접살림은 첫 시집을 내기까지 삼 년쯤이나 계속되었을까, 그 이후로는 불화와 별거의 연속이었다. 어찌하여 이런 일이 벌어졌는지 알 까닭이 없지만, 지금에 와서 짐작되는 바로는 언제 어디서나 고개를 들이미는 신경증적인 야심이 애꿎은 문학을 볼모로 하여 장난을 치고 있었다는 것이다. 마치 내장을 보호하는 갈비뼈가 부러지게 되면 날카로운 뼈끝으로 내장을 찔러 죽음에 이르게 하듯이, 문학을 신줏단지로 모시던 야심이 제 허영을 채우지 못하자 문학을 애물단지로 구박하는 것이다. 그러고 보면 지금까지 '완벽한 글쓰기' 운운하며 글쓰기를 미루어 왔던 것도 무시당한 야심의 자기 합리화였는지 모른다.

그런데 최근에 나는 자아심리학이나 인지심리학 쪽의 책을 읽으면서 지금까지 나의 행태가 신경증의 한 양상으로 분류되고 있고, '완벽주의'나 '미루기'라는 병명을 얻고 있다는 사실을 발견하고서, 깊은 충격을 받았다. 문제는 문학에 있지 않았다. 문제는 내가, 보다 정확히 말해 내 야심이 일으킨 것이고, 지난 세월 나는 내 살을 파먹으면서 이른바 '문학신경증'을 앓아 왔던 것이다. 그리하여 이제 문제의 근원이 드러난 이상, 병과의 싸움은 더 이상 미룰 수 없으며, 아무래도 이 싸움은 해 볼 만하다는 생각이 든다.

그렇다면 일단 신경증적 야심을 괄호로 묶고 나서, 문학은 나에게 무엇인가. 동어반복의 위험을 무릅쓰고 말하자면, 문학이 없었다면 볼 수 없는 것을 보게 하는 것. 다시 말해 문학은 삶을 들여다볼 수 있게 해 주는 렌즈 그 이상도 이하도 아니다. 마치 현미경으로 손바닥을 들여다보면 육안으로 안 잡히는 갖가지 미생물들을 발견하게 되듯이, 문학이라는 필터를 통해 베일에 가리어진 삶의 본모습이 여실히 드러나는 것이다. 그런 의미에서 문학은 흙 속에 묻혀 있는 글자를 읽어내는 어린 시절의 놀이와 다른 것이 아니다.

문학의 본질이 들여다보는 것, 읽어내는 것, 발견하는 것이라면, 꼭 그렇게 해야 할 까닭이 있느냐는 물음이 따를 것이다. 문학신경증까지는 아니라 하더라도, 적어도 문학을 삶의 방식으로 택한 사람에게, 자신을 포함한 모든 존재는 원의적原義的 의미에서의 '콤플렉스', 즉 표층/심층, 거짓/진실, 추함/고움의 대립구조로 나타날 것이다. 문학을 통해 발견하는 심층, 진실, 고움은 캄캄한 지하실에서 켜 댄 한 개비 성냥불처럼 덧없고 무력하다. 그 불꽃은 우리를 위로해 주거나 해방시켜 주지도 않지만, 그러나 그 불꽃이 사라져도 '우리가 보았던 불꽃'은 꺼지지 않는다.

문제는 문학이라는 불꽃, 보다 더 구체적으로 말해 시라는 불꽃이 피어나는 곳은 머리가 아니라 몸이라는 것이다. 흔히 테니스 선수는 팔로 공을 치는 것이 아니라 허리로 친다고 한다. 그렇다고 해서 팔로 공을 치지 않는 것이 아니라, 그렇게 의식할 때만 몸 전체가 돌면서 나오는 힘이 공에 전달된다는 것이다. 또한 피아노를 칠 때 손목에 힘을 주면 어깨로부터 내려오는 힘이 손목에서 딱 끊어지고 손목 힘만으로 치게 된다고 한다.

마찬가지로 우리의 머리는 제가 아는 것밖에 모른다. 머리는 상식과 체면의 자리이고 신경증의 자리이다. 그런 점에서 공이나 피아노를 칠 때 라켓 헤드와 손가락을 의식하라거나, 돌을 실에 묶어 돌리거나 장도리로 못을 박을 때 돌과 쇠뭉치에 의식을 모으라는 이야기는 문학하는 사람에게도 의미 깊게 들린다. 헤드와 손가락, 돌과 쇠뭉치는 문학에서 언어에 해당한다. 문학은 언어에 기대고, 기댈 뿐만 아니라 투신함으로써 머리의 개입을 막고 몸의 힘을 고스란히 전달하는 것이다. 비유적으로 말하자면, 그것은 캄캄한 밤에 배 위에서 쓰레기를 버리려다 쓰레기통과 함께 바다로 떨어졌다는 해군 수병의 이야기와도 같다.

몸의 언어 혹은 언어의 몸은 엄청난 돌파력으로 머리의 언어가 구축한 삶의 가건물을 여지없이 무너뜨린다. 가령 피 흘리며 죽어 가는 아들을 무릎에 안은 성모 마리아는 부처님의 어머니 마야 부인을 떠올리게 하며, 마야라는 이름은 환幻을 뜻하는 산스크리트어 마야maya와 다른 것이 아니며, 다시 마야라는 말은 피 흐르는 심장을 주먹으로 움켜쥔 마야 문명의 한 사내의 모습을 보여 주는 것이다. 참으로 희한하게도 마리아/마야라는 이름을 통해 피가 피를 부르는 것이다. 이는 미술에서의 스크래치라는 기법과 놀랄 만큼 닮아 있다.

며칠 전 나는 「동물의 왕국」이라는 프로에서 바다에 사는 해달의 행태를 보면서, 몸의 언어로서의 글쓰기에 대한 그럴듯한 은유를 발견할 수 있었다. 새끼들을 먹여 살리기 위해 하루에 사백 회가량이나 물질을 하는 어미 해달은, 잠수할 줄 모르는 아기 해달을 물 위에 발랑 뒤집어 눕혀 놓고 물속으로 들어가는데, 잠수할 수 있는 시간은 고작 사 분이라 한다. 글 쓰는 사람에게 어미 해달과 아기 해달은 한 몸이다. 그는 겉똑똑이 머리를 잠재워 두고 몸속 깊은 곳을 들락거리며 쉽없이 연상의 물질을 해 대는 것이다.

해달이 먹이로 좋아하는 것은 조개류이다. 해달은 해변에서 주워 온 돌을 자기 배 위에 올려놓고 그 위에다 조개를 내리쳐 살을 꺼내 먹는데, 해달의 등뼈와 갈비뼈는 그 충격을 견더낼 만큼 견고하다. 재미있는 것은 해달이 조개의 빈 껍데기를 배 위에 놓고 접시로 사용한다는 것이다. 글 쓰는 사람에게 조개 껍데기는 언어가 아닐까. 언어는 글 쓰는 사람 자신의 몸 위에서 갈라지고 부서지며, 딱딱한 일상의 외피를 벗고 나서야 비로소 부드러운 속살을 드러낸다. 그리하여 속살을 걷어낸 한 언어의 껍질은 다른 언어의 속살을 담는 받침이 되는 것이다.

해달은 바다 밑에 뿌리를 두고 수십 미터 웃자란 해초 다발에 몸을 감고 잔다. 그것은 밤새 높은 파도에 떠밀려 가거나, 해변이나 바위에 부딪히지 않기 위해서라고 한다. 몸의 언어로 하는 글쓰기도 그런 것이 아닐까. 누군가 글쓰기가 욕조를 타고 대서양 건너는 일과 같다고 했지만, 언어라는 연약한 물풀에 몸을 감고 밤새 뒤척이며 날 밝기를 기다리는 것. 내가 본 프로에서 어미 해달은 폭풍이 몰아치던 밤 파도에 휩쓸려 떠내려가고, 물질도 할 줄 모르는 아기 해달만 남아 떨고 있었다. 글 쓰는 사람이여, 당신도 그런 느낌이 들 때가 있는가.

몽구스, 독두꺼비, 새끼 악어의 죽음 전략

세계화와 인문학

유감스럽게도, 이 글을 쓰는 나는 '세계화'라는 목전의 현상에 대해, 그리고 궁지에 몰린 '인문학'의 본질에 대해서도 정치精緻하고 설득력있는 분석을 할 만한 수준에 있지 않다. 그럼에도 불구하고 '세계화 시대의 인문학'이라는 불가피한 화두를 투과하기 위한 한 방법으로, 화두 자체를 개인적인 소견으로 변형 왜곡하지 않을 수 없다. 즉 내가 이해하는 소박한 차원에서 '세계화'란 발달의 정점에 이른 '자본주의 해악의 전 지구적 확대'이며, '인문학'이란 (인)문학, 다시 말해 '내적/외적 인간의 실상에 대한 문학적 담론'이다. 실상 이 글에서 진행되는 논의는 고도 자본주의 시대의 (인)문학의 위상이라는 진부한 주제를 벗어나지 못하며, 따라서 세계화 이후 자본주의의 돌연변이적 양상에 대한 고찰과, 문학을 제외한 기타 인문학 분야에 대한 포괄적 접근, 그리고 무엇보다 제도로서의 인문학이 겪는 위기와 생존 가능성에 대한 탐색을 결여하고 있다는 본질적인 한계를 고백하지 않을 수 없다.

세계화의 폐악

흔히 세계화에 따른 정치 경제 사회 문화적인 폐단으로 열거되는 어구들은 다음과 같다. 패권국가의 헤게모니 고착화, 약소국가의 해외 의존도 심화, 지역 격차와 국제 분쟁, 소수의 승리자와 다수의 패배자 양산, 하향 평준화와 소득의 양극화, 시장의 범지구적 확대와 무한경쟁 체제, 경영과 시장 논리의 최우선, 이윤의 극대화, 말초적 유혹과 욕망의 소비자 사회, 개인 사회 국가의 정체성 희석, 정신문화의 상품화, 문화의 식민지화와 문화 간 갈등 증대, 전통문화의 와해와 자연환경 파괴. 요컨대 세계화가 내세우는 호혜주의와 다원주의는 소수자가 다수자를 착취하기 위한 효율적인 방편이며, 소수자의 독과점적 지배를 영구히 하기 위한 허울 좋은 속임수라는 것이다. 분명한 것은 자본주의에 의한 인간의 상품화, 기호화, 노예화가 정보통신 기술의 발달로 인해 전 지구적으로 확대됨으로써, 기존의 약소한 개인과 사회, 국가는 보이지 않는 소수자가 조작하는 네트워크 속에 놓여진다는 것이다.

(인)문학의 곤경

이와 같은 세계화의 폐단은 사실상 지금까지 인간의 사물화, 피상화, 소외화와 맞싸워 온 (인)문학의 정신과 대척점에 있다고 해야 할 것이다. 달리 말하자면, 오늘날 (인)문학은 세계화로 인해 기존의 개인 사회 국가의 통제 범위를 넘어서 진행되는 '인간의 죽음'을 목격하고, 저항하고, 희생되는 상황에 내몰려 있는 것이다. 문제는 그 죽음이 거의 삶이나 진배없이 가볍고 투명해서, 죽어 가는 자가 자기 죽음을 의식하지 못할뿐더러 오히려 유혹적인 욕망의 한 형태로 받아들이고 있다는 점이다. 이에 따라 (인)문학은 이중의 곤경에 직면하게 된다. 즉 (인)문학은 세계화의 재난으로 인간과 함께 죽어 가면서, 인간 스스로 의식하지 못하는 죽음을 인간에게 각성시켜야 하는 것이다. 혹은 달리 말하자면, 세계화라는 미망과 재난에 맞서, 인간 스스로 의식하지 못하는 죽음을 인간에게 일깨움으로써 자신의 죽음을 불러오는 것이다. 어느 경우든 목격자, 저항자, 희생자로서의 (인)문학의 죽음은 불가피하다.

(인)문학과 죽음

사실 세계화의 재난 이전부터, 유독 (인)문학은 다른 문화 분야들에 비해 죽음과 가까이 있다. 그것은 (인)문학의 연구 대상인 인간이 개체로서든 종족으로서든 먹이사슬 속의 소멸 가능성으로 존재하기 때문이다. 마치 투명한 유리가 거울과 창문으로 기능하듯이, (인)문학은 때로는 죽음 속에 떨고 있는 단독자의 삶을 비추고, 때로는 사회적 삶 속에 내재하는 죽음을 비추기도 한다. 죽음 속의 삶이든 삶 속의 죽음이든, (인)문학의 자장 안에서 삶은 죽음과 동시에 같은 장소에서 배회한다. 첼란의 시구를 비틀어 비유적으로 말한다면, (인)문학은 죽음의 명수名手이다. 문제는 세계화 시대에 인간의 소멸 가능성을 목격하고 증언하는 (인)문학이 이제 그 자신의 소멸을 목격하고 증언해야 한다는 난국難局에 있다. 마치 보르헤스의 한 단편에서 환幻의 인간을 만들어내는 노인이 그 자신 또한 환의 인간이라는 사실을 깨닫듯이, 이제 '죽음의 명수'는 그 자신이 죽어 간다는 사실을 알아차리게 된 것이다.

몽구스의 저항

세계화라는 먹이사슬 속에서의 (인)문학의 난국은 자연의 먹이사슬을 다룬 많은 다큐멘터리 프로에서 풍부한 유비類比를 찾을 수 있다. 그 첫번째 예로서 생각되는 몽골 초원의 몽구스는 도무지 피난처라고는 보이지 않는 들판에서 늑대의 희생물로 살아간다. 새하얀 토끼처럼 마냥 착하게 생긴 그것은 늑대가 나타나면 제 키보다 작은 풀꽃 뒤에 숨기도 하고, 때로는 제가 파 놓은 모래굴 속으로 숨어들지만, 늑대는 어김없이 찾아내 삼켜 버리고 만다. 하지만 때로 그것이 제 목을 물어뜯으려는 늑대에게 막무가내로 저항하면, 늑대는 기가 차다는 듯이 물끄러미 바라만 보다가 사라져 간다. 물론 그런 일은 어쩌다가 한 번 있는 일이며, 예나 지금이나 몽구스는 늑대의 제물로 존재할 뿐이다. 세계화의 폐악에 저항하는 (인)문학의 사정 또한 몽구스의 운명과 크게 다르지 않을 것이다. 때로 오인되는 (인)문학의 건재는 절대 강자인 세계화의 순간적인 피로이거나, 그 포악성을 호도하는 위선적인 아량일 수 있다.

두꺼비의 독

두번째 예로 들 수 있는 유비는 들여우의 먹잇감인 독두꺼비이다. 두꺼비는 천적인 들여우로부터 자기를 지키기 위해 제 몸의 독성을 자체 생산하지만, 영리한 들여우는 자기가 잡은 두꺼비를 개울가로 끌고 가 마치 주부가 상추를 씻듯이 정성스럽게 닦아서 독을 빼낸 다음에야 집어삼킨다. 비록 두꺼비는 자신의 죽음을 피할 수 없지만, 가능한 한 짧은 시간 동안이라도 유예 시킬 수 있으며, 꾀바른 여우에게 자기 몸을 순순히 내주지 않고 도리어 피로와 수고를 강요하는 것이다. 인간과 자연의 모든 것을 상품화하고 유용성의 잣대로 평가하는 세계화의 폭압에 대항하는 (인)문학이 최소한 자신의 죽음을 지연시키고 천적을 성가시게 하기 위해 자체 생산하는 독성은 '무용성'일 것이다. 이윤 추구에 혈안이 된 시대에 말장난과 욕설과 헛소리로 딴지를 거는 (인)문학의 '퇴폐'는 침몰하는 타이타닉호 위에서의 연주처럼 세계화의 재난으로부터 인간이 취할 수 있는 가능한 마지막 위엄과 위안이 될 것이다.

새끼 악어의 복수

마지막 예로 들게 되는 새끼 악어의 유비는, 때로 죽음의 위기에 내몰린 (인)문학이 그 존재 자체만으로도 세계화에 치명적인 타격을 가져올 수 있다는 전망을 보여 준다. 즉 미국의 한 자연공원에서 먹이사슬의 정점에 있는 4미터짜리 버마 산 비단뱀이 1.2미터 크기의 새끼 악어를 삼켰다가 되려 죽음을 당하게 되었다는 이야기다. 그것은 물론 새끼 악어의 등가죽에 돋아난 날카로운 돌기에 비단뱀의 내장이 찢김으로써 일어난 일이다. 먹이사슬의 정점이며 먹이사슬 자체이기도 한 세계화의 횡포 속에서, 그 어느 것에도 소용이 닿지 않는 (인)문학이 다만 존재하고 있다는 사실, 여전히 (인)문학이 인간에 대해 발화하고 있다는 사실, 다시 말해 소멸하는 인간에 대한 문학적 담론을 여전히 포기하지 않는다는 사실은 허황한 세계화의 전망을 추문으로 만드는 계기가 될 수 있다. 밤마다 셰에라자드가 꾸며내는 이야기는 그녀의 목숨을 연장할 뿐 아니라, 동시에 부당한 권위의 와해를 예고하는 것이다.

희생의 비극적 의미

그런데 위의 이야기를 다룬 인터넷 기사 끝에는 "비단뱀이 토하기 전까지 새끼 악어는 살아 있었다"는 말이 덧붙여져 있었다. 그리 대수로울 것도 없으나 쉽게 잊히지 않는 미묘한 울림을 지닌 이 말은 미구에 닥칠 (인)문학의 죽음을 내다보는 시점에서, "비단뱀이 죽기 전까지, 새끼 악어는 살아 있었다"라는 보다 비극적인 말로 잘못 읽힌다. 이를테면 스스로 죽음을 당하면서도 천적을 죽음에 몰아넣는 새끼 악어는, 마지막 순간까지 운명에 굴복하지 않음으로써 인간의 위대성을 드러내 보인다는 고전 비극의 주인공들로부터 멀리 있지 않다. 세계화가 제시하는 장밋빛 환상의 성에 현혹되지 않고, 또한 강요된 순종의 대가로 얻어지는 굴욕적인 연명에 연연해하지 않고, (인)문학이 취할 수 있는 유일한 생존 전략은 무소불위의 세계화 앞에서 끝까지 무릎 꿇지 않는 비극적인 죽음이다. 왜냐하면 카프카가 즐겨 인용하는 휘트먼의 시구처럼, 본질적으로 "삶은 죽음에서 조금 남은 것"이기 때문이다.

(인)문학의 죽음과 재생

그렇다면 역설적이게도 세계화에 의한 (인)문학의 죽음은 세계화를 넘어선 (인)문학의 삶을 가능하게 하는 필요악일 수 있다. 그것은 짐승들 무리 가운데 하나가 천적에게 먹힘으로써 무리 전체의 생존이 가능하게 된다거나, 개체의 생명이 유한함으로써 종족의 생명이 무한할 수 있다는 자연계의 모순에서 그 유비를 찾을 수 있다. 지금 우리가 접하는 제도로서의 (인)문학의 죽음은 역설적으로 다른 문화 분야들의 지속적인 건강을 담보할 수 있으며, 다른 시대 다른 형태의 (인)문학이 다시 태어날 수 있는 필요조건이 되는 셈이다. 가령 오늘날 세계화의 진원에서 가장 멀리 떨어져 있는 시문학의 쇠퇴가 곧 '시'의 죽음을 의미하는 것은 아니다. '시'는 영화, 광고, 디자인 등 세계화의 전방에 있는 여러 문화 장르들 속에 다시 나타나고 있으며, 그 장르들의 존재 이유와 자기 정당화를 위한 알리바이로 쓰인다. 그러나 뒤집어 이야기하자면, 그 장르들은 세계화와 맞싸우는 '시'의 알리바이일 수 있다.

살모사, 다람쥐 새끼를 뱉어내다

타의든 자의든, 세계화 시대에 (인)문학의 죽음은 필연적이다. 다시 말해 세계화에 의해 강요된 죽음과 맞서는 (인)문학의 전략은 자신의 죽음을 스스로 결단한 비극으로 바꾸는 것이다. 그 점에서 일전에 무명의 네티즌이 올린 동영상은 풍부한 교훈을 준다. 거기서, 신경이 날카로워진 다람쥐 한 마리가 배때기가 뚱뚱 부어올라 동작이 굼뜬 살모사를 사정없이 공격하고 있었다. 수세에 몰린 뱀은 몇 번 구역질하다가 급기야 무언가를 토해 놓고 도망쳐 버리는데, 주어진 설명에 따르면 그것은 어미 다람쥐의 새끼라는 것이었다. 세계화 시대의 (인)문학과 관련하여, 이 에피소드는 다음 두 가지 차원으로 읽힌다. 세계화라는 독사로부터 (인)문학은 인간을 지켜 줄 힘이 없다. 그러나 (인)문학의 사투는 절명한 인간을 토해내게 할 수는 있다. 혹은 세계화의 포식으로부터 인간은 (인)문학을 지켜낼 능력이 없다. 그러나 인간의 저항은 죽어 버린 (인)문학을 토해내게 할 수는 있다. 당신의 생각은 어떠한가.

시에 대한 각서

1

시는 언어의 진부함과 돌연함에 기대고 있다. 시 언어의 유동
성과 가변성은 현실이라는 무정형의 덩어리를 한순간에 부수어
놓는 가능성으로서 존재한다. 시 언어의 덧없음과 부질없음은
애초에 존재하지 않는, 그러나 어쩌면 존재할지도 모르는 '덧있
음'과 '부질있음'을 모색하게 한다.

2

시는 빈번히 비현실적이라거나 불온하다는 힐구를 감내해야
한다. 시의 불온성과 비현실성은 지금 여기가 아닌 다른 시간,
다른 공간에 대한 동경으로부터 비롯된 것이 아니다. 입과 항문
이 동일한 하등동물에서와 마찬가지로, 시의 불온성과 비현실
성은 세속의 순응주의와 현실주의의 전도된 모습일 뿐, 그 내용
이 다른 것은 아니다.

3

피상적인 시는 시에 대한 부정이며 모독이다. 시를 쓰고 읽는
이유는 우리 삶을 칭칭 감고 있는 피상성의 굴레에서 한순간이

라도 벗어나고자 하는 데 있다. 근본적으로 벗어남이 불가능할지라도, 거듭해서 벗어남을 시도하는 것은 그 외에 다른 진실과 아름다움, 올바름이 없기 때문이다. 진실과 아름다움, 올바름은 오직 '불가능'으로만 존재한다.

4

시란 말을 엮어 가는 과정이다. 그 과정을 통해 시 쓰는 사람은 자기가 누구이며 자기 삶이 어떤 식으로 얽혀 있는지 알게 된다. 그 앎이 충격적일수록 시가 일으키는 효과 또한 크다. 한 편의 시가 이미 알고 있는 것 이상을 보여 주지 않는다면 억지로 말을 엮어야 할 이유가 없다. 좋은 시는 읽는 사람 자신의 삶을 한순간 불가능하게 만드는 계기가 되어야 한다.

5

시인의 통렬한 자기반성에 의해 태어난 시는 결국 독자의 통렬한 자기반성을 초래할 것이다. 은폐된 삶의 실상을 파헤치는 시 정신의 집중과 긴장은 짧고 덧없는 시가 오랜 예술 양식의 하나로 존재할 수 있는 근거가 된다. 덧없고 사소한 우리의 삶은 시에 의해 구제받을 수는 없다 하더라도, 적어도 견디고 살아낼 만한 것이 된다.

6

시의 생명은 경직된 관념과의 싸움에 의해 확보된다. 문제는 그 싸움이 매 순간 언어라는 사각의 링에서 벗어날 수 없다는 점이다. 좋은 시는 언어와의 싸움을 통해 독자로 하여금 삶의 새로운 발견에 동참하게 한다. 그 새로움은 인위적으로 가공된 것이 아니라, 문화와 체제에 의해 은폐된 삶의 본래 면목일 뿐이다. 좋은 시는 제대로 이행된 '숨은 그림 찾기'이다.

7

흔히 문학의 정수라 하는 시의 위의威儀는 의미있는 세부를 통한 현실의 복원과, 일상성 속에 내재하는 진실의 발견이라 할 수 있다. 시는 더 이상 나아갈 수도, 물러설 수도 없는 삶이 궁지에 몰려 내지르는 외마디 소리이다. 좋은 시는 그 부르짖음에 의해, 읽는 사람 자신의 삶을 한순간에 무너뜨린다.

8

삶에 대한 열정이 곧 시가 되는 것은 아니나, 삶에 대한 열정에서 태어나지 않는 시는 없다. 문장이 서툴거나 비유가 식상하다는 것은 그리 큰 흠이 되지 않는다. 문제는 시 쓰는 사람이 도무지 자기 삶과 갈등이 없다는 데 있다. 시는 갈등을 먹고 소화하고 배설하는 과정으로 지속된다.

9

시의 의의는 평범함 가운데 깃들인 비범함을 발견하는 데 있다. 그 발견은 언제나 구체적이다. 그 구체성은 내면 감정의 발로가 아니라 외부 현실의 발견에 의해 획득된다. 시는 당구로 치면 '스리쿠션'이고 바둑으로 치면 '성동격서聲東擊西'이다. 요컨대 시의 언어는 항상 '간접적'으로 제시된다.

10

시를 읽는 것은 읽는 사람 자신의 삶을 읽는 것이다. 시는 우리가 미처 짐작하지 못한 진실에 눈뜨게 해 준다. 우리 삶은 미세한 실핏줄들로 얽혀 있다. 나날의 습관과 고정관념에 가려 보이지 않는 그 실핏줄들은 끊임없이 삶에 영양을 공급하고 노폐물을 실어 나른다. 시를 쓰는 것은 바로 그 미세한 혈관들의 지도를 만들어내는 일이다.

11

시는 현실의 삶에 근사近似하면서도, 나름의 일관성을 갖춘 정신의 지도라 할 수 있다. 문제는 그 지도가 언어로 그려진다는 점에 있다. 흔히 생각하듯 좋은 글은 좋은 아이디어에 의해 쓰이는 것이 아니다. 시는 아이디어로 표현되거나 요약될 수 없으며, 근본적으로는 아이디어 또한 언어에 의해 구성된다. 언어라는 전달도구는 그것이 전달하는 아이디어를 변형하고 왜곡한다.

12

언어는 결코 투명한 유리그릇 같은 것이 아니다. 언어는 삶과 마찬가지로 불순하다. 언어는 항시 삶에 오염되며, 삶을 오염시킨다. 시 쓰기는 오염된 쓰기이며, 시 쓰기를 통해 만들어지는 삶의 지도 또한 오염된 지도라 할 수 있다. 언어에 대한 예민한 감각은 곧 오염된 삶에 대한 관심과 주의력이다.

13

시는 구체에서 추상으로, 감각에서 깊이로, 평범에서 비범으로, 가벼움에서 무거움으로, 사소함에서 소중함으로 나아가며, 그 반대 방향은 당연히 비시적非詩的이다. 시는 총알이 뚫고 나간 시체나 '바늘구멍 상자'처럼 들어오는 길은 비좁아도 나가는 방향은 놀랍도록 넓다. 시의 언어는 큰 수레바퀴를 돌리는 작은 톱니바퀴나, 육중한 것을 들어 올리는 지렛대와 같은 원리로 작동한다.

14

시는 존재의 기반을 무너뜨리는 말장난이다. 시는 항문으로 먹고 입으로 배설하는 것과 같이 일상을 거스르며, 그에 의해 은폐된 삶의 속살이 드러난다. 시 쓰기의 기술은 요들송이나 복화술처럼 오랜 훈련을 통해 터득된다. 시는 '자기부상열차'와 같아서 일단 언어 위로 떠오르지 않으면 속도가 나지 않는다. 혹은 '잠수함'처럼 언어 바로 밑에서 움직이는 것이어서, 결코 자기 모습을 보여 주지 않는다.

15

오늘날 우리 삶에서 시는 노후한 수도관에서처럼 유실되고 있다. 그러나 정말 위험스러운 것은 시라는 모세혈관이 터져 버림으로써 정신의 수족마비 현상이 일어나지 않을까 하는 것이다. 선인先人들의 말처럼, 시를 모르면 높은 담장 앞에 마주 서는 것과 마찬가지이니 말이다.

16

예술의 여러 장르 가운데 시만큼 몸으로 때웠느냐 아니냐가 확연하게 드러나는 것도 없다. 단적으로 말해 시는 몸이 끙끙거리며 앓는 소리이다. 울음 가운데는 눈물 한 방울 흐르지 않는 마른 울음도 있듯이, 끙끙 앓는 소리에도 건성 입만 뻥긋거리는 신음소리도 있을 것이다. 그러나 진짜 몸이 앓는 소리와 그렇지 않은 소리는 금방 눈치챌 수 있다.

17

시만큼 칼같이 정확한 예술도 없다. 시는 몸으로 살아낸 만큼 쓸 수 있는 것이니, 덤도 에누리도 기대할 수 없다. 시는 머리의 방어막을 뚫고 나오려는 몸이 발버둥치는 소리이다. 그 소리는 고통으로 인해 반쯤 벌어진 입술 사이로 게거품처럼 번져 났다가 사라진다. 그 번져남과 사라짐 사이에 길고 짧은 시간이 개재하며, 그 시간들의 반복되는 장단이 불가항력의 음악을 만들어낸다.

18

시에서는 착안이 절반이다. 여럿이 달라붙어도 꿈쩍 않는 피아노를 인부 혼자서 번쩍 들어 올리듯이, 시인은 대상의 의미를 단번에 낚아챈다. 그러기 위해서는 숨겨진 급소와 보이지 않는 손잡이를 찾아내 대상을 뒤집는 기술이 필요하다. 그러나 여기서 기술은 이미 정신이다. 달리 말해 시 정신은 대상을 뒤집으면서 동시에 스스로를 뒤집는다.

19

시라는 칼은 손잡이까지 칼날이다. 쓰는 사람과 읽는 사람 모두에게 시가 위험한 것은 바로 그 때문이다. 시라는 칼의 독기와 살기가 가장 먼저 닿는 곳은 당연히 그 칼을 쥐고 있는 손이다. 먼저 스스로 찔리지 않고서는 시라는 칼로 다른 사람을 찌를 수 없다. 아름다움이란 무엇보다 스스로를 겨냥한 독기와 살기이다.

20

시 쓰는 이 자신의 삶이 담보되지 않은 시는 잔고가 없이 발행되는 수표와 같다. 그에 반해 가장 아름다운 시는 전 재산을 걸고 떼어 주는 백지수표나 마찬가지일 것이다. 그러나 누가 감히 그렇게 무모할 것인가. 분명한 것은 아무도 발 디디려 하지 않는 조악하고 추잡한 현실의 늪이야말로 시가 자라날 수 있는 최적의 공간이라는 점이다.

21

사람의 지옥은 시의 낙원이다. 시 쓰는 사람은 필히 더럽고 불편한 삶의 자리에 머물러 있어야 한다. 티끌 먼지도 없는 높은 산언덕에서 연꽃을 찾을 수는 없다. 시라는 연꽃은 온갖 퇴

적물이 부패하고 발효하는 진흙 수렁에서만 피어난다. 본래 깨끗하고 예쁜 것을 지금 깨끗하고 예쁘다 해서야 무슨 대수일까. 지금 추하고 흉한 것이 본래 귀하고 아름다운 것임을 보여 주는 것이 아니라면, 시는 무엇인가?

22

좋은 시의 요체는 비시적非詩的인 혹은 반시적反詩的인 일상사의 급소를 급습해서 매몰된 진실과 아름다움을 구조하는 것이다. 그리고 그때 뒤집히는 것은 다름 아닌 시 쓰는 이 자신의 삶이다. 그렇다고 해서 늘 진지하고 심각하라는 얘기가 아니다. 때로는 유희나 유머보다 더 엄숙하고 비극적인 것은 없다. 시인은 침몰하는 타이타닉호의 선원들처럼 마지막 순간까지 절망적인 연주를 계속해야 한다.

글쓰기의 비유들

1

처음에는 내가 고삐를 당겨 외양간의 소를 끌어내지만, 소를 앞세우고 밭으로 갈 때 내가 할 일은 소가 딴 길로 가려 할 때마다 방향을 잡아 주는 것뿐이다. 그처럼 처음에는 나의 의도 혹은 착상에서 글을 시작하지만, 이내 글이 가는 대로 내맡기고, 다만 너무 멀리 벗어나는 것을 막아 줄 뿐이다.

2

연을 날릴 때는 연실을 짧게 잡고 바람과 반대 방향으로 뛰다 보면 연은 바람을 타고 공중으로 떠오르고, 그러면 내가 할 일은 따로 없고 실패를 풀어 주기만 하면 되며, 연이 완전히 하늘에 오르면 연실은 휘늘어져 내려온다. 그처럼 상식적인 생각과 반대 방향으로 이야기를 시작하다 보면 이야기는 스스로 풀려 나갈 뿐 내가 할 일은 따로 없다. 그리하여 마침내 이야기가 끝날 무렵에는 생의 비감悲感의 기울기가 나타난다.

3

고래를 잡을 때는 아주 작은 크기의 작살을 던져 명중시키고,

168

고래가 피를 흘리며 달아나면 그냥 따라갈 뿐 끌어당기지 않는다. (만약 바로 끌어당기면 배가 뒤집어질 것이다.) 마침내 고래가 기진하면 그때서야 끌어당겨 항구로 돌아온다. 그처럼 아주 작은 실마리로 시작한 글쓰기는 글이 뻗어 가는 대로 따라가다가 글이 스스로의 힘을 소진했을 때, 힘 안 들이고 마무리한다.

4

길을 가다가 깡통 같은 것을 보면 아무 생각 없이 걷어차고, 그것이 멎은 자리에서 다시 집어 차고, 그렇게 하다 보면 하수구에 빠지거나 길 바깥으로 나가 버리거나 하지만, 이렇게 몇 번 하다 보면 지쳐 자연히 그만두게 된다. 그처럼 글쓰기는 아무 생각 없이 하는 놀이여서 말이 끝나는 데서 다시 말을 잇는 과정인데, 때로는 예상 외로 빗나가거나 말이 이어지지 않아 도중에 그만두는 수도 있다.

5

글쓰기는 사다리타기 놀이와 닮아 있다. 매번 유일한 결과에 도달하며, 해 보기 전에는 결과를 예측할 수 없다는 점. 사다리는 큐빅처럼 가로(수평)와 세로(수직)의 길로 이루어져 있는데, 이는 글쓰기의 추동력인 연상 작용이 은유(유사성)와 환유(인접성)의 길을 따라 진행된다는 것을 생각하게 한다.

6

화투 점을 볼 때는 열두 몫으로 나누어 엎어 놓고, 한 장을 뽑아 그 달月에 해당하는 곳에 놓고, 거기서 다시 한 장을 뽑아 다음 달로 간다. 글쓰기의 진행도 이와 같아서, 이전 문장에 내재하는 의미 때문에 다음 문장이 나타난다. 그런 점에서 글쓰기는 대나무 조각片으로 만든 장난감 뱀(《《《《)을 연상시킨다.

7

글쓰기는 아이들 똥 누는 것처럼 한달음에 이어져야 한다. 배를 누르며 진땀 흘리는 어른들과 달리, 아이들이 화장실에 들어가면 얼마 안 되어 물 내리는 소리가 난다. 그처럼 '행복한' 글쓰기는 말이 말을 물고 나올 뿐 억지로 힘을 쓰거나 애써 조작하지 않는다. 불행한 글쓰기는 '변비'이거나 아니면 '설사'일 때가 많다.

8

어릴 때 땅바닥에 큰 원을 그려 놓고 하는 땅따먹기 놀이. 이 놀이에서는 병뚜껑을 튕겨서 세 번 만에 돌아와야 하는데, 욕심 때문에 너무 멀리 나가면 돌아오기 어렵고, 돌아오지 못할까 겁을 내어 너무 가까이 나가면 얻는 땅이 적다. 이 놀이에서 세 번 만에 돌아와야 한다는 것 또한 시사하는 바가 있다. 최소한 세 개의 선이 있어야 면이 구성되는 것처럼 글쓰기가 획득하는 의미공간도 최소한 세 번의 이동을 통해 얻어진다. (만약 두 번의 이동이라면 각角이 만들어질 뿐이다.)

9

공기를 할 때는 공깃돌의 개수가 제한되어 있으며, 반드시 먼저 집은 돌을 떨어뜨리지 않아야 하고, 마지막에는 손등 위에 돌을 올려놓고 한다. 글쓰기에서도 소재가 많아지면 통제가 어렵고 진행이 불가능해진다. 또한, 앞서 나온 얘기를 바탕으로 다음 얘기가 나와야지, 그렇지 않으면 '바보공기'가 될 것이다. 마지막으로 좋은 글쓰기에는 항시 손바닥과 손등을 뒤집는 순간이 있다.

10

초상집에 모인 손님들은 서로 잘 알지 못한다. 때로 손님들은 옆자리에 앉아 인사를 나누면서 서로를 알게 된다. 그처럼 글쓰기를 통해 각기 떨어져 있던 체험들은 한 자리에 모이고 관계를 갖게 된다. 글 쓰는 사람은 고인故人일까, 상주喪主일까.

11

기본 주제의 변주로 이어지는 음악의 형식이 포개놓기(중첩) 방식이라면, 아이들이 하는 끝말잇기 놀이는 늘어놓기(나열) 방식이라 할 수 있다. 음악의 변주 방식으로 이루어지는 글쓰기는 결코 "기차는 검다—검은 것은 석탄—석탄은 불탄다…"는 나열 방식이 되어서는 안 된다.

12

밭을 갈 때 힘을 주어 쟁기를 깊이 박아 넣어야지, 그렇지 않으면 고랑이 파이지 않고 밭을 간 것도 아니다. 이를 통해 피상적인 글쓰기와 심층적 글쓰기의 차이를 생각해 볼 수 있다. 머리에서 짜내는 글쓰기와 몸에서 우러나오는 글쓰기, 의식의 표면에서 새어 나오는 글쓰기와 무의식의 심층에서 솟아오르는 글쓰기.

13

밭을 갈 때는 멀리 보이는 큰 나무를 향해 나아간다고 한다. 똑바로 갈기 위해 발밑을 살피다 보면 밭고랑은 삐뚤빼뚤해진다. 옷감을 끊을 때도 천은 보지 말고 맞은편에서 잡고 있는 사람을 보아야 한다. 글쓰기 또한 눈길을 멀리 두고 나아가야지, 그렇지 않으면 지리멸렬해지기 십상이다.

14

글쓰기는 라디오 안테나를 빼내거나 탑을 쌓아올리는 과정과 같다. 반드시 아랫단에서 다음 단이 나오며, 높이 올라갈수록 더 가늘어지거나 좁아진다. 그렇게 하지 않으면 하나의 샘을 깊게 파 들어가지 못하고, 계속 다른 샘을 파는 것처럼 쓸데없는 일을 하는 것이 된다.

15

연극의 초반부에서 죽어 다시 등장하지 않는 인물도 극이 끝나고 커튼콜을 할 때는 다른 배우들과 같이 나와 손잡고 인사한다. 그처럼 글쓰기의 앞부분에 나오고 다시 나오지 않는 소재라

해서 소멸한 것으로 생각해서는 안 되고, 글쓰기가 끝날 때까지 계속 살아 있는 것으로 보아야 한다. 그렇지 않으면 "기차는 길다—긴 것은 고무줄—고무줄은 검다…"는 나열 방식이 되고, 전혀 글쓰기라 할 수 없다.

16

키보다 높은 갈대밭을 갈 때 맞은편에서 누가 오면, 헛기침을 하거나 휘파람을 불어 상대방이 놀라지 않게 해야 한다. 그처럼 글쓰기에서 새로운 소재가 나올 때는 그것이 나올 수 있는 여건을 미리 만들어 주어야 한다. 그렇지 않으면 일관성이 흩어지고 '끝말잇기 놀이'가 되기 십상이다. 이는 워드 작업에서 삽입 모드가 아닌 수정 모드를 사용하면 앞에 써 놓은 글이 다 지워져 버리는 것과 마찬가지다.

17

모내기를 할 때는 논에 일주일 이상 물을 가두어 두고 땅이 물렁물렁할 때까지 기다려야 한다. 그러지 않고 이삼 일 만에 모를 심으면 모가 둥둥 뜨게 된다. 그처럼 머리가 아니라 몸에, 의식이 아니라 무의식에 오래 젖어 있는 글쓰기를 하지 않으면 '헛농사'를 짓게 되는 것이다.

18

글쓰기는 항상 작은 데서 큰 데로 나아가지, 그 반대는 아니다. 이는 미세한 구멍을 통해 바깥 경치를 내다보는 바늘구멍

상자의 예나, 총알이 들어간 구멍은 작으나 빠져나간 구멍은 엄청나게 크다는 얘기에서 미루어 짐작할 수 있다.

19

비행기가 이륙하는 모습은 글쓰기에 대한 좋은 참조가 된다. 비행기가 뜨려면 한참 동안 활주로를 달려야 하며, 달린 후에도 서서히 떠오른다. 그에 비해 나쁜 글쓰기는 계속 활주로를 내닫거나, 아니면 곧장 수직으로 떠오르려 한다. 이와 더불어 레일 위를 살짝 떠서 달리는 '자기부상열차'는 글쓰기가 어떻게 진행되어야 하는가를 보여 준다.

20

별똥별을 관찰하는 세 가지 원칙. 첫째 어두운 데서 바라볼 것. 둘째 높은 데 올라가 바라볼 것. 셋째 매직아이를 볼 때처럼 눈을 흐릿하게 뜨고 바라볼 것. 이 가운데 세번째 원칙은 흔히 이념 지향의 글쓰기가 간과하는 것으로, 그 결과 물기 없는 뻣뻣한 글쓰기가 된다. '꼬치꼬치 살피지 않으면서 밝게 안다_{不察察}_{而明}'거나, '어둠을 써서 밝게 안다_{用晦而明}'는 교훈 또한 다른 것이 아니리라.

21

이삿짐센터 직원이 혼자서 피아노를 들어 올리는 것은 피아노의 구조와 무게중심 등을 잘 알기 때문이다. 즉 그는 급소를 아는 것이다. 그 급소가 글쓰기에서는 '디테일'이다. 정확히 말해 글쓰기는 수많은 디테일 가운데 바로 급소가 되는 디테일을 찾아내는 것이다. 달리 말하자면, 그 어떤 디테일도 급소 아닌 것이 없다는 사실을 밝혀내는 것이다.

22

권투 시합은 가로 세로 삼사 미터 되는 사각의 링에서 이루어지지, 운동장에서는 승부를 가릴 수 없다. 글쓰기라는 게임도 마찬가지다. 연극에서 시간, 공간, 사건 등 세 가지 단일성을 강조하는 것도 같은 이유에서이다. 여기서 시간과 공간의 제한은 사건의 단일성을 확보하기 위한 필요조건이다.

23

초등학교 가을 운동회는 글쓰기 방법의 박람회이다. 가령 줄에 매달린 사탕을 따 먹을 때는 손을 뒤로 묶고 하며, 두 사람이 달릴 때는 다리를 묶고 뛰어야 하며, 쪽지에 적힌 지시문을 읽으면 즉석에서 과제를 수행해야 하며, 장애물을 하나라도 빠뜨리고 들어오면 실격이 된다. 마지막으로, 청군 백군이 던져 올린 모래주머니에 대바구니가 터지면서, 붉고 푸른 색종이 다발이 내려오는 기적! 행복한 글쓰기는 그 추억으로만 존재한다.

24

자전거 타기. 먼저 한 발을 페달에 올리고 밀고 나가다가 속도가 붙으면 다른 쪽 다리를 '휙' 들어 올려 안장에 오른다. 그 동작의 유연함이란! 또한 핸들로 균형을 잡으려면 반드시 페달을 밟아 주어야 한다. 글쓰기에서도 의도하는 바를 바로 '들이 댈' 수 없으며, 그것을 이루기 위해서는 가볍고 부드러운 동작 이 필요하다.

25

미술에서의 스크래치 기법. 백지에 여러 색깔들을 칠해 놓고 검정으로 덮은 다음, 핀으로 긁으면 입은 노랗고 몸통은 파랗고 꼬리는 초록인 물고기가 나올 때의 경이로움! 내가 먼저 그렇게 칠해 놓지 않았다면 어떻게 그런 색깔이 나올 수 있었을까. 또 한 땅에 이름을 써 놓고 흙으로 덮은 다음 알아맞히기 놀이. 그 또한 글쓰기가 '잃어버린 글자'를 발굴하기 위한 과정임을 말해 준다.

26

어릴 때 하던 잡기 놀이. 반드시 한 발을 고정시켜야 하지, 두 발 다 떨어지면 무효가 된다. 컴퍼스로 원을 그릴 때도 마찬가 지다. 침 끝이 움직이면 원은 망가지게 마련이다. 글쓰기 또한 아무리 먼 데로 나아가더라도 애초의 중심에서 벗어나면 안 된 다. 그렇지 않으면 '끝말잇기 놀이' '수정 모드 타이핑' '다른 샘 파기'가 된다.

27

어릴 때 하던 말타기 놀이. 마부 앞에 말이 된 아이가 구부리 고 있으면 다른 아이가 타 넘은 뒤 다음 말이 되고…. 이 과정은 네다섯 번 이상 계속될 수 없다. 글쓰기에서도 앞에 나온 얘기를 타넘고 다음 얘기가 나오고, 다음 얘기는 다음다음 얘기의 말이 되며, 그 과정은 고작 네다섯 번에 그친다. 글쓰기의 한계는 인간 인식의 한계이다.

28

딱지는 아무 데나 힘껏 내리친다고 해서 뒤집어지지 않는다. 딱지의 한 끝을 가까스로 밟을 둥 말 둥 하고 살짝 내리치면 엉겁결에 발라당 뒤집어진다. 급소 혹은 디테일을 살피지 않고 힘으로 밀어붙이는 글쓰기는 다행스러운 결과를 얻기 어렵다. 좋은 글쓰기는 어렵지 않은 글쓰기인데, 그런 글쓰기를 하는 것이 어려울 따름이다.

29

처음 휘파람을 배우는 사람은 아무리 해도 소리가 잘 나지 않는다. 입술을 정확하게 오므리고 혀를 갖다 대어야 소리가 난다. 젓가락질을 처음 해 보는 사람도 뻔히 보면서 따라 할 수가 없다. 글쓰기 또한 어려운 것은 아니지만 반복훈련 없이는 이루어지지 않는다. 복화술이나 요들송을 배우는 경우에도 다르지 않을 것이다.

30

회초리로 종아리를 때릴 때나 망치로 못을 박을 때는 너무 힘을 주면 안 된다. 반대로 힘을 빼면 힘이 세어진다. 피아노, 붓

글씨, 골프 스윙에서도 힘쓰는 것은 금물이다. 몸통의 힘이 손목에서 딱 끊어지기 때문이다. '꾼들'이 화투장을 내리칠 때 짝짝 달라붙는 소리가 나는 것도 그 때문일 것이다. 그러면 패가 더 잘 달라붙는 느낌이 든다. 글쓰기 또한 '달라붙는' 느낌이 있어야 한다.

31

여자 아이들의 머리를 땋을 때나 새끼를 꼴 때는 서너 가닥이면 충분하다. 너무 많은 가닥이 필요하지 않다는 얘기다. 가닥들을 꼬는 것은 그래야 질겨지고 힘이 생기기 때문이다. 글쓰기는 몇 가지 소재들을 얽어 짜서 그것들이 가진 힘을 최대화하는 것이다. 마치 새끼 꼴 때처럼 손바닥에 침을 뱉어 가며 단단하게 꼬아 나가야 한다.

32

목표가 되는 공을 간접적으로 맞히는 당구의 스리쿠션은 바둑에서 상대를 속이는 성동격서聲東擊西의 전략과 마찬가지로 글쓰기와 닮아 있다. 당구의 고수들은 공을 한곳에 몰아 놓고 친다고 한다. 그에 비해 초보자는 한 번 치고 나면 공이 사방으로 흩어져 계속하지 못한다. 숙련되지 않은 글쓰기 또한 그러하다.

33

바느질은 글쓰기의 층위와 연결 방식을 잘 보여 준다. 바늘은 겉에서 안으로 들어갔다가 나오는 과정을 반복한다. 보다 교묘한 바느질은 겉으로 약간 표시가 날 뿐 거의 안에서 이루어지지만, 그렇다고 겉과의 연결이 아주 끊어지는 경우는 없다. 또한 바늘귀에서 실이 빠져나가는 순간부터 완전히 '헛 바느질'이 되며, 끝맺음할 때는 당연히 해 온 실로 홀쳐매야지 다른 실로 하면 안 된다.

34

글쓰기는 냇물에 징검돌을 놓는 것과 같다. 돌이 너무 촘촘히 놓이면 건너는 재미가 없고, 너무 멀게 놓이면 건널 수가 없다. 그렇다고 사람이 하는 일이 센티로 잰 듯이 정확할 수는 없으니, 때에 따라 조금 가깝거나 멀기 마련이다. 그러나 그 또한 글쓰기의 즐거움이다.

35

국을 끓일 때는 무, 대파, 고기 등을 큼직큼직하게 썰어 넣고 오래오래 끓여야 제맛이 난다. 그렇지 않으면 조미료로 비슷한 맛을 내려고 애쓰게 된다. 또한 손님을 초대해 놓고 인스턴트식품을 사 와 데워 내놓는 것은 예의가 아니며, 맛있는 재료라 해서 다 섞어 놓으면 정체불명의 음식이 된다. 이 또한 글 쓰는 사람이 생각해 보아야 할 일이다.

36

돌멩이로 국을 끓였다는 사기꾼 얘기. 그는 냄비에 돌을 넣고 끓이다가 남들이 가져온 채소와 고기를 넣었을 뿐이다. 글쓰기의 소재 또한 '거의 아무것도 아닌 것'이다. 글쓰기의 목적은 하찮은 미끼를 던져 예상치도 못한 귀한 것들을 끌어내는 것이다. 한 재료가 다른 재료를 물고 들어온다는 점에서 글쓰기는 '다단계 판매'와 많이 닮아 있다.

37

글쓰기의 마지막은 「따오기」 노래처럼 "보일 듯이, 보일 듯이, 보이지 않"아야 한다. 마지막에 독자를 빈손으로 돌아가게 함으로써 다시 찾아오게 만들어야 한다. 초콜릿을 선물할 때 껍질을 까서 주는 것은 예의가 아니며, 아무도 이미 씹어 놓은 음식을 먹으려 하지 않을 것이다. 선물은 포장을 벗기기 직전까지이다.

38

스케이팅하는 동작은 글쓰기의 모습을 정확히 보여 준다. 스케이트를 타고 나아갈 때는 한 다리를 삐딱하게 뻗고, 다음 다리도 삐딱하게 뻗어 주어야 한다. (바로 앞으로 내밀어서는 나아갈 수가 없다.) 그리고 멈추어야 할 때는 다리를 완전히 반대쪽으로 꺾어 더 나아가지 못하게 한다. 아름다운 글쓰기의 끝맺음 방식도 이와 같지 않을까.

39

축구 경기에서 배울 점은 많다. 패스의 정확성은 물론이거니와, 숏패스와 롱패스의 장단점 또한 새겨 보아야 한다. 하프라인을 못 넘는 글쓰기가 있는가 하면, 엔드라인을 무시하는 글쓰기도 있다. 코너킥할 때는 대개 로빙 볼로 한다는 것도 대단히 시사적이다. 마지막으로 골키퍼에게 바로 가는 공을 차 넣어서는 안 되며, 그렇다고 해서 골대 바깥으로 공을 날려서도 안 된다. 글쓰기 역시 사각지대를 향하는 것이다.

40

테니스 서브를 할 때는 무작정 세게 넣으려고 하기보다, 공손하게 절하듯이 해야 한다는 말이 있다. 부드러운 글쓰기는 항상 힘을 가지지만, 부드러운 글쓰기를 위해서는 최대한 힘을 빼야 한다. 그런데 문제는 힘있는 사람만이 힘을 뺄 수 있다는 데 있다. 어디서나 강퍅한 동작은 힘의 부족에서 생기는 경우가 많다.

41

글쓰기는 유산소 운동 같아야 한다. 근육에 젖산이 쌓이면 실어 나를 헤모글로빈이 부족하게 되고, 그러면 숨이 헉헉거리면서 등에 땀이 흐른다. 그 순간을 사점死點, death point이라 하고, 이 지점을 지나면 제이의 창second window이 열리고 한결 수월해진다. '사점'을 통과하지 않은 글쓰기는 뜸이 안 든 밥이나 비등점에 오르지 못한 물과 같다.

42

글쓰기는 공중에 열쇠 꾸러미 같은 것을 던져 올리고 받으며 앞으로 나아가는 것과 같다. 너무 낮게 던지면 받는 재미가 없고, 너무 높이 던지면 떨어뜨릴 때가 많다. 또한 제자리에서 던져 올리고 받으면 큰 재미가 없다. 이 또한 '깡통차기'와 마찬가지로 무한정 오래 계속할 수 없으니, 영화의 러닝타임이 한계가 있는 것과 다르지 않다.

43

공중화장실 남자 변기 위에는 '한 걸음만 앞으로'라는 문구가 붙어 있다. 멀찍이 서면 오줌이 변기 밖으로 다 떨어지기 때문이다. 바가지로 병에 물을 따라 부을 때 밖으로 다 흘리는 것과 마찬가지다. 글쓰기는 대상을 향해 최대한 가까이 다가서는 것이다. 요즘 남자들이 변기에 앉아 오줌을 누는 것도 깨우치는 바가 있다.

44

제대로 된 글쓰기에는 좌석의 안전벨트가 채워졌을 때의 '찰칵' 하는 소리가 들린다. 이 소리가 나지 않으면 벨트가 제대로 채워지지 않은 것이듯이, 제대로 끝난 느낌이 없으면 글쓰기가 제대로 되지 않았다는 것을 뜻한다.

45

윷판에서 윷말을 쓰는 것과 글쓰기 진행 방식은 닮은 데가 있다. 때로 최단 코스로 갈 수 있는 길을 에둘러 돌아가야 하는 것처럼, 글쓰기는 글 쓰는 사람 자신의 의도나 예상과는 무관하게 이루어진다. 자기가 하는 글쓰기이지만 결코 자기 바람대로 되는 것이 아니다. 하지만 그렇지 않은 일이 어디 있겠는가.

46

글쓰기는 재즈 연주와 같다. 처음 시작할 때는 중간에 겪을 우여곡절을 알 수 없고, 결말 또한 예상할 수 없다. 재즈의 즉흥성, 애드리브 등은 글쓰기의 생명이기도 하다. 좋은 글쓰기는 쓰는 사람 자신을 배반하며, 피할 수 없는 위험에 빠뜨리기도 한다. '환술사幻術師가 스스로 만든 허깨비 호랑이에 물려죽었다'거나, '기요틴을 만든 기요탱이라는 사람이 기요틴으로 처형되었다'는 얘기도 새겨 볼 만하다.

47

그림 그리기는 글쓰기와 다르지 않다. 두 부분의 색깔이 잘 맞지 않으면 서로의 색깔을 섞어 주어야 한다. 마치 암수한몸의 달팽이가 서로의 성 역할을 바꿔 교미하듯이. 색깔뿐 아니라 형태, 명암, 채도 등도 같은 방식으로 조정된다. 글쓰기 또한 소재들 상호간의 갈등으로 진행되고 마지막에는 균형과 조화로 끝맺음한다. 그러니까 쓰는 사람 자신의 의도대로 되는 것이 아니라는 얘기다.

48

신장개업하는 상점 앞에 내놓은 화환은 거친 각목으로 뼈대를 세우고 스티로폼 위에 빼곡히 꽃을 꽂아 만든다. 글쓰기의 주제들 또한 낡고 때 묻은 것들이다. 그것들은 글쓰기를 통해 찾아낸 것들을 보여 주기 위한 도구에 지나지 않는다.

49

옛날 초등학교에 입학하는 아이들은 가슴에 큰 손수건을 달았다. 콧물을 닦기 위해서였을 것이다. 그에 비해 영화에 나오는 신사들의 양복 앞주머니에는 아주 살짝 손수건이 보인다. 그처럼 주제가 드러나 보이는 방식도 글쓰기의 수준에 따라 다르다.

50

고스톱을 할 때 '십'이나 '광'을 모으는 것은 하수들이다. 많이 모아 보아야 큰 점수가 나지 않기 때문이다. 이에 비해 '피'를 모으면 절대적으로 유리하다. 계속 점수를 불릴 수 있고 때로는 '피박'을 씌울 수도 있기 때문이다. 또한 백 원에 사서 천 원에 파는 글쓰기가 있는가 하면, 천 원에 사서 천 원에 파는 글쓰기도 있다는 것도 생각해 볼 일이다.

51

수중에 오백만 원이 있는데 사려는 물건이 천오백만 원이라면 일단 사고 나서 갚아 나가면 된다. 그 돈을 다 모으고 나면 물건 값이 삼천만 원이 되기 때문이다. 그렇다고 오백만 원으로 일억오천만 원짜리 물건을 사려는 것은 무리이거나 사기이다. 건전 기업은 부채와 자본의 비율이 삼 대 일 정도라 하는데, 이 역시 글 쓰는 사람이 새겨 볼 일이다.

52

그릇 같은 것을 손으로 잡은 상태에서 때리면 울림이 금방 끝나지만, 손을 놓고 때리면 여운이 오래간다. 그처럼 글쓰기는 대상의 울림을 크고 길게 하는 것이다. 달리 말하자면, 마치 현악기의 음을 증폭하는 공명통처럼 글쓰기를 하는 사람은 대상의 울림통이 된다.

53

글쓰기는 젖은 걸레를 짜듯 쥐어짜는 것이다. 아래서부터 위로 밀어 올리며 치약을 짜듯, 혹은 손아귀의 힘을 다해 약재를 담은 삼베를 비틀어 짜듯, 글쓰기는 대상의 의미를 남김없이 끌어내야 한다. 요컨대 글쓰기가 짜고 나서도 물이 흥건한 행주 같아서는 안 된다는 말이다.

54

어떤 바닷게는 따개비가 몸속에 들어와 알을 낳으면 제 알인 줄 알고 키우기 때문에 따개비로 분류된다고 한다. 그처럼 글쓰기는 글 쓰는 사람의 몸을 빌려 '인생'이 하는 것인데, 글 쓰는 사람은 자신이 하는 것으로 안다.

55

콘크리트 벽에 못을 박기 위해서는 먼저 전동 드릴로 구멍을 내야 한다. '인생'이라는 벽에 구멍을 뚫는 글쓰기는 '살아내려는 의지' 그 이상도 이하도 아니다. 바로 그 때문에 글쓰기는 비유이고 발견이며 깨달음일 수 있다.

56

어쩌다가 명치끝을 얻어맞으면 순간적으로 너무 아파 소리를 지를 수 없고 숨쉬기가 어려울 정도이다. 글쓰기도 반드시 읽는 사람의 명치끝을 내지르는 것 같아야 한다. 만약 그렇지 않으면 인생을 왜곡하는 것이라 할 수 있다. 인생이 본래 그렇기 때문이다.

57

그러나 이 모든 비유들은 있어도 좋고 없어도 좋다. 이 비유들을 알든 모르든 모든 글쓰기는 그 위에서 진행될 것이기 때문이다. 오히려 비유들을 자꾸 의식하게 되면 몸에서 머리로 돌아가는 글쓰기가 될 것이다. 기도하기 위해 손을 모으려면 손 안에 쥔 것이 없어야 한다. 그러나 이 또한 비유에 그칠 뿐이다.

불가능 시론試論

1

미스터리mystery라는 말은 흔히 '신비'로 번역되지만, 오히려 '비밀'이라 하는 것이 적절하지 않을까 한다. 신비의 '신神'자가 어떤 무한한 실체로서의 '신'을 상기시키기 때문이다. 본래 '미스터리'라는 말은 그리스 시대 군사용어였다고 한다. 가령 군대에서 이발병이나 취사병은 전투와는 별 상관없는 일을 하고, 그래서 자기들이 입대한 명분과 이유를 알 수 없지만, 지휘관의 눈으로 보면 그들 각자는 분명히 군대 안에서 제 역할과 존재의 의를 갖는다. 그런 점에서 미스터리라는 말은 지금 여기서는 알려지지 않은 어떤 것, 아직은 알 수 없는 어떤 것을 가리키는 것으로 봄이 적당할 것 같다. 즉 그것은 언젠가 다른 지점에서는 알려질 수 있고, 그리하여 더 이상 비밀이 아닌 것을 가리킨다고 볼 수 있다.

2

그러고 보면 '비밀'이란 '차원'의 문제와 관련을 맺는 것이라 할 수 있다. 이를테면 비밀은 사병의 차원과 지휘관의 차원 사이에 존재하는 어떤 것으로, 어느 차원에서 바라보느냐에 따라 있기도 하고 없기도 한 것이다. (여기서 '있다' '없다'는 '위'와 '아래'처럼 실제현실을 가리키는 것이 아니라 분별의식에 지나지 않는다.) 사병이 사병인 한 절대로 비밀은 풀리지 않으며, 또한 비밀을 풀 수 없기 때문에 사병이라 할 수도 있다. 지휘관에게는 비밀이 존재하지 않을뿐더러 비밀이라는 관념조차 존재하지 않는다. 이는 소위 '불완전성 정리'의 두번째 명제와 상응한다. "어떤 논리체계든 그 체계 안에서는 체계의 무모순성을 증명할 수 없다." 자신이 미치지 않았다는 것을 입증할 수 있는 사람은 아무도 없다.

3

인간이 기르는 짐승들이 자손대대로 인간의 손아귀에서 벗어나지 못하는 것도 같은 딜레마로 볼 수 있다. 그들은 스스로 함정에 빠져 있다는 사실을 알지 못하며 의심조차 않기 때문에, 함정에서 벗어나지 못할뿐더러 벗어날 가능성조차 갖지 못한다. 생生·사死·성性·식食의 굴레 안에 있는 인간도 다르지 않다. 종으로는 '유성생식'과 횡으로는 '먹이사슬'의 장치에 묶여 죽음을 벗어날 수 없는 개체는 그 장치들을 고안하고 유지시키는 '조작자'를 알 수 없으며, 그 때문에 무시무종無始無終의 죽음의 레이스는 계속된다. 사병에게는 풀리지 않는 '비밀'이 지휘관에게는 애초에 존재하지 않듯이, 인간이 풀 수 없는 비밀이 그 조작자에게만은 존재하지 않을 것이나, 그 조작자의 유무 또한 인간에게는 풀 수 없는 비밀이다.

4

이와 같은 차원적 사고, 다시 말해 차원의 개념과 존재 방식에 대한 이해가 가장 극명하게 도입되는 것은 수학과 물리학을 비롯한 자연과학에서이다. 그것은 자연과학의 성립과 진전이 '시각화' 혹은 '은유화'에 힘입고 있다는 사실과 무관하지 않을 것이다. 새로운 이론의 개발은 문제가 되는 현상을 그림으로 설명할 수 있어야 가능하다는 말이 있다. 가령 시공간의 휘어짐이라는 새로운 중력이론은 그것을 그림으로 그릴 수 있을 때 받아들여질 수 있었으나, 네 가지 기본 힘의 통합인 만물이론은 끝내 그림으로 그릴 수 없었기 때문에 실패했다고 한다. 예술, 철학, 종교를 포함하는 인문학 또한 차원적 사고를 통해 발전해 왔지만, 그것을 명확하게 의식하고 적극적으로 활용해 왔다고 할 수는 없을 것이다.

5

한 세기 이전의 작품인 『플랫 랜드*Flat Land*』는 차원적 사고에 대한 가장 친절한 설명이 될 것이다. 우연히 삼차원 세계에 다녀온 사람이 '높이'라는 것을 이야기하면 이차원 세계 사람들은 '북쪽'으로 알아듣는다는 것이다. 삼차원에서의 '높이'는 이차원 사람들에게는 이해될 수 없는 '비밀' 혹은 '미스터리'이며, 그것을 '북쪽'으로 이해하는 한 돌이킬 수 없는 망상에 불과하다. '북쪽'은 동일한 개념적 차원conceptual level에 있는 '남쪽'과 불가분리의 대대對待로서 존재할 뿐이다. 말하자면 삼차원 세계에서 바라보면 이차원 세계에서의 모든 구분 대립은 근본적으로 무의미한 것이다. 마치 어둠을 알 수는 있으나 볼 수는 없듯이, 임의의 차원에서 차상위 차원은 다만 불가사의로 존재할 뿐이다.

6

다만 가상할suposer 수 있으나 상상할imaginer 수는 없는 이 불가사의한 차원의 수학적 발명은 허수imaginary number 'i'로 시작된다. 카르다노에 의해 '농담'처럼 제의된 허수가 '복소평면複素平面' 혹은 '가우스 평면'의 도입 이후 실체화되었다는 사실 또한 과학에서 시각화의 중요성을 시사한다. 즉 실수實數의 좌표축을 가로지르는 허수虛數의 좌표축을 상정함으로써, 종래의 일차원적 수 개념을 이차원적 수 개념으로 확장시킨 것이다. 그리하여 모든 수는 '$a+bi$' 형태의 복소수로서, 실수는 허수부가 0인 복소수이고, 허수는 실수부가 0인 복소수로 이해된다. 더불어 지금까지의 과학적 관찰과 측정이 이차원의 복소수 세계를 일차원의 수직선 세계로 압착시켜 왔다는 반성이 따르게 된다.

7

허수의 발명과 도입은 근대과학에 새로운 차원을 추가하는 결과를 낳았다. 가령 일차원의 수직선 세계에서는 완전한 무질서로 보이는 소수素數의 집합이 이차원의 복소수 세계에서는 완전한 질서라고 할 직선 위에 정렬하는 것으로 나타난다. 이 생면부지의 허수는 파동방정식과 상대성원리에 모습을 드러낼 뿐 아니라, '시작 없는 시작'인 우주 탄생의 순간을 기술하는 데 쓰이기도 한다. 그리하여 과학적 실체는 시공간의 어느 지점에도 위치시킬 수 없다거나, '실공간實空間'의 두 진리를 잇는 지름길은 때로 '허공간虛空間'을 지나간다는 선문답 같은 발언들이 논리적 명증성을 추구하는 과학의 여러 분야에서 흘러나온다. 지나는 길에 덧붙이자면, 복소수 차원에서는 수직선 차원에 있던 수의 '크기'가 사라진다는 것이다.

8

차원의 이해를 돕기 위해 흔히 드는 비유는 길게 펼쳐 있는 고무 호스이다. 그것을 높은 곳에서 내려다보면 일차원의 '선'이지만, 그 위로 돌아다니는 벌레에게는 이차원의 '면'이며, 그 안에서 움직이는 벌레에게는 삼차원의 '입체'이다. 즉 하나의 대상이 그것과 관계하는 주체의 위치에 따라 서로 다른 차원으로 나타나는 것이다. 또 다른 비유로서 종이 위에 연필로 '선 그리기'는 차원의 존재 방식을 시각화해 준다. 가로 없이 세로는 있을 수 없으므로 일차원의 선은 면이 될 수밖에 없으며, 연필 가루가 종이 위에 입혀짐으로써 이차원의 면은 반드시 입체일 수밖에 없다. 즉 임의의 차원은 다른 차원들 없이 성립할 수 없으며, 각 차원들의 속성은 판이하다. 가령 지구는 면으로서 무한하지만, 입체로서는 유한하다.

9

그 나머지 차원들은 임의의 차원을 둘러싸고 있을 수도 있지만, 그 안에 잠겨 있을 수도 있다. 가령 선 그리기의 경우처럼,

삼차원 입체의 꼭짓점을 이차원의 원圓이나 삼차원의 구球로 보자면 차원의 수는 기하급수적으로 늘어난다. 여기서 흥미로운 점은 임의의 한 차원은 반드시 차하위 차원으로는 구성된다는 것이다. 이차원의 면은 일차원인 선으로 구성되고, 삼차원의 입체는 이차원의 면으로 구성된다. 그렇다면 사차원은 삼차원인 입체로 구성될 것으로 추측되지만, 인간의 제한된 감각으로는 확인할 수 없는 것이다. 사실 인간이 사차원 시공간 복합체 속에서 살아간다 해도 자신이 삼차원 입체 공간 속에서 움직이는 것으로밖에 인식할 수 없으며, 더욱이 그의 눈은 이차원 평면으로만 지각할 수 있다.

10

하지만 그 모든 본성적 한계에도 불구하고 인간 지능의 놀라움은 차원의 깨어짐을 의미하는 '프랙탈'을 발명하는 데까지 이르렀다는 점이다. 가령 '해안선'은 일차원과 이차원 사이에 있으며, 인간의 '뇌'는 이차원과 삼차원 사이로 소수점을 써서 유리수의 차원으로 표기할 수 있다는 것이다. 이를 더 확장하자면 무리수 차원뿐만 아니라 복소수 차원까지 상정할 수 있고 실제 과학에서 이용하고 있다는 말까지 있으니, 그 또한 인간 지능의 유한과 무한이라는 아이러니를 보여 주는 예라고 할 수 있다. 어쩌면 이 아이러니로 인해 이미 인간은 알 수 없는 수를 X로 표기함으로써 그것의 정체를 밝힐 수 있었고, 불어나는 '과정'인 무한을 '덩어리'로 파악함으로써 여러 무한들의 크기가 다르다는 것을 알아냈을 것이다.

11

예술, 철학, 종교를 포함하는 인문학 일반 또한 차원적 사고에 바탕을 두고 있지만, 자연과학에서처럼 그 의식과 실천이 철저하지 못함은 주지의 일이다. 사실 이십세기 벽두의 인문학의 혁명은 현상의 이면 혹은 내부에 숨어 있는 심층의 발견에 의해 가능했던 것으로 보이며, 이 또한 차원적 사고의 실례로서, 불확정성, 불완전성, 불안정성 원리라는 현대과학의 동향과 멀리 떨어지지 않은 것으로 여겨진다. 그럼에도 불구하고 물질적 외부세계를 규명하는 자연과학과는 달리 정신적 주관세계를 해명하는 인문학의 속성상 차원적 사고를 바탕으로 출발했다 하더라도, 차원의 혼동으로 귀결되는 경우가 대부분이라 할 수 있다. 가령 인간을 만들었다고 하는 신神은 사실 인간이 만든 것이며, 인간보다 하등 나을 것이 없다.

12

차원적 사고를 표방하나 실제로는 차원적 혼동의 범례라 할 수 있는 대부분의 타력他力 종교와는 달리, 고대 힌두이즘의 변이인 불교와 불교철학에 영향받은 현대의 힌두이즘 등 차원적 사고에 바탕을 둔 자력自力 종교는 차원적 사고 그 이상도 이하도 아니라고 할 수 있다. 단적으로 말해, 이 믿음들은 세계 내부에 존재하는 '숨은 차원'의 개발에 힘을 쏟으며, 그 점에서 세계 외부에 미지의 차원을 설정하는 타력 종교와 대비된다. 세계의 근거이며 동인으로서 세계와 즉해 있는 이 보이지 않는 차원의 유일한 단서 혹은 결정적 증거는 세계 그 자체이다. 비유컨대 우리는 자신의 눈을 볼 수 없지만, 사물을 보고 있다는 것으로 눈이 있음을 알 수 있으며, 빛은 보이지 않지만 색깔이 있다는 것으로 알 수 있다.

13

이 믿음들에서 '숨은 차원'을 가리키는 이름들은 무수히 많다. 그것, 이것, 의식, 자각, 공空, 도道, 마음, 본성, 본래면목, 본지풍광…. '그것'의 이름이 많다는 것은 어떤 이름으로도 불릴 수 없음을 뜻한다. 그것을 가리키는 명사가 있을 수 없기에, 그냥 '이러한 때恁麼時'라고 해 보지만 이 또한 오십보백보이다. "이러하다고 하면 이미 이러하지 않纔恁麼 便不恁麼"때문이다. 이 난경을 돌파하기 위한 궁여지책은 언어가 아닌 갖가지 행위들이다. 휘파람을 불거나, 고함을 지르거나, 몽둥이를 휘두르거나, 눈썹을 찡그리거나, 기침을 하거나, 손가락을 튕기거나…. 그것을 가리키려는 이 많은 행위들 또한 또 다른 언어일 수밖에 없으며, 그리하여 난경의 돌파가 아니라 난국의 재확인에 그칠 따름이다.

14

문제는 그렇게라도 하지 않으면 그것의 존재를 귀띔할 수조차 없다는 점에 있다. 이를테면 갈대숲에서 헛기침을 하는 것은 맞은편에서 오는 사람을 놀라게 하지 않기 위해서다. 사실 그것을 직접적으로 가리키려다 실패하는 모든 언어와 동작들은 그 자신의 실패로써 그것의 존재를 간접적으로 드러내는 것이다.

모든 언어와 동작들은 만물의 본성인 그것의 작용이다性在作用. 외부 사물을 본다는 것 외에 눈이 있음을 아는 다른 방법이 없듯이, 언어와 동작들 외에 그것의 존재를 알 수 있는 길은 없다. 그 때문에 '본성을 본다見性'는 것을 '보는 것이 본성이다'로 고쳐 말하는 것이며, 또한 그 본성을 '작용은 있으나 주체는 없는 것' 혹은 '주어는 되나 술어는 될 수 없는 것'이라 풀이하는 것이다.

15

따라서 그것을 알고자 한다면 '시절인연을 살펴야 한다當觀時節因緣'거나, 그것을 물으면 '묻는 말소리에 있다只這語聲是'고 하는 것이다. 즉 모든 동작 행위는 그것의 '비밀스러운 작용密作用'이다. 그 미스터리는 그것을 직접적으로 추구할 때 나타나는 그것의 양태이다. 임제林際가 말한다. "찾으려 하면 도리어 멀어지고, 구하려 하면 도리어 어긋나므로, 이것을 일러 비밀이라 한다覓著轉遠 求之轉乖 呼之爲秘密." 그러나 그것은 또한 지금 여기서 우리의 언어 동작을 통해 분명히 드러나 있으므로 비밀이라 할 만한 것이 전혀 없다. 육조六祖가 "너에게 말해 준 것은 비밀이 아니니, 네가 돌이켜 본다면 비밀은 너 자신한테 있다爲汝說者 卽非密也 汝若返照 密在汝邊"고 한 것도 이 때문이다.

16

같은 언덕을 두고 보는 위치에 따라 '오르막'이라 하거나 '내리막'이라 하듯이 그것이라는 '비밀' 또한 드러난 차원에서는

'있는' 것이 되고, 숨겨진 차원에서는 '없는' 것이 된다. 지금 눈앞目前과 발밑脚下에 명백히 드러나 있기 때문에 도리어 알아보지 못하는 그것은 '모호한 점은 하나도 없는 수수께끼'(미셸 슈나이더)라는 역설로 존재한다. 예컨대 그것은 물 위의 고무 튜브처럼 잡으려 하면 달아나고, 가만있으면 와 있는 것이다. 이를 임제 식으로 표현하면 "구하려 하면 도리어 멀어지고, 구하지 않으면 오히려 눈앞에 있다求著卽轉遠 不求還在目前"는 것이다. 이 때문에 "결코 그것을 쫓아 구하지 말라切忌從他覓"거나 "결코 알음알이를 내어 구하지 말라切忌作知解求覓"는 거듭되는 경계가 있는 것이다.

17

마하라지 식으로 말하자면 아무도 그것을 추구하거나 획득할 수 없다. 왜냐하면 추구하거나 획득하는 자 자신이 이미 그것이기 때문이다. 눈으로 보려 하는 것이 눈 자체이듯이, "찾으려는 자가 찾아지는 자이다The seeker is the sought." 또한 아무도 그것이 되려고 노력할 수 없다. 그것은 그것 자체이고, 모든 것은 그것의 표현이기 때문이다. 달리 말하자면 일체가 이미 그것이기 때문에 그것을 알려고 하거나 그것이 되려고 하는 모든 노력들은 파도로 물을 만들려는 것과 마찬가지로 난센스에 지나지 않는다. 그 때문에 그것은 율극봉栗棘蓬 무공철추無孔鐵鎚 금강권金剛圈 은산철벽銀山鐵壁으로 비유되는 것이다.

18

그러나 벗어날 수 없는 감옥인 '금강권'은 바로 벗어나려 하는 자신의 마음藏識이고, 넘을 수 없는 "은산철벽은 본래 자기 자신일 뿐이다元來鐵壁便是自己也." 그것을 깨달을 때 가시투성이 '율극봉'을 삼킬 수 있으며, 손댈 수 없는 '무공철추'를 굴릴 수 있는 것이다. 다시 말해 그것이라는 '비밀'이 바로 그것을 추구하는 자 자신이라는 사실이 밝혀지면 더 이상 할 일이 없게 된다. 이를 틱낫한 식으로 표현하면, 우리는 이미 우리가 되려 하는 존재이며, 이미 구하는 것을 가지고 있다. "우리는 이미 목적지에 도착했고, 더 이상 여행할 필요가 없으며, 이미 지금 이곳에 있다." 우리가 지금 여기에 있다는 것 자체가 그것이기 때문이다. 달리 말해 '비밀'은 "비밀!"이라고 말하는 여기에 있으며, 말하는 그것이 전부이다.

19

언제나 우리 앞에 있는 그것이 '비밀'이라는 것은 그것을 대상화할 수 없기 때문이다. 왜냐하면 대상화하는 것이 그것이기 때문이다. 우리가 '우리'를 인식하는 것도 그것 때문에 가능한 것이니, 그것이 우리 자신이고 '우리'는 그것의 효과이다. 즉 우리는 우리가 아는 '우리'가 아니라 우리가 모르는 그것이다. 마하라지가 "그대는 전적으로 작용이다You are the total functionning"라고 말한 것도 같은 맥락에서이다. 그에 따르면 "우리는 꿈꾸는 주체이지, 꿈이 끝나면 사라지는 꿈속 객체가 아니다." 이를 랭보는 "'나는 생각한다'는 틀린 말이다. 나는 누군가에 의해 생각

된다"라고 하고, 라캉은 "내가 생각하는 곳에서 나는 존재하지
않고, 내가 존재하는 곳에서 나는 생각하지 않는다"고 말한다.

20

힌두이즘의 전통에서 '존재' '의식' '지복'으로 지칭되는 그
것은 스스로 빛을 발하여 이름과 형상들의 세계를 드러내지만,
그것에 의해 조명되는 사물들로 인해 추리될 뿐 인식의 대상이
될 수 없다. 시간, 공간, 인과율은 그것이 비쳐지는 거울에 지나
지 않으며, 그것 안에는 어떤 시간, 공간, 인과율도 없다. 주관
객관을 포함하는 모든 현상세계와 그것의 관계는 서양철학에서
'존재자'와 '존재'의 관계에서 유추될 수 있으며, 더 가깝게는
'발화된 것énoncé'과 '발화행위énonciation'의 관계와 구조적으로 유
사하다. 즉 말하는 자는 언제나 자기 말을 벗어나 있으며, 어떤
말도 말하는 자 자신을 포함할 수 없듯이, 형상을 만들어내는
그것은 어떤 형상으로도 형상화할 수 없다. 그것이 형상화하기
때문이다.

21

흥미로운 것은 그것의 작용 '비밀'이 서양의 전통과 동양의
전통에서 각기 다른 방식으로 포착된다는 점이다. 가령 발레리
가 "나는 나를 보는 나를 보는… 나를 본다"라고 무한소급하더
라도 보는 자기를 볼 수는 없다. 그에 반해 위빠싸나에서 알아
차림sati은 동일한 구조의 인식을 통해 오염된 마음을 정화시킬
수 있다. 이는 그것을 행위주체로 받아들이느냐, 인식객체로 파

악하느냐에 따른 결과로서, '동양의 실천적 윤리학'과 '서양의 비관적 인식론'이라는 이름으로 지칭될 수 있다. 또한 양자의 차이는 자기를 못 찾는 '저승사자'를 자기는 보고 있다는 이유로 안도하는 선禪 수행승의 이야기와, '죽음의 신'을 피해 달아나는 것까지 피할 수 없는 수순임이 밝혀지는 이란의 설화에서 흥미롭게 가색되고 있다.

22

현대 예술과 사상의 핵심 주제 중의 하나인 '불가능'은 '서양의 비관적 인식론'의 연장선 위에 있으며, 그 귀결점이라 할 수 있다. 단적으로 말해 "나는 나를 보는 나를 보는… 나를 본다"는 발레리의 무한소급은 손이 손 스스로를 잡을 수 없고 이빨이 이빨 스스로를 깨물 수 없듯이 실패로 귀착된다. 자기 꼬리를 잡으려고 맴도는 개와 마찬가지로 자기를 찾는 일이 원천적으로 불가능한 것은 '찾으려는 나能'와 '찾아지는 나所'가 동일하기 때문이다. 자기가 찾으려 하는 범인이 바로 자신임을 깨닫고 자신의 '눈'을 파내는 오이디푸스는 서양 인식론의 파국인 '불가능'을 형상화하는 것으로 볼 수 있다. '불가능'은 자신을 보려 하고, 알려 하고, 찾으려 하는 주체의 의지와 동시에 태어나고, 동시에 소멸한다.

23

이를 달리 말하자면 '불가능'은 차원의 혼동 혹은 무시나 무지에서 태어난다고 할 수 있다. 사실 '찾으려는 나'와 '찾아지는 나'가 동일하다 하더라도, 양자는 '북쪽'과 '높이'와 마찬가지로 다른 차원에 속하는 것이다. '찾으려는 나'가 '발화된 것énoncé'으로서의 나라면, '찾아지는 나'는 '발화행위énonciation'로서의 나이다. "나는 누군가에 의해 생각된다"는 랭보의 말을 예로 들자면 '찾으려는 나'는 생각되는 '나me'에 해당하고 '찾아지는 나'는 '누군가on'에 해당하는 것으로 볼 수 있다. '발화행위'로서의 나, '누군가'로서의 나는 '발화된 것'으로서의 나, '생각되는' 나와 동시에 즉각적으로 존재한다. 왜냐하면 현상적으로 나타나는 것은 후자이지만, 전자가 없다면 후자가 존재할 수가 없기 때문이다.

24

그 '발화행위'로서의 나, '누군가'로서의 나는 삼라만상 어디에나 숨겨져 있다. 왜냐하면 그것 없이는 아무것도 의식화·대상화될 수 없기 때문이다. 그것은 모든 말과 행위의 이면에서 발화될 수 없는 발화의 조건으로 존재하며, 모든 관찰과 표기를 가능하게 하는 조건이지만 그 자신 관찰과 표기의 '불가능'으로 존재한다. 주관과 객관, 정신과 물질, 실체와 비실체 등은 존재하지 않으며, 오직 그것들을 만들어낸 힘인 그것만이 실재한다. 그것 앞에서는 현실과 꿈이 똑같은 꿈이며, 일체가 꿈이라는 것을 아는 것만이 꿈이 아니다.(이는 곧 지인무몽至人無夢이라는 말의 본래 뜻이다.) 이 절대성과 주체성의 자리에서 시간과 공간, 삼라만상이 생겨났기 때문에, 선인들은 '그것'을 일러 '앞소식 자리' 혹은 '우주의 기관機關'이라 했던 것이다.

25

문제는 그것이 앎의 대상이 되는 즉시 '불가능'으로 바뀐다는 점이다. 우리는 그것을 알 수 없고, 단지 그것이 될 수 있을 뿐이다. 사실 된다는 말은 맞지 않다. 이미 되어 있는 것을 알 뿐이다. 그러나 이미 되어 있는 것을 안다는 것 또한 어폐가 있다. 그 또한 앎이며, 따라서 '긁어 부스럼'이고 '평지풍파平地風波'이다. 그렇다고 알지 않으면 '되어 있을' 수도 없다. 왜냐하면 되어 있다는 것 또한 앎이기 때문이다. 바로 여기에 베케트의 '더 잘 실패하기'의 전략이 위치한다. "어떻게 말해 볼까. 어떻게 실패해 볼까. 해 보지 않으면 실패도 없는 것. 단지 말하라!" 이를 블랑쇼의 어법으로 표현하면 다음과 같다. "오직 표현될 수 없는 것을 표현하라. 그러나 그것을 표현되지 않은 채로 내버려 두라."

26

시도 자체가 예정된 실패에 포함되는 이 딜레마를 말라르메 식으로 표현하면 다음과 같다. '이곳'과 '저곳'을 가로막는 유리창을 한없이 깎아 나가면 마침내 '저곳'에 닿지만, 닿는 순간 '저곳'은 '이곳'이 되어 버린다. 어떻게도 도달할 수 없는 '저곳', 도달하려는 의지가 도달을 가로막는 '저곳'이 글렌 굴드의 '북극'이다. '북극'은 '높이'를 인식하지 못하는 이차원적 인간이 상정할 수 있는 극점이며, 그곳에 갈 수 없다는 사실 자체가 그곳에 가는 이유이다. 즉 실패함으로써만 성공하는 것이다. 이를 벤야민은 다음과 같이 표현한다. "타인들의 시도는 북극으로 향하는 배가 자력에 의해 항로를 벗어나는 것과 같다. 이 북극을 찾아낼 것. 타인들에게는 항로 이탈이 나에게는 항로를 결정하기 위한 자료가 된다."

27

우리의 존엄성은 비록 도달할 수 없다 하더라도 그것의 존재를 알고 있다는 점에 있다. 우리는 '소수素數'를 알듯이 '불가능'을 알고 있다. '불가능'은 '부재'와 마찬가지로 인간 최대의 발명품이라 할 수 있다. 오직 인간만이 내재하는 외부인 그것을 알고 있다. 그것은 공리계 내부에 존재하지만 그 공리계에 대한 외부이며, 모든 바깥세계보다 더 멀리 있지만 또한 모든 내면세계보다 더 가까이 있다. 그것은 은폐된 차원, 사유되지 않은 차원으로 이미 내부에 들어와 있다. 경험적으로 지각하거나 포착할 수 없는 그것을 드러내는 일이야말로 모든 진실의 필요조건이다. 어둠처럼 알 수는 있으나 볼 수는 없는 그것은 바르트에 의해 '중성le neutre' '음화le négatif' '복합체' '간접적인 것'으로 지칭된다.

28

또한 르네 샤르에 의해 '영원한 바깥의 흐름', 혹은 '혼례 가능한 저 너머'로 명명되는 그것의 자리는 우리가 한 번도 머문 적 없고, 머물 수도 없는 곳이며, 그럼에도 여전히 우리 안에 찾아지는 곳이다. 이 자리를 기억, 보존하고 모험, 실패할 수 있는 유일한 수단은 언어이다. 푸코 식으로 말하자면 언어는 언제나

'바깥'에 이르지 못해 생기는 형식이기 때문이다. 물론 이때 언어는 문자를 포함한 모든 예술형식으로서의 언어이다. 예술은 언어로 표현할 수 없는 것을 표현하려다 실패하는 형식이다. 가령 글렌 굴드에게 그것으로의 '이행passage'인 음악은 '하느님이 떠나면서 남겨 둔 기억'으로 '세상에 완전히 속해 있지 않은 무엇'이며, '또 다른 음악을 은폐하는 음악'이다.

29

즉 그것에 도달하려는 예술언어는 그 시도만으로도 이미 그것을 은폐한다. 미셸 슈나이더의 비유를 빌리자면, 분필은 자기가 그리려는 원을 더럽히는 것이다. 그럼에도 불구하고 분필로 원을 그리는 일을 중단할 수는 없으며, 여기서도 베케트의 '더 잘 실패하기'의 전략은 여전히 유효하다. 예술작품은 더 이상 나아갈 곳이 없는 극단에서 만들어진 결과물이다. 느끼기보다 명명하기가 더 어려운 그것, 가까이 갈수록 잡히지 않는 그것, 우리에게 속하기를 늘 거부하는 그것을 표현하기 위해서는, 다시 블랑쇼의 표현을 빌리자면, 아무도 말하지 않고, 아무에게도 말하지 않으며, 중심이 없고 단지 무無를 드러내는 언어를 사용하면서, 끊임없이 말하지 않을 수 없는 그것의 메아리가 되어야 한다.

30

언젠가 카프카는 "인간은 어느 궂은 날의 신의 나쁜 생각이다" "희망은 무한히 있다, 인간이 아니라 신에게!"라는 취지의 말을 한 적이 있는데, 이는 차원적 사고의 단적인 예이다. 또한 영가현각永嘉玄覺은 "꿈속에서는 육취의 세계가 분명하게 있더니, 깨고 나니 삼천대천세계가 텅 비었더라夢裏明明有六趣 覺後空空無大千"라고 했는데, 이는 '비밀'과 '비밀 아님'이 손등과 손바닥처럼 그것의 두 얼굴임을 뜻한다. 그러므로 '생사'가 없는 곳은 '생사'가 있는 이 자리이며, 생사 문제를 해결한다는 것은 해결할 문제가 따로 없음을 아는 것이다. 나갈 수 있는 구멍은 처음 들어온 구멍이며, '관문'을 통과할 때는 관문 자체가 사라지는 것이다. 풍선이 터지면 아이는 울음을 터뜨리지만, 어른은 좀 섭섭해도 우는 일은 없다.

공부방 일기

2004년 12월 12일

이제 할 일이 대충 끝나서 공부방에 입실하게 되었다. 조금 있으면 대학원 졸업생들이 와서 개소식을 하기로 했고, 내가 좋아하는 몇 분 선생님들이 오기로 했다. 공부방 출입문에는 카프카의 얼굴이 걸려 있고, 그 뒷면, 그러니까 실내 쪽으로는 '절문근사切問近思'라는 글자가 붙어 있다. 생각 같아서는 '수처작주隨處作主 입처개진立處皆眞'이라는 글귀도 써 붙이고 싶지만 그건 마음 속에 그냥 두기로 한다. 이제 할 일은 대충 했고 스트레스도 없다. 스트레스가 있기야 하지만 오래 남아 있지 않다. 내가 그것을 잡아 두지 않으니, 이를테면 자연 증발하는 셈이다. 하지만 감사하는 마음은 많다. 아직까지 건강하고 생계 걱정이 없을뿐더러 이렇게 가외로 공부할 수 있는 방까지 얻게 되어 다른 사람들 보기에는 호사스러울 뿐이니, 내가 열심히 하지 않으면 무슨 면목으로 살 수 있겠는가. 하지만 과장하지는 말자. 그리고 다만 감사하는 마음으로 하루하루를 살아가기로 하자. 이 방에 들어올 때마다 카프카의 삶을 반추하고, 이 방에 들어와서는 간절하게 묻고 가까운 데서 답을 찾도록 노력하자.

아까 어느 분과 통화하면서 "진정한 용서란 용서할 것이 없다는 것을 아는 것이다"라는 말을 했다. 용서할 것이 남아 있어서 용서한다면, 용서한다는 생각이 그 찌꺼기로 남게 마련이다. 근본적으로 말하자면 일체가 환幻이니, 당연히 그리고 더더욱이 '용서할 것'이란 환일 수밖에 없지 않겠는가. 도대체 이 생각은 얼마나 우리에게 위안이 되는 것인가. 하지만 돌이켜 생각해 보자면 위안이란 것 또한 환이니, 그리고 환이라는 생각 또한 환이니, 이른바 무한소급을 통해 모든 차별이 무차별이 되고, 환과 환 아닌 것의 차이 또한 지워져 버리고 마는 것이다. 나는 이 '환'들의 텅 빈 서판書板 위에 내가 기리는 사람들의 이름을 썼다. 그러나 그 이름들을 나의 가슴에 새기기란 결코 쉬운 일이 아니었다. 자, 어디 너의 이름을 불러 보아라. 여기 유곽遊廓의 나날을 겁먹지 않고 바라보는 일은 결코 쉬운 일이 아니었다. 아니었다. 아니었다.

2004년 12월 18일

오늘 이곳에 나와 키보드랑 마우스랑 스피커 등을 조립해 보았으나 집에서 올 때 시디롬 드라이브를 가져오지 않은 것이 문제였다. 언제나 한 가지는 빼놓고 다니니, 그래서 또 사람이 살 수 있는 것인가 보다. 나는 다 채워지기를 바라는데 삶은 그것을 허락하지 않는다. 내가 다 채우기를 포기할 때 삶은 우연히, 뭐 그런 일이 있었느냐는 듯이 채워 주기도 한다. 그것이 삶의 너그러움이다. 그것이 나의 조급함과 애살에 대한 삶의 처방이며 훈계인지도 모른다. 그러나, 채워지기를 바라는 것이 큰 욕심이기도 하지만 크게 나무랄 일은 못 된다. 왜냐하면 그 욕심이 없었다면 어떻게 삶의 충고와 가르침을 받을 수 있으며, 받을 수 있기를 소망이라도 할 수 있겠는가. 또 그렇게 하는 것이 우리가 삶에 바쳐야 할 예의이며 도리라고나 할까. 아무래도 나는 삶을 믿지 못하는가 보다.

이제 모든 준비는 끝났다. 내일부터는 그동안 메모해 두었던 것을 정리하고 그것이 끝나는 대로 '그림 글쓰기'로 들어가야 할 것 같다. 그런데 아무래도 일을 처음 시작하는 것이 쉬운 일이 아닌 듯하다. 오래 손을 놓고 있었다는 이야기다.

최근에 들었던 몇몇 이야기들은 오래 두고 생각해 보아야 할 것 같다. 전에 수영 다닐 때 수영은 손으로 하는 것이 아니라 다리로 한다는 이야기를 들은 적이 있었는데, 그저께 어느 선생님은 러닝은 다리로 하는 것이 아니라 팔로 하는 것이라 하였다. 그 말 역시 정곡을 찌르는 바가 있다. 과연 어제부터 러닝 머신 할 때 팔에 신경을 쓰면서 '수처작주 입처개진'하였더니 다리는 그냥 따라오는 것이었다. 글쓰기도 그렇게 해야 한다. 물론 다리로 뛰는 것이지만, 다리에 신경 쓰면 금방 지치는 것을 느낄 수 있듯이, 글쓰기에 주의를 모으면 글쓰기가 벅차고 힘겨워지는 것이다.

또 한 가지 얘기는, 호주에서 한 소년이 백상어에게 물려 시체가 반쯤 뜯겨 나갔는데, 당국에서는 백상어를 사살해야 된다고 야단이었다는 것이다. 그런데 소년의 아버지 말이, 소년이 살아 있어도 그것을 바라지 않았을 것이라며(소년은 상어를 무척 사랑했을 것이다) 결코 사살해서는 안 된다는 것이었다. 그 아버지 말이 걸작이다. 그 아이가 상어가 사는 영역에 들어가서 그런 일을 당했으니 어쩔 수 없는 일이 아니겠느냐는 것이다. 그것이 법法, 곧 담마dhamma이다. 전번에 가족들과 충주호에 갔을 때, 딸아이가 벌이 자기를 괴롭힌다고 자꾸 쫓아냈다. 나는 농담 삼아 "이곳은 벌의 땅인데 네가 왜 벌한테 그러느냐"고 말한 적이 있었다. 그처럼 우리는 월권을 하고 있는 것이다. 우리가 월권을 하고 있다는 것을 알기만 해도 우리가 사는 땅이 조금은 더 평화로울 수 있을 것이다.

내가 얼마나 '사랑'을 사랑할 수 있는가가 모든 문제이다. 진정한 용서란 용서할 것이 따로 없음을 아는 것과 마찬가지로, 진정한 사랑이란 사랑할 것이 따로 없음을 아는 것이리라. 나는 아무래도 사랑에는 귀신이 될 것 같은 생각이 든다. 나는 대체 무엇을 그리워했는가. 그리워함이 나의 능사였는가. 아무래도 꼭 그런 것만은 아닌 것 같다. 그리워함이 물리적인 문제라는 것을 그대는 알고 있는가. 알고 있는 것도 물리적인 문제라는 것을 알았는가. 슬픔을 슬퍼하고, 그리하여 슬픔과 한 몸이 될 때 슬픔에서 벗어나는 것이다. 슬픔은, 우리가 슬퍼하지 않으려고 하기 때문에 우리를 떠나지 않는 것이었다.

2004년 12월 20일

세계의 아픔으로 나는 다가가는가. 나는 여전히 너무 추상적이지 않은가. 오늘 저녁 아파트 상가 앞을 지나다 보니 차가운 길바닥에 담요를 덮고 할매 두엇이 옹크리고 있었다. 밤보다 더 어두운, 차가 다니는 길바닥에 허리 굽은 할매들이 거의 히말라야에서 좌선하는 수준으로 옹크리고 있는 광경을 뭐라고 할 것인가. 세계라고? 어째서 그런 말이 나올 수 있는가.

이제는 "나는 어두웠고, 어두운 고을에서 왔고…"라고 말해서는 안 된다. 세계의 어둠을 내 것으로 선취해서는 안 된다. 내가 어떻게 어둡다는 말을 함부로 할 수 있겠는가. 나는 어둠의 뼈를 발라낸다. 붉은 내장은 이미 맹금류들이 집어삼켰다. 내가 할 수 있는 것은 다만 어둠과 보조를 맞추는 것, 키를 맞추는 것. 그것이라면 어둠도 싫어하지 않으리라. 어둠은 아마도 우리가 낳은 아이들을 기억하고 있으리라.

오늘 치과에 다녀왔다. 장 원장의 눈의 맑음이란 형용할 수가 없다. 맑으려는 의도가 없는 맑음. 며칠 전 만난 어느 젊은 문학도의 눈도 그랬다. 나는 내 코끼리 꼬리털 반지를 손가락에서 빼서 그들의 눈에 끼워 주고 싶었다.

아직 책장이랑 싱크대 옆 수납장은 준비 중이지만, 그리고 그것들은 24일이나 되어야 다 갖추어질 것이지만, 내일부터라도 내 일을 시작해야 한다. 일을 하지 않고 미적거리는 이 적막한 게으름은 결코 즐거운 것이 아니다. 그렇지만 이렇게 미적거리는 것도 역시 즐거운 구석이 있기 때문이다. 내 일이라는 것도, 어려울 것이 없는데 왜 이렇게 자신이 서지 않는 것일까. 한편으로는 한심하기도 하고 그러면서도 내심 무언가 기대는 구석이 있으니, 게으름은 길어만 진다.

2004년 12월 23일

어제 저녁 책장이 들어와서 한참 정리하고 나서 쉴 참에, 대학원 졸업생들이 다녀갔다. 그분들한테 들은 초등학교 일학년 자폐아 이야기. 그 아이는 자기 신발을 보고 "멈춰, 멈춰!" 소리 지르기도 하고, 쓰레기봉투를 보고는 "제발 나를 버리지 마" 하며 운다는 것이다. 그 아이는 실재계實在界를 살고 있다. 그 아이는 시를 모르면서 시를 살고 있는 것이다. 시를 알게 되면 다시는 시를 살 수가 없게 된다.

오늘 낮에 한 가족이나 다름없는 친구가 찾아왔다. 그의 말로는, 이번의 내 책이 노골적으로 성적인 집착을 드러내 보이고 있다는 것이다. 글쓰기가 훨씬 더 편하고 꾸밈이 없지만 첫 시집만큼의 예리함과 에너지가 없다는 얘기도 곁들였다. 나는 그런 생각을 해 본 적이 없다고 말했다. "글쎄, 나는 내 집착에 대해 더 많이 알게 되었다고 생각하는데…", 그러면서 전번 문학상 수상자 인터뷰에서 내가 했던 이야기를 인용했다. 내 손이 뜨거운 것은 내가 잡고 있는 공이 뜨겁기 때문이듯이, 내 시가 유치하고 뜨거운 것이 아니라, 내가 잡고 있는 문제가 유치하고 뜨거운 것이라고…. 그는 웃기만 했다. (오늘 시 정리를 하지 않았다. 내일은 『아름다운 밤하늘』과 『내 얼굴을 찾으라』를 읽을 것이다.)

2004년 12월 24일

오늘은 크리스마스 이브. 오전에 싱크대 옆 수납장이 도착해서 밤 열 시까지 자르고 붙이고를 되풀이해서 이제야 모든 것이 제자리에 갖춰졌다는 기분이다. 한숨 돌린 후 아주 조금 『아름다운 밤하늘』을 읽었다. 아주 놀라운 책. 흥미로운 구절 몇을 타이핑해 본다. "우리는 그나마 남아 있는 밤을 보호해야 한다."

"밤이 어두운 건 우주가 아직 젊기 때문이다." "과학자의 가장 중요한 도구는 휴지통이다." "어둠 속에 서 있는 우리는 우주의 시작을 보고 있는 태초의 목격자들이다." "모든 문화 전통은 영혼의 어둠을 가진다." "어둠이 없는 시는 결코 시가 아니다." "어두워져야 보이기 시작한다."

2004년 12월 27일

오늘 학교 갔다 왔는데 또 한 가지 놓고 왔다. 모차르트 시디 가운데 9번. 늘 이런 식이다. 그런데 그것은 숨 좀 쉬라는 것 아닌가. 이럴 때 나는 은하에서 흐르는 중인 것만 같다. 때때로 사람들이 갑자기 왜 이렇게 답답해지는지 모르겠다. 갑자기 싫어지는 마음. 그러나 해답은 언제나 내가 그렇다는 것이다. 내가 다른 사람들에게서 보는 것은 모두 나에게서 나온 것이니, 그들을 싫어할 일이 아니다. 항상 조심하는 마음으로 산다.

2004년 12월 29일

올해도 이틀밖에 남지 않았다. 칼 세이건의 책을 읽다 말고 성당 옆을 지나 뒷산에 다녀왔는데, 그것도 한 시간이 걸렸다. 며칠 전부터 꺼내 신은 무거운 신발 때문이리라. 오후에는 인터넷에서 내가 한 인터뷰를 찾아 인쇄해 두었다. 거기서 눈에 띄는 단어는 '차원'이다. 모든 것은 차원의 문제이고, 그것은 전체를 볼 때 더불어 떠오르는 것이라고 말했던 것 같다. 내 사진 에세이에 대한 리뷰도 찾아서 프린트해 두었다. 역시 『오름 오르다』와 『프루스트와 지드에서의 사랑이라는 환상』은 별 인기가 없나 보다. 매우 섭섭하지만 어쩔 수 없는 일이고, 더욱이 그것들을 쓸 때 내 성의를 다했다고 생각하니 유감은 없다.

2004년 12월 30일

나에게는 어떤 날들도 없었다. 겨울 장미는 새하얀 누에고치의 잠을 자고 싶었지만, 그 검은 붉은색 때문에 괴로워했다. 내가 그럴 필요 없다고 타일러 주었다. 나는 바람 부는 주차장 뒤 공터에서 파란 끈 하나를 주워서 내 집 문 앞에 늘어뜨리고 손님을 기다렸다. 문에서 투명한 애액愛液이 흘러내렸다. 나는 혼자서 중얼거렸다. 4층집은 4행시, 8층집은 8행시. 축대 벽에 뚫린 구멍들이 무얼 먹고 싶어 한다는 생각이 들기도 했다. 성性이 구멍 속으로 흘러 들어가는 것이 아니라, 성性이 바로 구멍이라는 것도…. 나는 멀쩡한 내 콧구멍을 후벼 팠지만 아무 느낌도 없었다.

오늘 아침엔 학교에 다녀왔다. 무슨 일이 있어서가 아니라 그냥 신천대로를 달려 보고 싶어서였다. 사무실에 돌아와 삼십여 년 전에 읽었던 『아웃사이더』를 읽기 시작했다. 별 감흥이 없다. 혼자 있어도 그 생각밖에 나지 않는다. 그 생각이 꼭 하고 싶어서가 아니라, 어떤 생각도 그 생각만큼 끈질기지가 않아서였다. 그래서 아직은 행복하다는 느낌이 남아 있다. 마치 모래 사이로 물이 빠져나가고 살짝 젖은 모래가 빠져나간 물을 기억하는 듯이.

새해에는 일을 시작하고 싶다. 내 나이 육십까지는 앞으로 칠년이 남는다. 한스 카스트로프의 투병의 세월. 그동안 내가 하는 작업이 내 성패를 결정할 것이다. 그동안 일만一萬 매의 글을 쓸 수만 있다면 좋겠는데, 도대체 무엇을 쓰지? 내용은 없고 형식만 있는 글.

어둠 속에서 골목길 하나가 자라나는 것을 보았다. 하얀 마티즈에서 갈색 머리 아가씨가 기어 나오는데 벌레인 줄 알았다. 아가씨, 이곳이 샘인 줄 아는가. 진실불허眞實不虛, 구경열반究竟涅槃의 구멍을 당신은 가지고 있으니, 내 속의 역단층이 치솟으면서 해일이 일어나고 있다.

2005년 1월 2일

며칠 만에 공부방에 다시 나왔다. 지난해 31일 오전 아홉 시 반 기차로 서울로 갔다. 열두 시 반에 학림에서 친구를 만나 점심을 같이 먹고 세 시 반에 헤어졌다. 지금 기억에 남는 것은 내가 아는 사람들을 두루 씹었던 것 같다. 내 안의 불만이 그렇게 뛰쳐나올지, 말하기 전까지는 몰랐다. 그리고 앞으로 십 년 동안 쓸 일만 매의 글에 대해 자문을 구했다. 어차피 그 긴 글을 쓰는 과정에서 내러티브는 들어가기 마련일 테고, 그러면 오히려 내러티브를 숨기는 것이 더 문제가 아니겠느냐는 그의 생각. 이야기를 하는 동안 요즘 내가 가진 문학관의 세 축이 하나로 겹치는 순간이 있을 테고, 그것들이 '보르메오의 매듭'처럼 분리할 수 없을 거라는 생각이 떠올랐다. 이를테면 '추악한 것'과 '고귀한 것'이 가로축과 세로축이라면, '불가능'은 높이를 가리키는 세번째 축이 될 것이며, 이 셋은 불가분의 것이다. 첫번째 축과 두번째 축은 서로 대대對待를 이루지만, 세번째 축은 둘과는 차원을 달리한다.

언제부터 일을 시작할까. 일주일에 십오 매씩 쓴다면 그것만 해도 일 년에 칠팔백 매가 될 텐데. 하지만 아직은 용기가 생기지 않는다. 오늘은 영상소설 『닥터 지바고』와 『아웃사이더』를 조금 읽을까 한다. 대학 일학년 때 읽었던 『아웃사이더』의 강렬한 느낌은 잘 살아나지 않는다. 그동안 내가 변했는가. 성장했는가. 모든 것이 거칠고 유치하다는 생각이 든다. 어떻든 올해는 '법등명法燈明 자등명自燈明'이 내 좌우명이 될 것이다.

2005년 1월 3일

신년이 시작되었는데 마음은 여전히 망설이고 있다. 오늘도 이것저것 책을 뒤적이다가, 오후 여섯 시 이십 분인 지금에서야 일기를 쓴다.

어제는 포항에 다녀왔다. 월포에서 칠포까지 해변 도로를 드라이브했으나, 정말 좋았던 것은 고속도로를 오가면서 바라보는 산들이었다. 지금까지 팔공산을 펼쳐진 병풍처럼 한눈에 바라볼 수 있는 시점視點을 발견하지 못했던 것 같다. 나이 들면서 바다보다 산이 좋다는 생각을 많이 하게 된다. 무언가 까닭이 없지 않으리라.

내가 생각하는 '생生·사死·성性·식食'의 도식과 수레바퀴의 비유, 그리고 세 가지 축의 문학관을 한데 엮어 이야기해 볼 시점이 왔다는 생각이 들지만, 아직 좀처럼 손이 나가지 않는다. 그리고 '백치 임신'과 '가상 임신', '공空'과 '물집' 사이의 연관성 등은 내가 할 수 있는 최상의 인식론이며 존재론이리라. 물론 거기서 파생하는 윤리학은 '자비'와 '연민'이다. 아직 집에 돌아갈 때까지 남는 시간에는 『말테의 수기』를 뒤적여 보고, 다음에 학교 가면 에드몽 자베스의 책을 가져와야겠다.

2005년 1월 5일

어제와 오늘에 걸쳐 『젊은 베르테르의 슬픔』을 읽었다. 분명 뜨거운 것이 있었고, 당대의 젊은이들을 자살로 몰아넣을 만한 무언가가 있었다. 감정이 섬세했고 구성이 교묘했다. 그리고 지혜가 있었다. 오늘 오후부터는 다시 『말테의 수기』를 중간쯤에서 뒤로 읽어 나가고 있다. 군데군데 출몰하는 시적인 것들이 자연스럽고 놀라웠다. 그가 좋은 시인이라는 것을 한눈에 알아볼 수 있었다. 앞으로 그의 예술론과 단편소설, 산문들을 읽어볼 생각이다. 그리고 그것이 끝나면 노자와 장자를 발췌해 보고, 프로스트와 예이츠를 찾아보면 어떨까 하는 생각이다. 글쓰기는? 아직 생각이 없다. 이만하면 많이 썼고 달리 독촉을 받는 것도 아니니, 좀 더 게으름을 피워도 될 것이다. 의무와 의무 사이의 게으름이야말로 천국이다. 자질구레하고 쓸데없는 짓을 할 때처럼 즐겁다. 아, 그리고 박태원朴泰遠의 산문집을 주문했는데 아직 도착하지 않았다. 박태원의 책 소개를 인터넷에서 보았는데, 분명히 흥미로울 것이다. 이상李箱과 김유정金裕貞에 대한 추모의 글과 김동인金東仁에게 주는 권고의 글, 그는 분명 성실한 사람이라는 생각이 든다. 『소설가 구보씨의 일일』에서도 그러했듯이….

2005년 1월 6일

오늘 아침 새로 생긴 포항고속도로로 월포에 가서, 바닷가를 걷다가 칠포를 거쳐 대구에 올라오니 다섯 시였다. 포항 근처를 배회하면서 줄곧 한 생각이 그치지 않았다. 나는 나에게 중얼거렸다. 잘 있는지, 어떻게 지내는지, 무얼 하는지 아무것도 알 수 없고, 바다가 파랗다 못해 검게 물들어 있었다. 추억이 바닷돌처럼 검었다. 흰 구름이 그렇게 가볍게 떠 있는 것이 신기할 뿐이었다. 칠포 근처 바닷가에서는 작은 하얀 조가비 십여 개를 주워 왔다. 벌써 포항행은 세번째이니 앞으로도 자주 가게 될 것이다.

오늘이 벌써 6일이니 조금 조급해지는 것도 사실이다. 아침 저녁으로 불경佛經과 가까우니, 생각들은 파도처럼 와서 쉽게 부서진다. 내가 '섭dippa'이라는 것도 이런 것을 두고 말하는 것이리라. 사실 잃을 것이 없으니 섭섭함도 그리 서운하지는 않다. 때가 되면 방파제 등대에 불이 들어오듯이 내 신체 속에서 이제는 내가 아닌 우주적 생이 시작되리라.

2005년 1월 7일

벌써 1월 7일이다. 일기를 쓰려고 날짜를 적다가 2005년을 3005년으로 적었다. 그리고 갑자기 막장에 들어간 광부처럼 흑암의 우주 공간을 헤매는 느낌이 들었다. 어쩌면 내가 3005년의 시점에서 지금의 2005년을 적고 있는지도 모르겠다.

오늘 아침에는 집에 누워 박태원의 산문들을 읽고 오후에는 사무실에 나와 릴케의 산문들과 한국 단편소설들을 뒤적였다.

그것도 접고 다시 『카프카 단편집』을 열었다가, 마지막으로 사이토 마리코의 시집을 집어 들었다. 암호문자가 보석처럼 빛난다.

이제 여기까지 왔다. 이제는 후퇴할 데가 없다. 일하는 것이야말로 휴식이라는 로댕과 피카소의 말을 기억하려 한다. 내일부터는 시간이 걸리더라도 한 편의 시에 오래 머물려고 한다. 반드시 그럴 것이다. (김유정과 이상에 대한 박태원의 꾸밈없는 사랑과 존경, 그럴 수가 있다니 부럽다는 생각! 나는 누구에게 그처럼 아무 보상을 기대하지 않는 애정을 주어 본 적이 있었던가.)

2005년 1월 8일

이제부터 내가 해야 할 공부는 따로 없다. 자기 자신이 '섬'이고 '담마'이다. 자기의 삶이 '담마'이고, 자기가 사는 세상이 '담마'이다. 이른바 무자서無字書를 읽어야 할 때가 온 것이다. 무자서를 읽어낸 만큼이 자기 것이고 자기 자신이다. 지바고를 생각하고 바예호를 생각하자. 부끄러워할 줄 알자.

오늘 아침 사무실에 와서 『닥터 지바고』의 영상 장면 중에서 글 쓰는 모습이 담겼거나 글 쓰는 일에 관련된 장면들에 푸른 딱지를 붙이고, 브레히트와 바예호를 다시 읽었다. 삶이 선하다는 생각을 해 본다. 그리고 자기 자신에 사로잡히면 번뇌이고, 남을 생각하는 것은 평화라는 것도 염두에 둔다. 이른바 '수동적 주의 집중'이라는 것도 다시 되새겨 본다. 허심虛心, 유의留意, 지념持念, 소극적 능력, 유동적 주의력floating attention 등도 생각해

본다. 자연의 소리가 들려주는 법문도 생각해 본다. 이제 다 갖
취졌다. 릴케를 기억하자. 그의 두이노와 오르페우스를, 그의
말테를 잊지 말자.

그런데, 나는 동력이 끊어진 전차와 마찬가지다. 하늘 위에는
분명 전선이 있는데, 나는 거기에 닿아 있지 않다. 과거와 미래
라는 두 개의 전봇대. 한쪽에는 시에 미쳤던 젊은 날이 있다. 고
등학교 이학년 때 썼던 시들. '갓 나온 여린 싹으로 귀를 후빈
다.' 혹은 '황국의 모가지 철사테에 감기고.' 그리고 대학 시절,
학림學林, 늦은 밤까지 문학에만 신경이 가 있어 잠 설치기, 감자
탕 집에서 술 마시기, 군대 갔다 온 후 학교 옆 산에서 연애 생
각, 시, 오직 시밖에 다른 생각이 없었던 세월, 술에 취해 약국
앞 국화꽃 화분을 훔쳐 들고 걸었던 창경원 길, 봉천동에서 신
림동 가는 언덕길의 코스모스, 그리고 등단할 때의 기억, 청진
동 문학과지성사에서의 첫 인사, 또 북가좌동 언덕배기 우리
집, 모래내, 대학원 입학 후 속초와 설악산 다녀오던 길, 낙산사
앞바다의 파도, 나의 청춘, 시, 오직 시만이 있었던 세월…. 나
의 미래. 『닥터 지바고』의 바리키노에서 흔들리던 노란 꽃들,
릴케의 일생, 두이노와 오르페우스, 카프카, 베케트, 첼란, 만
젤스탐, 로르카, 바예호, 아, 시인이란 어떤 존재란 말인가. 또
한 토머스 울프의 '작가의 길'. 이런 것들을 어찌 잊을 수 있겠
는가. 어떻든 이 백지白紙 앞에서 배겨내야 한다. 백지는 나의 천
국이다. 거기서 실핏줄처럼 번지는 삶의 기미들을 확인해 봐야
한다. 그밖에 또 무엇이 있을 것인가.

2005년 1월 9일

『현대시학』에 얼마 전 작고한 시인의 장례식 사진이 실려 있었지만 감동이 없었다. 그리고 『문학동네』에는 아는 분의 시가 실려 있었는데, 짤막한 수필 같은 생각이 들었다. 시는 다른 것이라는 생각과 더불어, 로르카와 첼란의 시들을 상기해 보았다. 오늘 아침부터 러닝 머신에서 토머스 울프의 글귀, "그리하여 영원히 잠은 죽었다…"를 외우기 시작했다. 내가 요즘 외우고 있는 불교 경문經文들과 일맥상통하는 느낌이다. 그가 말하는 '세포 하나'는 바로 '법등명 자등명'의 등불이니까 말이다.

학교에서 네 시에 나와 사무실에 도착하니 다섯 시, 사무실 문을 열어 놓고 어제처럼 산에 올라갔다. 산은 그야말로 사무실의 연장이라는 느낌이다. 가고 오는 길에 내가 존경하는 시인들의 이름을 발걸음에 맞춰 외웠다. 이러다 보면 응답이 있겠지. 산에서 언뜻언뜻 어떤 느낌들이 올라왔지만 사무실에 돌아와 적으려 하니 전혀 연결이 되지 않았다. 이럴 땐 또 자신이 없어지고 당황하게 된다. 그렇지만 적었다. 적지 않는 것보다 나을 것이니 달리 도리가 없다. 이제 좀 미적거리다가 집으로 들어가 저녁을 먹어야겠다.

2005년 1월 10일

드디어 1월 10일이다. 아무 일 안 할수록 시간이 빨리 지나간다는 것을 실감한다. 오늘도 다름없이 러닝 머신 위에 올라 토머스 울프의 '작가의 길'을 암송하고, 내가 좋아하는 문인들의 이름을 불러내고, 나중에는 불교의 공식들을 암송했다. 그리고 나니 사십 분에 사 킬로를 걸은 셈이다. 몸에서 땀이 나고 열이 솟았다. 샤워를 하고 변을 본 다음에도 마치 먼 길을 달려온 말처럼 온몸에서 열기가 솟구쳐 올랐다. 몸의 관성이란 이런 것이라는 것을 실감한다.

오늘 아침 집에서 내가 변덕스럽다는 생각이 들었다. 공연히 들떠 다른 사람까지 끌어들였다가 나 혼자만 빠져나온 경우가 한두 번이 아니었다. 정말 그랬다. 낯이 뜨거웠다. 그런데도 여지껏 시를 붙들고 앉아 있는 것을 보니, 너무 빨리 변하다 보면 본래 그 자리로 와 있게 되는 것 아닌가 하는 생각도 든다.

2005년 1월 11일

어제 저녁 우연히 틱낫한 스님의 책을 접하고 과연 시와 삶의 길이 거기 있으리라는 예감을 하게 되었고, 스님의 다른 책들을 주문했다. 요즘 자꾸 생각나는 것은 『아름다운 밤하늘』에서 "밤이 어두운 것은 우주가 젊기 때문이다" "우리는 죽어 가는 별에서 나온 원소로 이루어져 있다"라는 구절이다. 천문학을 통해서 시간과 공간, 물질과 에너지가 다른 것이 아니며, 미시 물리학이 추구하는 최소 원소는 우주가 처음 만들어질 때 존재했던 것이라는 사실들이 밝혀진 것을 보면, 색과 공, 사건과 사물 등이 다른 것이 아니라는 불교적 진리가 엄연한 진리라는 확인을 하게 된다. 또한 틱낫한 스님의 보다 적극적인 사유방식을 통해 위빠싸나에서 빠진 부분(내가 정신분석과 자아심리학, 자기최면을 통해서 극복하려 했던 부분, 알아차림이나 삼빠잔냐를 통해서도 떨어지지 않던 업장業障)이 해결될 수 있으리라는 생각이 든다. 더욱이 스님의 설법은 프로스트를 비롯한 여러 시인 작가들의 적극적 글쓰기 방식과도 일맥상통한다. (프로스트에 의하면 시는 연기演技인데, 내 생각에는 그 연기는 곧 우주의 연기緣起이다.) 요컨대 국량局量을 작게 잡으면 내 것은 없고, 크게 잡으면 모두가 내 것이 되는 것이다. 모든 것은 관념이고, 관념을 떠나면 곧 절대이며 여여如如이다. 나는 나 아닌 것으로만 이루어져 있고, 따라서 시간적으로는 제행무상諸行無常이고 공간적으로는 제법무아諸法無我이니, 모든 것이 내 뜻에 흡족할 리 없다.(일체개고一切皆苦) 그리하여 남는 것은 오직 윤리학과 미학인 것이다. 앞으로 얼마 동안 틱낫한 스님의 책을 타이핑하면서 내 몸에, 내 근육에 무진연기無盡緣起의 이법을 입력하려고 노력하겠다. 내 시의 근본이 되지 않을 수 없으리라는 예감과 기대. 시가 과학이 아닐 수 없는 이유를 알 것 같다.

2005년 1월 12일

오늘 아침에 나와 '수미재守微齋' 쪽지를 출입문과 옆 벽에 붙였다. (기미를 지켜본다는 의미의 '수미'는 『노자老子』의 한 장章의 제목으로, 위빠싸나의 알아차림sati 또한 '수미'로 번역된 바 있다.) 역시 모든 것은 균형이라는 생각을 하게 되었다. 글자의 옅은 청색을 균형 잡기 위해 진한 청색의 작은 종이를 가운데 붙였더니 너무 튀어 보였다. 그것이 균형에 들어맞기 위해서는 크기가 더, 아주 더 작아야 했다. 나는 종이의 크기가 그토록 힘을 발휘할 줄 몰랐다. 아주 많이 포인트를 줄였으나 그래도 조화가 맞지 않아 아예 떼어내고 옅은 색깔의 종이를 한 모서리에 붙였다.

대학원생들과 함께 점심을 먹은 다음 사무실 구경을 시켜 주었다. 오늘 모인 자리에서는 아짠 차와 틱낫한의 차이를 이야기하고, 천문학의 몇몇 금언들을 들려주었다. 시는 과학이라는 사실, 스크래치 기법에 의해 나중에 이상한 색의 물고기를 발견하게 되는 것은 처음부터 우리가 색칠해 두었기 때문이라는 것도, 이야기하는 도중에 생각하게 되었다. 오늘부터 다시 틱낫한의 책들에서 좋은 구절들을 가려 뽑으면서 공부하고, 시 정리와 그림 시 초고, 그리고 장편 구상을 해 나가야 하겠다.

2005년 1월 13일

내일이면 주문한 천문학 책과 틱낫한의 나머지 책들이 올 것 같다. 어제는 틱낫한의 책을 베끼다 보니 다른 일을 못 했다. 사실은 하고 싶지 않았던 것이다. 어젯밤 이상한 꿈을 꾸었는데, 아주 막연하게만 생각이 난다. 말로 표현할 수 없을 만큼 희미하다. 이제는 꿈에서 성性이 날아가 버린 것만 같다.

열한 시에 대학원 졸업생들이 다녀갔다. 틱낫한의 불교와 별세계에 대한 이야기들을 들려주었다. 루미의 시 「두레박」(어두운 데 내려가 물을 길어, 환한 데 쏟아붓는 두레박이 되라)과 틱낫한 제자가 쓴 시(나는 기쁨을 잃어버렸다. 하지만 걱정할 건 없다. 민들레가 기억하고 있을 테니까)를 들려주었더니, 감동하는 빛이 역력했다. 그 중 한 분이 브레히트의 「어머니」라는 시(이렇게 가벼워지기까지 얼마나 고통받았을까)가 좋다고 해서, 좋은 시는 선시禪詩와는 다르다는 얘기를 했다. (선시는 머리로 짜낸 느낌이 짙고, 기계적이거나 억지스러운 점이 많다. 그러나,

그에 비해 위의 「민들레」라는 시는 얼마나 자연스러운가.)

아까 선프라자 앞에 노전을 펼치고 있던 조그만 노파 생각이 떠나지 않는다. 차들이 다니는 로터리 한쪽에 찬거리들을 내놓고, 차도에 내려앉아 담요를 무릎에 덮고 거의 명상에 잠긴 듯 졸고 있는 할머니. 삶은 춥고 고단하고 손댈 수 없을 만큼 낮은 곳에서 떨고 있다. 그런데 내가 하는 공부는 여전히 즐겁고 흐뭇하니, 갑자기 공허하고 부끄럽다는 생각이 전기 소켓에서 나는 연기처럼 매캐한 냄새와 더불어 올라온다. 내가 지금 무엇을 하고 있는가.

2005년 1월 15일

학교에서 『현대문학』 1월호에 실린 다른 사람들의 시를 읽고 다시 망연자실…. 우울한 느낌은 잠이 들 때나 깨어났을 때나 러닝 머신을 할 때나 사라지지 않는다. 하지만 이 기분 또한 제 수명을 다하면 사라질 것이다. 지금으로서는 틱낫한 스님의 글귀들을 베끼는 것이 무엇보다 큰 즐거움이다. 천문학 책 세 권을 눈대중으로 읽고(나에게는 이해 능력이 거의 없다) 다시 틱낫한 베끼기를 계속할 생각이다. 머리가 안 따라가는 놈은 플로베르의 『부바르와 페퀴셰』의 주인공들처럼 베끼는 수밖에 없다. 하지만 베낌은 얼마나 큰 즐거움인가. 이를테면 그것은 '시뮬레이션'이니, 고통과 인내는 거의 필요하지 않다.

2005년 1월 16일

오늘 낮 글 쓰는 후배들이 찾아와 동네 뒷산에서 한 시간가량

걷다가 돌아와 사무실에서 이야기했다. 그들에게 카프카의 공경스러운 문장을 읽어 주었고, 읽으면서 나도 새삼 감동에 젖었다. 그들이 간 다음 방 정리를 하고 이 글을 적고 있다. 어제 과학책 두 권과 틱낫한 스님의 다른 책들이 도착해 지금 내 마음은 포만 상태이다. 오늘 아침 러닝 머신을 할 때는 네 가지 경구를 포함시켰다. 그 중 두 가지는 틱낫한 스님의 이야기를 변형한 것이고, 다른 두 가지는 내가 다른 데서 읽었으나 잊어버리고 있던 구절들이다. 이제부터는 이 네 구절들을 오며 가며 되풀이할 것이다. 이밖에 다른 방법이 없다. 로켓이 지구 공간 혹은 중력권을 벗어나듯이, 그렇게 내 어리석음의 자장磁場을 빠져나가야 한다.

2005년 1월 20일

며칠 일기를 쓰지 않았다. 요즘은 과학서적을 흥미진진하게 읽고 있다. 지금은 『거의 모든 것의 역사』를 절반 넘게 읽고 있지만, 이것이 끝나는 대로 『지식의 원전』과 새로 주문한 『시간의 역사』를 읽을 생각이다. 아침에 러닝 머신 할 때는 『숫타니파타』를 암송하기 시작했다. 불생不生을 제대로 챙겨야 불멸不滅을 받아들일 수 있다는 사실을 곰곰이 생각하고 있다. 불생이란, 틱낫한에 의하면 무상無常과 무아無我 혹은 상즉相卽의 원리를 이해하고 인정하는 것이다. 아마 이 점에서 대승불교의 강점이 있지 않은가 하는 생각이 든다. 즉 계속해서 수비하고 방어하는 자세에서 벗어나, 적극적으로 그럴 수밖에 없는 사유事由를 파고들어 실천하자는 것. 그러나 그것이 내가 최면에서 배운 것처럼 무조건적인 자기암시나 '하면 된다'는 막가파식 처세술과는 다른 것임을 새삼 상기하며, 내가 일찍이 불교이론에 당의정을 입혔다거나 양념을 했던 것으로 폄하했던 틱낫한 사유의 강점이라는 것을 깨닫게 된다. 어떻든 며칠 더 기다려 보리라. 또한 그저께는 프랑스 티브이TV 채널에서 키냐르의 대담을 보았는데, 이번에 발간된 그의 작품이 단상, 환상, 회상 등 갖가지 글쓰기 방식의 혼합물이라는 것과, 글쓰기란 기본적으로 '읽기' 작업이라는 얘기가 인상적이었다.

2005년 1월 27일

오랫동안 일기를 쓰지 않았다. 그동안 뭘 했나. 어제까지 과학책들을 섭렵하고, 비록 이해는 잘 안 가지만 어떻든 내 수준에서 필요한 지식들을 챙겨 봤다. 그 중에서 몇몇 신선하고 충격적인 에피소드들(가령 우주 폭발 당시 생긴 우주 배경 복사선의 최근 발견 과정)은 많은 것을 돌아보게 했다. 요즘에는 『숫타니파타』의 '그런 사람'을 제대로 외우기 시작했고, 그것을 기초로 "자기를 의지처로 하여 세상을 다니고, 언제 어디서나 깨어 있는 사람, 이미 강을 건너 물살에 휩쓸리지 않는 사람, 가는 자여 가는 자여 피안으로 완전히 가는 자여, 깨달음 만세"라는 문장을 새로 구성해 보았다. 그러나 예상과 달리 『신심명信心銘』이나 『증도가證道歌』『법성게法性偈』『법구경法句經』의 구절들은 외우기에 적당치 않은 것으로 생각되어 포기했다. 그 대신 『표리表裏』에 부친 카뮈의 서문 한 구절은 적당하다 싶어서, 내일부터 시작해 보기로 한다.

어제 오후부터 틱낫한 책의 밑줄 친 부분을 다시 색연필로 표시해서, 지금부터는 그것을 타이핑해 보기로 한다. 어떻든 아직 할 일이 남았다는 것이 즐겁다. 요즘은 불생不生의 비밀을 조금 알 듯해 즐거운 마음이다. 아니 즐겁다기보다는 큰 근심이 없다. 이제 시 쓰기 혹은 글쓰기도 그랬으면 좋겠다.

2005년 1월 31일

오늘은 벌써 1월의 마지막 날이다. 어제 집에서 "우리가 살 날이 얼만가. 이십 년 산다 하면 이백사십 개월이겠구나" 했다. 그러면 내 나이 일흔넷, 그러고 보면 산다고 할 게 없다. 그리고 오늘 아침 타이핑한 틱낫한 글의 교정을 마치고『수행문답修行問答』과『논어論語』발췌문을 다시 훑어보았다. 그리고 일본인이 쓴 불교 에세이와 미국인이 쓴 호스피스 체험기를 주문했다. 그것들이야 가벼운 마음으로 읽으면 될 테고, 이제는 미뤄 두었던 시를 정리해야 할 텐데, 그리 내키는 기분이 아니다. 거울과 그림자, 거울과 그림자, 여전히 나는 그 생각만 한다.

2005년 2월 11일

어제는 설이고 그저께부터 삼 일 동안 감기를 앓았다. 요즘 하는 일이라고는 러닝 머신에 올라가『자비경慈悲經』이랑『법구경』의 글귀들을 외우는 것, 그리고 틱낫한 스님의 책들을 요약한 글귀들을 무심코 바라보는 것이다. 나는 모든 책을 읽었고, 이젠 읽어야 할 책들도 새삼 생각나지 않는다. 이맘때 문득 떠오르는 틱낫한 스님의 말씀, "그대가 고향에 돌아가려면 나그

네 신세를 그만두기만 하면 된다." 모든 책을 다 찾아 읽고 모든 것을 보고 들었는데도 자꾸 바깥으로 헤매기만 하니, 이 병이 벌써 사오십 년은 된 병이라는 걸 나도 안다. 내가 정말 제대로 살려면 프로이트가 말한 형벌처럼 살아야 한다. 즉 오래 굶긴 생쥐를 넣은 항아리에 엉덩이를 까고 앉아 있기만 하면 되는 것이다. 그런데 나는 그것이 싫은 것이다. 내가 빠져나갈 길은 언어의 길밖에 없다는 걸 이렇게 알고 알아도 소용이 없는 것이다. 언제쯤 철이 들까. 어떻든 오늘은 배겨 보기로 한다.

2005년 2월 12일

이제 남는 것은 언어밖에 없는데, 언어는 왜 이렇게 가깝게 생각되지 않는 걸까. 읽어야 할 책은 대충 다 읽고, 보아야 할 것은 다 보았는데, 언어밖에는 빠져나갈 다른 길이 없고, 언어로 빠져나가기만 하면 모든 것이 다 해결될 텐데 말이다. 어젯밤에는 허전해 『플루타르코스 영웅전』을 읽다가 잠이 들었는데, 새벽에 깨어 다시 그 책을 보다가 잠이 들었다. 이번 겨울에는 아무런 다른 일을 하지 않았고, 그림 시도 손을 대지 못했다. 한 것이라고는 러닝 머신을 하면서 불교 경구들을 외우는 것이었다. 아무튼 다른 길은 없다. 왜 언어는 이렇게 멀기만 할까. 왜 아무 재미가 없는 것처럼 생각될까. 그리로 들어가기만 하면 모든 게 해결될 텐데 말이다. 아무튼 또 하루를 견뎌 보자.

2005년 2월 15일

그저께 불교방송에서 달라이 라마의 인터뷰를 보았다. 대담

자가 질문을 하였다. 아까 스님이 법문하시면서 '보리심菩提心' 운운하실 때 왜 안경을 내리고 눈물을 닦는지 물었다. 정말 화면에서는 그 장면을 되풀이해서 보여 주었다. 스님의 말은 정말 '아, 이분이시구나' 하는 것을 느끼게 해 주었다. "나는 아직 깨닫지를 못했어요. 그래서 보리심이라는 말을 할 때면 눈물이 나요. 보리심이라는 말은 한없는 기쁨과 연민을 느끼게 해 주지요." 그러면서 달라이 라마는 껄껄 웃었다. 그분이다. 그분이시다. 저렇게 아름다운 분이 세상에 계시다니. 그분이야말로 '큰 바위 얼굴'이시다.

2005년 2월 17일

어제는 가까운 사람들과 오랜만에 저녁을 같이 먹었다. 이제 함께 모여 떠들어도 아무 재미가 없다. 농담은 유치하고, 각자의 단점들이 너무 뚜렷하게 드러나 보이고, 참신함이나 열정을 찾기 어렵다. 나는 점점 더 좁아지고 불만투성이다. 이 느낌은 여간 확실한 것이 아니어서, 달리 바꾸어 볼 수 없는 것이 무척 안타깝다. 나에게는 왜 넉넉한 마음이나 감싸 안으려는 마음이 없을까. 나는 도무지 틱낫한 스님처럼 '내가 어떻게 살았기에 이 사내가 강간범이 되었을까' 하는 의문이 들지 않는 것이다. 어떻든 공空체험이 부족하다는 것만은 확실하다. 모든 존재가 이어져 있다는 것. 그것을 머리로는 아는데, 실감을 못 하는 것이다. 실감을 못 하기에 내 마음이 이토록 황량하고 건조한 것이다.

2005년 2월 19일

오후에 말라르메 번역본의 해설을 읽었다. 잘 씌어진 글이라는 생각이 들었지만, 머리에 잘 들어오지는 않았다. 말라르메 연보에서 '허영심이 많고 남의 말을 잘 듣지 않는 아이'였다는 구절이 눈에 띄었다. 그럴 것이다. 그의 거창한 계획 속에는 그런 과대망상과 허영기가 있었던 것이다. 오늘 아침에는 러닝 머신을 오래 하지 않았다. 몸이 피곤해서였기도 하지만, 너무 오래 열심히 해 왔기 때문에 조금 싫증이 났을 수도 있겠다. 오늘 다른 할 일은 없다. 시 초고들을 훑어보고, 앞으로 무엇을 쓰고 어떻게 살아야 할지 궁리하는 일밖에는. 어떻든 또 기다려 보기로 한다.

2005년 2월 20일

날씨가 많이 추워졌지만 햇볕이 좋다. 오늘 아침 사무실에 나와 출입문 안쪽에 'Attahi Attano Natho(자기는 자기의 주인)'라는 산스크리트어를 써 붙였다. 그것만 써 붙이면 마음이 안정될 것이라고 생각했는데, 붙이고 나서도 마음은 여전히 황량하다. 배꼽에 의식을 가져가기로 한다. 역시 호흡이 생활의 중심이 되어야 할 것 같다. 다시 틱낫한의 경구를 적어 본다. "그대의 호흡은 수레다. 그대는 집으로 돌아가기 위해 수레에 올라탄다."

2005년 2월 28일

2월의 마지막 날, 그저께부터 감기 기운이 있어 헤매고 있다. 아마 러닝 머신을 과도하게 한 것이 원인이지 싶다. 그러나 러닝 머신을 하면서 경구들을 외우는 즐거움은 무엇보다 크다. 오늘 아침에는 카프카의 두 문단을 외우는 일을 시작했다. 이 구절들이 내 글쓰기의 '마중물'이 될 것을 기대해 본다. 오후에는 사무실에 나와 『예술의 거울』을 다시 읽었다. 최근에는 특히 글쓰기 방법이나, 위빠싸나의 '마음보기' 쪽에 치중해 왔는데, 그러다 보니 내가 존경하는 대가大家들로부터 오래 떠나 있지 않았는가 하는 생각에서였다. 과연 나는 그들로부터 멀리 떠나 있었다. 카프카, 플로베르, 괴테, 로댕 등을 다시 읽으면서 내가 버려두고 있던 것들을 새삼 돌아보게 되었다. 그리고 그들의 말과 생각들이 내가 아짠 차나 틱낫한을 통해 배운 것들과 다른 것이 아니라는 짐작을 해 보게 되었다. 그렇다. 이제는 모든 것이 갖추어졌다. 지금부터는 내 하기 나름이다. 오늘 아침 담배를 피우면서, 엘리엇의 글쓰기 방식을 다시 생각해 보았다. 그의 「황무지」나 「성회聖灰 수요일」「네 사중주」등의 방식으로 지금까지 내가 보고 익혔던 것들을 표현하면 어떨까 하는 생각. 혹은 말라르메의 「에로디아드」나 발레리의 「젊은 파르크」 같은 방식의 글쓰기는 어떨까 하는 생각. 혹시 이십사 절기에 글을 붙여 보는 것은 어떨까 하는 생각. 여하튼 일만 매의 산문 쓰기는 당분간 생각하지 않기로 한다. 지금으로서는 시 정리를 일단 마치고, 그림 시 쓰기로 워밍업을 해야 되겠다는 생각을 해 본다.

2005년 3월 1일
3월의 첫 시작. 어제는 『예술의 거울』에서 카프카와 플로베르를 다시금 감탄하며 읽었다. 그들에 비하면 나는 무언가 하는 생각. 플로베르처럼 열심히 한다면 바보 아닌 다음에야 제대로 된 문학가가 되지 않을 이유가 없다. 오늘 오후에 사무실에 나와 『마담 보바리』의 해설 부분을 읽었지만 썩 잘 들어오지는 않는다. 어제 저녁 집으로 돌아오면서 아파트 골목에서 바라본 오리온좌에 대해 써 볼 수 있을 것이라는 생각을 했다. 우선 서른 행 정도라도 쓴다면, 전에 『오름 오르다』를 써 내려가듯이 쓴다면 어떨까 하는 생각. 글쎄, 여전히 나는 망설이고 있고, 미루고 있다. 다시 틱낫한의 한 구절. "우리는 이미 목적지에 도착했고, 더 이상 여행할 필요가 없으며, 이미 지금 이곳에 있다."

2005년 3월 4일

사학년 '시창작 연습'은 결국 폐강이 되었다. 이번 학기는 화, 수, 목 삼 일 수업이었는데, 그것도 한 과목이 폐강되어 너무 홀가분해서 어색한 기분이다. 지난 주말부터 프로스트, 쿤데라, 지오노, 헤밍웨이의 글귀를 정리해서 외워 왔는데, 오늘에야 대충 외우기를 끝마쳤다. 그러면 앞서 개발한 토머스 울프와 카뮈의 텍스트, 그리고 카프카의 두 문단까지 합쳐 도합 일곱 개가 된다. 지금으로서는 다시 뽑아 외워야 할 것은 없을 듯하다. 여전히 시 쓰기의 즐거움은 생기지 않는다. 그렇지만 문득, 시 쓰기까지도 불고불락不苦不樂, 무기無記의 상태로 두는 것이 어떨까 하는 생각을 해 보았다.

2005년 3월 11일

다시 벌써 3월 중순으로 들어왔다. '시창작 연습'이 폐강되어

거의 수업이 없이 흘러다니듯이, 떠다니듯이 살고 있다. 오늘 오후에는『스티븐 호킹의 가상강의』라는 어린이 책을 흥미있게 읽었고, 미하엘 함부르거의『시의 진실』을 원문 대조로 조금 읽었을 뿐이다. 그리고 아직 시를 정리하려는 마음은 제대로 들지 않는다. 내일쯤 엔도 슈사쿠의『회상』과 라즈니시의『틈』이 도착하면 읽어 볼 생각이다. 내가 '중심'으로 내려가지 않으면 나만 힘들다는 것을 잘 안다. 하지만 이렇게 버티고 있다. 어리석다.

2005년 4월 3일

일기를 안 쓴 지가 꽤 오래되었다. 그동안 마하르시와 마하라지의 대담 등을 타이핑하고,『수행문답修行問答』도 발췌했다. 오래 그 일에 매달려 있어서인지, 다시 일기를 쓰려니 허전하고 쓸쓸하다. 4월 15일까지『문학과 사회』에 글을 주어야 하고, 이미 약속한 그림 시집 준비를 해야겠다는 생각을 하면서도, 막상 일에 손대는 것이 서먹서먹하기는 마찬가지다. 이제는 모든 책을 읽었으니, 그야말로 침잠해야 할 때라는 것을 안다. 그러나 의무로서 그렇게 하지는 않겠다.

2005년 4월 25일

참으로 오랜만에 쓰는 일기다. 여전히 시에 대해서는 거리감과 두려움을 느낀다. 지난 금요일과 토요일 사이에는 장모님 기일이라 원주에 다녀왔다. 오늘 오후에는 진밭골 뒷산을 다녀와『사랑의 거울』을 다시 읽었다. 역시 기본판은 마하라지, 마하르시와 다르지 않다는 것을 실감했다. 다시『시의 진실』을 집어

들었다. 오늘 아침 떠오른 시에 대한 두 가지 생각. 하나는 산길에 파인 뱀 구멍처럼, 시는 시인의 몸이 뚫고 지나간 구멍이라는 것. 또 하나, 시 쓰기는 나처럼 수영 못 하는 놈이 숨을 크게들이쉬고 물속에 머리 집어넣고 발로만 물장구쳐서 나가기라는 것. 오늘 다시 에밀리 디킨슨, 바예호, 사이토 마리코, 브레히트를 읽다. 이제는 정말 시작해야 하는데, 자꾸 두렵기만 하다. 정말 왜 이러는지 모르겠다.

2005년 5월 2일

다시 월요일. 어제는 하루 종일 집에서 잠잤다. 저녁 무렵에 수성못에 가서 한 바퀴 돌고, 정구지 지짐 부치는 집에서 저녁을 때우고 들어왔다. 잠, 잠, 잠…. 시에 대한 두려움. 오늘 아침 한 축구선수의 인터뷰가 마음을 찌른다. "축구가 좋아서 미치겠요." 바로 그것인데…. 『문학과 사회』 청탁 원고는 기한을 넘겨 버렸고, 『열린 시학』에 주어야 할 시는 아직 손도 대지 않고 있다. 오늘은 또 무슨 일을 할까. 전에 생각한 것처럼 『남해금산』 뒤표지 글 같은 것을 써 나가면 될 것 같은데, 좀처럼 시작하기가 두렵다. 두렵다는 말도 사실은 거짓말이다. 싫은 것이다. 그냥 싫은 것이다. 이제나저제나 시는 낯설고 멀게만 느껴진다.

2005년 5월 6일

며칠 전 연구소 세미나 때문에 어느 분과 통화하면서 알게 된 『홀로그램 우주』를 흥미있게 읽었고, 더불어 '매트릭스'에 관한 두 권의 책과 『누가 슬라보예 지젝을 미워하는가』를 읽기 시작했다. 새삼 삼사십대에 현대철학 공부를 정밀히 해 두지 않은 것이 후회가 된다. 그러나 이제부터라도 늦지 않으니 조금씩 해 나갈 생각이다. 지금 당장에는 벤야민과 아도르노, 바르트를 겸해서 읽었으면 한다. 시에 대해서는 여전히 원점에서 주저앉아 있다. 원래 오늘까지 『열린 시학』에 보낼 원고를 준비해야 하는데, 보낼 만한 것이 있을지 지금부터 정리한 것 중에서 훑어보아야겠다.

2005년 6월 24일

참으로 오랜만에 일기로 돌아왔다. 이제 성적 처리 등 각종 잡무에서 벗어났다. 지금부터 해야 할 일은 문지 삼십 주년 기념으로 산문 하나를 써야 한다. '문지와 나'. 딸아이가 글쓰기 하는 방식으로 하면 편해지지 않을까 싶다. 또 파스칼 키냐르의 『혀끝에서 맴도는 이름』이나 몰푸아의 『어떤 푸른 이야기』와 같은 방식의 글쓰기를 해 보았으면 하는 생각도 든다.

2005년 6월 30일

문지 삼십 년과 나, 문지에 입은 은혜, 전망, 김현 선생에 대한 추억, 우리 아이 글 쓰듯이 자연스럽게 써 나갈 것. 이제 쓰는 것은 별로 겁 안 나는데…. 그런데 내가 무얼 쓸 건가는 잘 생각나지 않는다. 무얼 쓰지? 문지의 위상位相, 갈리마르, 나의 친정, 어떤 꼬시는 말, '후배는 이렇게 예뻐도 되는 거야?' '나는 자유다 Je suis ma liberté.' '뭐가 법입니까, 이게 법입니다, 이게 뭡니까, 묻는

게 이겁니다.' 문지, 자기 갱신, 문지 덕분에 나는 출세했다, 그건 사실이다. 아무도 그걸 부정할 수 없다. 나도 부정 못 하고, 문지도 부정하지 않는다. 거의 이미지와 가십 위주로 이루어진 글쓰기, 나는 그런 글쓰기를 하고 싶은 거다. 하심下心한다는 것. 굴기하심屈己下心. '아무따나' 쓴다는 것, 생활의 디테일이 많이 들어올수록 글은 맛대가리가 있어진다는 것. 그러니 다시 '후배는 이렇게 예뻐도 되는 거야?'라고 물을 것, 물어볼 것. 혹은 '헤어지면 그리웁고, 만나면 시들한 것, 몹쓸 것 이내 심사….' 그렇게 말할 것, 그렇게 말하면서도 눈물은 보이지 말 것. 아니면 눈물은 살짝만 비칠 것. 비치고 나서도 더 울 수 있고, 얼마든지 더 울 수 있다는 듯이, 눈을 한 번 찡긋해 볼 것. 낙서가 시에 가장 가깝다는 것은 바스키아의 낙서 그림에서도 볼 수 있지 않은가. 그렇게 그 '쪼대로' 나가 볼 것. 쪼다, 그게 나인데 공연히 생살을 쩨지 말 것. 내가 문지에서 배운 것이 무엇인가. 글을 글로 만들려 하지 말고, 다른 사람에게 무슨 얘기를 들려주듯이 글을 쓸 것, 시도 그렇게 써 볼 것. 거기에는 분명 촉촉하고 새록새록한 무언가가 있을 것이다. 누구에게 들려줄까. 그것만 정하면 된다. 이제 남 신경 안 쓰고 글쓰기 할 수 있다. 오늘 글은 누구한테 써 줄까, 그 생각만 하자. 그리고 막히면 다시 '뭐가 법입니까, 이게 법입니다, 이게 뭡니까, 묻는 게 이겁니다' 이렇게 대답하자. 내가 지난번 수상 소감에서 글로 쓴 것과 말로 한 것 중에서 어느 것이 재미있었던가 생각해 보라니까, 이 생생하게 살아나는 '어미語尾'의 맛깔, 젓갈의 맛깔. 제발 이제 눈치 보지 말자. 아, 나는 모든 공부를 다 했노라. 나를 통제하는 것 외에는,

아니 통제라는 말보다는 수습이라는 말이 더 어울릴 것 같다. 아무래도 이번 글은 내 친구에게 써 주는 거라고 생각하는 게 제일 잘 어울릴 것 같다. 꼭 내 친구가 아니더라도, 그 정도의 의식이 있는 사람에게 들려주는 글, 그러면 되지 않겠는가. 명심하자, 기본적으로 글은 말과 마찬가지로 '누구에게 들려주는' 것이다. 그런데, 글을 쓰려 하면 이걸 놓치는 수가 많다. 그러면 당연히 '토끼굴' 속에 빠져 헤매는 것이고, 추상적이게 되고, 현학적이고 장식적이고 의식적인 게 되어 버리는 게 당연하지 않겠는가. 내 초기 글의 생생함은 바로 '누구에게 들려주는' 글이었기 때문에 생겨나지 않았던가. 김수영의 글쓰기의 생생함을 생각해 보라. 거기서는 사변적인 것, 이념적인 것조차 면전에서 말할 때의 뜨거운 입김과 숨결과 튀기는 침방울에 묻혀 버리지 않는가. 그것은 사실이다. 글은 땅바닥에 가장 가까이 있다. 있지 말라. 잊지 말자. 잊지 않겠다.

그렇게 해서 나는 어젯밤 이렇게 썼다.

내가 자라 온 친정의 이름

1990년 문학과지성사의 설립 십오 주년을 기념하는 글에서 나는 우리의 자랑스러운 출판사를 시집간 딸네들의 친정집에 비유한 적이 있다. 다시 삼십 주년을 맞는 지금의 시점에서도 그 비유는 아직 나에게 유효하다는 생각이 든다. 다만 그때에 비해 '문학과지성'은 그 규모와 생산의 면에서 엄청난 성장을 이루어 왔고, 문학에 대해 원한 같은 것을 품고 어디쯤 향상일로向上一路로 통하는 틈새 같은 것이 없나 속 태우던 젊은 시인은,

새치로 덮인 상상력을 부득불 염색해야 하는 중늙은이로 변했을 따름이다. 알다시피 시집은 여러 번 다시 갈 수 있으나, 누구도 친정을 바꿀 수는 없다. '옥산'으로 '하회'로 시집간, 돌아가신 나의 고모님들처럼 산 설고 물 선 문학의 변방을 떠도는 나에게 '문학과지성'이라는 이름은 언제나 솔깃한 안부의 주소일 것이고, 죽도록 바뀌지 않는 성씨처럼 내 문학적 존재의 뼈대로 남아 있을 것이다. 그러나 아직 흰 뼈가 되기 전에도, 돌아보면 참 많은 세월이 흘렀던 것 같다.

가령 우리 고모들이 쉰도 중반에 들어서, 어느 날 문득 흰 빨래를 개키며 마른 땅에 떨어진 어린 동생들의 속옷을 주워 올리던 기억이 되살아나 잠깐 아득해질 때도 그러지 않았을까. 자상하지만 종일 말이 없던 아버지는 돌아가시고 몇몇 삼촌들의 기력도 예전 같지 않으시고, 외지에 나가 성공한 '한 피붙이' 조카들이 모여도 왠지 서먹하기만 한 친정, 하지만 봄이면 벌레들이 들끓던 못생긴 살구나무가 지키는 두어 평 좁은 마당과, 그 위에 놀던 자글자글한 햇볕이 아직도 눈에 밟히는 친정…. 이를테면 내가 첫 시집을 내고 불모不毛의 땡볕을 견디며 두어 해를 더먹은 그 나이에 이른 '문학과지성'이, 지금 나에게는 돌아가신 고모들이 문득문득 친정을 그릴 때마다 떠오르던 마당, 살구나무 그림자가 얕게 드리워진 좁은 마당 같은 것이리라. 지금도 그 시절의 하얀 그림자가 눈앞에 깔리는 것은, 사람은 늙고 개들은 죽어 가도 기억 속의 비틀린 살구나무는 여전히, 그리고 영원히 꽃피기 때문이리라.

내가 '문학과지성'의 걸출한 시인 작가들 곁에 어쭙잖게 쥔을 붙이게 된 것도 돌아가신 김현 선생 덕분이었다. "성복이 언제 시 좀 가져와 보라 해라." 1977년도인가, '자하연' 연못 앞에 걸린 내 시화詩畵를 보시고 선생님은 내 친구에게 이르셨고, 며칠 후 나는 괴발개발 되지도 않은 시들을 캘린더 수첩에 정서해서 연구실로 찾아갔다. 그전에는 못하는 불어佛語로 잔뜩 주눅이 들어 선생님과 눈도 마주치기 어려웠다. 나는 정말 내가 시인으로 데뷔할 줄은 꿈에도 몰랐다. 언젠가 한 번 대학문학상에, 또 한 번은 신춘문예에 냈다가 떨어진 적도 있었지만, 내가 써 놓고 보아도 무슨 소리를 하는지 종잡을 수 없는 글들이, 당시 태양의 불꽃 무늬를 음각陰刻한 듯한 강렬한 표지와 함께 젊은 문학인들의 가슴을 두근거리게 했던 그 선망의 잡지에 실리리라고 누가 생각이라도 했을까. 그리고 한 달 뒤 책이 나왔다고 잡지사에 가 보자고 하셔서, 나는 선생님을 따라 청진동에 있던 문학과지성사에 첫발을 내딛게 되었다.

그날 나는 매캐한 담배 연기 속에서 신문에서 사진으로만 보아 왔던 시인 작가들을 두 눈으로 보았다. 따뜻하고 단정하신 김병익金炳翼 선생님은 뭔가 들리지 않는 소리로 손을 잡고 격려해 주신 것 같고(어쩌면 이것은 지금 내가 지어낸 기억인가?), 전에도 인사를 드린 적이 있는 황동규黃東奎 선생님이나 김치수金治洙 선생님도 그 자리에 계셨던 것 같고, 마치 위인들의 생가나 박물관 같은 데서 볼 수 있는 모형 인물들의 몸짓처럼 여러 문인들의 정지된 동작이 지금도 집단적으로 눈앞에 떠오른다. (최근에 나는 『작가세계』의 김승옥金承鈺 특집에서 내 기억 속의 장면과 흡사한 사진 한 장을 보았는데, 혹시 그날 찍힌 것이 아닐까 생각해 본다.) 어떻든 이후 나의 문학적 성장이 조금이라도 있었다면, 그때 그 선생님들의 배려 덕분이었을 것이다. (사실 나는 이따금 "너는 좋은 선생님들 밑에서 좋은 출판사 이름을 달고 나왔으니, 온상 재배된 것 아니냐"는 말을 들은 적이 있고, 그때마다 나는 고개를 끄떡였던 것 같다.)

그 후 내 기억 속의 문학과지성사는 내자동 길모퉁이 작은 빌딩의 이층에 있었는데, 삐걱거리는 목조 계단을 살포시 밟고 올라가, 아직도 뛰는 가슴을 쓸어안고 내려올 만큼 나는 조심스러웠고, 그 다음 마포구 신수동 사무실이나 지금의 서교동 사무실에 이르기까지 '문학과지성'의 문턱을 넘을 때마다 내 떨림은 진정된 적이 없었는데, 돌이켜 보면 그 떨림은 처음 정서된 캘린더 수첩을 옆에 끼고 선생님의 연구실 문을 두드리던 그 젊은 이의 것임에 틀림없다. 놀랍게도, 아니 어쩌면 지극히 당연하게도 그 떨림은 나만의 것은 아니었다. 한없이 열고 들어가도 들어간 흔적이 없는 선생님의 넓은 오지랖에서 같이 공부했던 나의 친구들, 소설가 이인성李仁星과 평론가 정과리를 나는 '문학과지성'의 품 안에서 다시 만났고, 그들 곁에서 그들의 뜨거운 피를 수혈받기 위해 『우리 세대의 문학』의 동인으로 이름을 올려놓기도 했었다. 이를테면 우리는 한 여왕벌의 몸에서 나온 마냥 순진한 일벌들이었다.

지금까지 나는 '문학과지성'의 이름으로 다섯 권의 시집을 냈고 앞으로도 몇 권의 시집을 더 내겠지만, 내가 자라 온 친정의 이름이 이로 인해 시들지 않기를 바랄 뿐이다. 이따금 학생 녀석들이 찾아와 "선생님 이름에 부끄럽지 않은…" 어쩌구 하면,

계면쩍고 열이 받쳐 "쓸데없는 소리 하지 말고, 네 할 일이나 해!" 하고 쫓아 보내지만, '문학과지성'의 숨길 수 없는 사랑의 이름 앞에서 나 또한 유치하고 철없는 생각을 하게 되는 것도 사실이다. 아니 그냥, 다짜고짜 잘하겠다고, 몸은 잘 따라 주지 않지만 그래도 잘하겠다고 말하자. 숨 붙어 있는 날까지 친정에 누가 되지 않도록 잘 살겠다고, 잘 살아 보겠다고 그렇게만 다짐하자. 시집간 우리 고모들이 눈에 흙 들어가는 순간까지 친정 집 마당의 그 늙은 살구나무를 지울 수 없듯이, 그날 갓 정서한 캘린더 수첩을 옆에 끼고 어두운 복도를 따라 들어가, 연구실 문 앞에서 노크하던 그 젊은이의 바르르 떨리는 손가락을 기억하겠다고….

2005년 7월 6일

아, 벌써 7월 6일, 어제 그제 이틀 동안 연구소 하계 세미나를 평해平海에서 하고 왔다. 첫날 저녁에 폐교의 운동장을 걸으며 글쓰기 생각을 이것저것 해 보았다. 그 가운데 하나는 글을 생짜배기로 끌어내려고 아등바등하기보다는 누구에게 이야기하는 식으로 풀어내면 어떨까 하는 생각. 처음에는 카프카와 첼란과 만젤스탐을 합쳐서 'kcm(카셈)'으로 내 검은 코끼리 꼬리털 반지 위에 올려놓고 글을 써 보면 어떨까 하는 생각을 했지만, 아무래도 부담스럽고 살가운 느낌이 없었다. 다음으로는 내 친구를 생각했다. 왜냐하면 전번에 그에게 보내는 편지 형식의 글을 한 번 쓴 적이 있었고, 그때 참 좋았던 느낌이 있었기 때문이다. 좋았다는 것은, 내가 하고 싶은 말, 혹은 내가 무슨 말을 할지는 몰랐지만 하다 보니 그것이 바로 내가 하고 싶은 말이었다는 것을 알게 되었다는 것이다. 그래서 이제는 무슨 얘기든지 그에게 하는 형식을 취하면 잘할 수 있겠다는 생각을 하게 되었다. 좋다, 아무래도 좋다. 일단 그에게 이야기해 보고, 그러다가 또 싱거워지면 다른 사람에게 말해 보도록 해야겠다. 우선 지금 내가 정리하는 글부터 그렇게 해 보자.

2005년 7월 7일

여전히 『수행문답』과 『금강경 강의』 『대승찬 강의』를 붙들었다. 이거 간질간질 뭐가 될 것 같은데, 그런 예감. 시 정리에는 마음이 안 가고 자꾸만 그쪽을 보게 된다. 될 대로 돼라. 원하는 대로 하는 것, 그것이 나다. 그러니 따로 감추거나 억눌러야 할 필요는 없지. 오늘 밤에는 또 무슨 생각을 하고 잠들지, 기대가 된다. 깜깜함, 이것은 확실히 좋은 징조다. 어디 기다려 보자. 한 소식 할 때는 한다는 생각조차 없을 것이다. 자, 아주 가깝다.

2005년 7월 10일

파비공把鼻孔이라는 것. 콧구멍을 잡는다는 것. 혹은 파비공하는 것, 파비공이라고 말하는 이것, 파비공이라고 말하는 이것이라고 말하는 이것. 혹은 지금 이렇게 자판을 두드려 대는 이것, 이것 바깥에 서는 것, 이것 바깥에 서는 것이라고 말하는 이놈, 한번 이놈 바깥에 서면 만사는 끝난다. 이것의 주인공이 되는 것. 이것의 콧구멍을 꽉 붙잡는 것. 오늘 아침에도 인터넷 강의를 듣다가 잠이 들었다. 그리고 탁자를 치는 소리에 깼는데, 그

때 이미 강의는 끝났다.

2005년 7월 18일

어제까지는 허운 스님의 『참선요지参禪要旨』와 『방편개시方便開示』를 읽었고, 인터넷으로 주문한, 내 동년배 시인의 시집을 읽는다. 고통받는 영혼, 자기 고통 속으로 걸어 들어가 다시는 나올 수 없다는 것을 아는 영혼, 저토록 위험한 곳에서 어떻게 빠져나올 수가 있을지, 안타깝다. 아직도 시는 멀리, 참 멀리 있다. 애인이 멀리 있듯이, 시가 마른 시래기처럼 내 의식의 등허리에 내걸려 있다. 내 등허리에는 아무 감각이 없다.

그리고 어제 저녁에는 다큐 채널에서 나무늘보가 애기 낳는 장면이랑, 칠면조 콘도로가 죽은 여우의 시체를 부리로 찍어 길게 찢는 모습, 또 검은 털의 여우가 두꺼비의 독을 뽑아내기 위해 발로 나물 씻듯이 깨끗이, 깨끗이 씻어 정성스럽게 먹는 장면을 보았다. 모든 것이 마음이라는 것을 아는데도, 문득문득 물질이 뼈다귀처럼 피부를 찢고 나오는 것을 볼 수 있다. 기억하지 않으려야 않을 수가 없다. 그런데 『수행문답』에서는 이렇게 말한다. "우리는 안심하지 않으려야 않을 수가 없는 것입니다."

2005년 7월 19일

다시 내 동년배 시인에 대한 생각. 저 자신이 파 놓은 구멍 속에 스스로 제 살을 깎아 들어가는 사람의 막다른 골목, 시는, 문학은 그렇게 해야 한다는 생각. 오늘 읽은 『법화경』의 한 구절을 옮겨 적는다. "많은 수행자들이 탐욕이나 분노, 어리석음을 싫어하여 없애려 하면서도, 이 싫어하는 마음을 모른다면 이것이 미혹이다. 만약 한 생각이 일어나는 순간 그 '일어나는 것'을 깨닫고는 이내 그 '일어난 곳'을 되돌아 비추되, 그것이 스스로 '성품이 없음'을 보아서, 취하거나 버리거나 함이 없다면 곧바로 안팎이 밝아지리라."

2005년 7월 28일

나는 나의 책이다. 지금까지 읽었던 책들은 모두 나라는 책을 읽기 위한 길잡이였다. 그래, 지금까지 여기 오기 위해 왔구나. 이제는 피할 수가 없구나. 오냐, 못 할 것도 없지 않은가. '여래如來', '여거如去'를 '온 듯하지만 온 바가 없고, 간 듯하지만 간 바가 없는 사람'이라 했던 백봉거사白峯居士의 말씀이 오래 마음에 남는다. 그리고 나날의 일과 행위에 '…듯'이라는 말을 붙여 이해하라는 것도….

2005년 8월 15일

어제 문경새재에 다녀왔다. 일관문에서 삼관문까지 도합 십오 킬로는 족히 걸었을 것이다. 그 중 일 킬로 넘게 맨발로 걸었던 것이 좋았다. 아침에 자고 일어나도 피곤한 기분이 들지 않는다. 사무실에 나와 『벽암록碧巖錄』의 글귀들을 붓펜으로 써 보기도 하고, 이제 밀린 시들을 정리하려고 한다. 분명한 것은 내가 허虛할 때, 어디론가 도망가고 싶을 때(그때 대개 나는 딴짓을 하려 한다. 책을 읽거나, 컴퓨터를 하거나, 바람을 쐬러 가거나…), 그때가 바로 시가 옆에 있을 때라는 것. 그러니까 지금까지 시를 피하려고 온갖 짓을 다 했다는 것. 내가 어두워질 때가 바로 시가 밝아지는 자리라는 것. 잊지 말자.

2005년 10월 3일

9월 25일 아버지가 돌아가셨다. 27일 상주 선산에 모실 때까지, 그리고 29일 삼우제에 다녀올 때까지 눈물을 흘리지 않았다. 그런 나 자신이 밉거나 야속하게 생각되지도 않는다. 이 무감각의 거대한 덩어리, 언젠가 가슴을 쥐어뜯으며 울 날이 올 것이다. 결국 독일과 프랑스에는 다녀오지 못했고, 밀린 보강과 28일 행사, 그리고 대구가톨릭대학에서 하는 발표(「세계화시대의 인문학」)의 요지문 쓸 일이 남아 있다. 언젠가 동물 다큐멘터리에 본 장면들을 인문학의 죽음과 연결시켜 써 보면 어떨까 하는 생각. 시는 오래 쓰지 않았다. 결국 시 말고 무슨 방식으로 살아갈 수 있겠는가, 하는 생각만 남는다. 아무것도 확실하지 않다.

2010년 1월 5일

어제 '공부방 일기'를 두번째로 쓰기 시작했는데 메모리 스틱에 파일을 옮기다가 다 지워 버렸다. 어제 오늘 생각은 '불가능'에 가 있다. 새해 들어 작은 수첩에 불가능에 관한 언급들을 메모했다. 수학과 물리학, 데리다, 지젝, 특히 미셸 슈나이더가 쓴 『글렌 굴드, 피아노 솔로』가 좋다. 다시 보고 또 보아도 좋다. 불가능, 이것은 한 사람의 일생을 걸어도 좋을 만한 문제이고, 세계 전체와 같은 비중을 가지는 문제일 것이다. 이것이 예술이고 진실이고 윤리다. 앞으로 나의 여생은 여기에 매달릴 것이니, 비유하자면 성경에서 전 재산을 팔아 진주 하나를 샀다는 상인의 얘기와 같다. 앞으로 나의 '공부방 일기'가 언제 끝날지 알 수 없지만, 불가능에 대한 소소한 생각들, 관찰들, 메모들로 채워질 것이다.

지난해 말부터 『달의 이마에는 물결무늬 자국』과 짝을 이루는 글을 쓰려고 『송고백칙頌古百則』에 실린 설두雪竇 중현重顯의 시구를, 처음에는 수첩에 베꼈다가 다음에는 컴퓨터에 입력해 놓았다. 하지만 아직 시작할 엄두를 못 내고 있다. 어제는 마음을 다잡으려고 글쓰기에 필요한 문구들을 일기에 베껴 두었지만 파일이 날아가는 바람에 허사가 되었다. 어제 골프 책자에서 본 스윙의 요점은 시 쓰기와 어쩌면 그렇게 같은지. 스윙이라는 말을 시 쓰기로 바꾸었더니 딱 들어맞았다.

"시 쓰기는 단순하다. 말을 붙여 가는 과정에 불과하기 때문이다. 그 짧은 시간 동안 우리가 할 수 있는 일은 아무것도 없다. 그럼에도 불구하고 우리는 너무 많은 일을 하려 한다. 시 쓰기가 어려운 것은 우리가 너무 분석적이기 때문이다. 우리의 머릿속은 온갖 생각과 이론으로 가득 채워져 있다. 사실 완벽한 시 쓰기는 생각 자체가 필요 없는 것이다. 누구의 말대로 감각 혹은 리듬이 시 쓰기의 모든 것이다. 잘못된 시 쓰기의 십중팔구는 너무 많은 생각에서 비롯된다. 시 쓰기는 아무 생각 없이 자연스럽게 말을 붙여 가는 과정이다."

2010년 1월 6일

아무래도 나는 근래 완전히 잘못 살고 있었다. 정확히 말해 반대 방향으로 살고 있었던 것 같다. 『글렌 굴드, 피아노 솔로』를 다시 집어 들고 밑줄 친 부분을 휴대폰 메모장에 입력하면서, 정말 착각도 이만저만이 아니었던 것 같은 생각이 들었다. 나는 바른 방향으로 가고 있다고 생각하고 부산을 떨었지만, 정반대되는 폼을 열심히 연습하고 있었던 것이다. 아니, 연습도 안 했던 것이다. 이제나저제나 폼이 완성되기만 기다리며 시간을 보냈던 것이다. 이번에 나온 『타오르는 물』을 보내 주려고 휴대폰 주소록과 문인 주소록을 훑어보았지만, 정말 나와 관계 있는 사람은 몇 되지 않았다. 여기서 더 나올 게 없다는 것을 알면서도, 내일이면 무슨 일이 생기겠지 하는 기대감으로 하루하루를 보내고 있는 것이다. 이렇게 천 년을 기다린다 한들 아무 일도 일어나지 않을 거고, 차츰 쇠약해지면서 죽어 갈 것이다. 얼마나 한심한가. 내 병을 내가 알면서도 애써 무시하고 치료받기를 거부하고 있었던 것이니, 내가 나의 적이었다고 말할 수밖에 없다.

이제 어떤 계획도 세우지 않겠다. 한 번도 스스로에게 한 약속을 지키지 않았으니, 나는 나를 믿을 수가 없다. 다만 이렇게 살아서는 망할 것이 틀림없다는 사실만 기억하자. 다행스러운 것은 '불가능'에 관한 많은 글들이 글렌 굴드로 수렴하고, 굴드의 이야기가 곧바로 삶의 윤리와 미학으로 통하는 것이므로, 이제는 몸 따로 마음 따로, 삶 따로 시 따로 생각할 필요가 없으리라는 점이다. 또 한편으로는 이 말할 수 없이 귀중한 문제를 내 것으로 떠안게 되었다는 것이 얼마나 다행스러운지 모르겠다. 생각해 보자. 예술을 할 수 있다는 것, 아니 예술을 생각할 수 있다는 것만 해도 얼마나 행복한 일인가. 그러나 그 행복을 정말 내 것으로 가지기 위해서는 고립과 고독을 두려워하지 말고 맞아들여야 한다. 생각해 보자. 지금까지 살아온 시간들은 계속해서 속아 온 것이 아닌가. 그것도 나 자신에게 속임당한 것이라는 사실을 돌아보면 한심할뿐더러, 앞으로도 계속 그러하리라는 것을 생각하면 끔찍하기만 하다. 기필코 나는 망하게 되어 있다. 이것을 내 분수나 깜냥으로 치부하는 것은 참으로 무책임한 일이다. 나를 지켜 주어야 할 사람은 나 자신밖에 없다. 이것을 잘 알면서도 어린애처럼 떼쓰는 짓은 그만두자.

2010년 1월 7일

굴드는 나중에 채소도 안 먹었다고 한다. 과일 주스와 비스킷만 먹었다고 하니 그 결벽증이 도를 넘어섰다. 채식을 시작한 말년의 카프카가 어항 속의 물고기를 보고 "이제 우리는 친구다"라고 했듯이, 굴드는 심코 호수에서 낚시하는 사람들을 방해하려고 온갖 노력을 했으며, 낚시광인 아버지를 설득해 낚시를 그만두게 했다고 한다. 선善 혹은 윤리는 그런 것이다. 상식적인 기준에서 보면 그것은 유치한 짓에 불과하지만 그것을 기필코 해야 하겠다는 마음은 더없이 순수하다. 불인不仁한 천지의 '먹이사슬' 속에 사로잡혀 있는 한, 선도 윤리도 불가능하다. 그러나 불가능에 맞서는 노력만은 가능하다. 그 가능성을 포기할 때 인간에게 남는 것은 무엇인가. 카프카와 굴드는 스스로 선하

다는 자부심을 가지고 그렇게 했겠는가. 아니다. 그들은 선하다
는 것이 눈 가리고 아웅하기라는 것을 누구보다 잘 안다. 도무
지 선하다는 것은 불가능하다. '노나 공부하나 마찬가지'인 것
처럼 결국 착하다는 것과 착하지 않다는 것은 죽음 앞에서 차이
가 없다. 이것이 사람을 미치게 만든다. 아니 미칠 수밖에 없는
것이 인간이다.

　르네 샤르의 말, "불가능, 우리는 여기에 도달하지 못한다.
그러나 등불로 사용할 수는 있다." 그가 시를 "모든 맑은 물들
가운데 다리橋의 그림자에 가장 덜 지체하는 물"이라고 했던 것
도 같은 맥락에서이다. 아예 지체하지 않는 물이라 했다면 신비
주의나 초월주의로 가 버렸을 것이다. 아니다. 그것은 있을 수
없는 이야기다. '가장 덜 지체한다'는 말을 베케트 식으로 하면
'더 잘 실패한다'는 것이 된다.

　이것을 '번뇌'와 '열반'의 관계로 풀 수도 있으리라. 번뇌에서
생겨났으므로 번뇌로부터 자유롭지 못하며, 나아가서는 번뇌
의 일종이라 할 수 있는 '열반'은 '황금 사슬chaîne d'or'인 동시에
'사슬 황금or de chaîne'이며, 동음이의어인 '사슬로부터 벗어남hors
de chaîne'을 뜻하는 것으로 볼 수 있다. 이것은 희망 속의 절망이
절망 속의 희망이 될 수 있음을 시사한다. 마치 예수가 십자가
를 지는 것이 아니라, 십자가가 예수를 진다고 하듯이. 그런 의
미에서 십자가는 아기 예수를 품에 안고 물을 건넜다는 장 크리
스토프Jean Christophe와 다르지 않다. 불가능은 병이며 동시에 병
속에 숨어 있는 약이기도 하다.

2010년 1월 8일

혼자의 길, 이 외에는 다른 방도가 없다. 죽음이 혼자이듯이 불가능은 혼자의 길이다. 어떤 위안도 출구도 없는 길, 그 길에서 나는 죽음이고 불가능이다. 뒤돌아보지 마라. 옆을 기웃거리지도 마라. 눈을 가리지도 마라. 철저한 혼자 있음. 우리는 혼자 있고 난 다음에야 다른 무엇이 될 수 있다. 그렇지 않다면 뜸 들기 전에 밥솥을 열어 보는 것과 같다. 한 번 더 다짐하지만, 속는다는 것은 자기한테 속는 것이다. 옛날 어느 스님처럼 "주인공, 속아서는 안 돼!"라고 자꾸 자신한테 타일러야 한다. 이 길 밖에는 다른 길이 없다. 그러니 제발 기대하지 마라. 기대하는 것은 자기 자신을 속이는 것이다. 그것이야말로 최악이다. (어제 생각했던 것. 굴드가 말년에 비스킷과 주스만 먹고 채소까지도 먹기를 거부했던 것은 씨알과 열매는 다른 생명체에게서 그저 훔치는 것이지만, 채소를 먹는 것은 살생이었기 때문이다.)

2010년 1월 10일

어제는『공空의 거울』중 '반야般若'편과 '진아眞我'편, 특히 마하라지의 대담들을 훑어보면서 '불가능'에 관계되는 구절들을 찾아 수첩에 메모했다. 또한 다음 학기 교재로 쓸『산문의 거울』을 엮기 위해 여러 작가들의 글을 살펴보고 있다. 역시 톨스토이와 도스토옙스키, 그들의 위대함은 거침없이 솟구치는 문장에서 느껴진다. 꾸밈없이 빛나고, 계산 없이도 정확히 들어맞는다. 좋은 문장이란 그런 것이다. 이 며칠『송고백칙』은 그냥 내버려 두고 있다. 결국 시로 돌아가야 하고 그럴 수밖에 없다는 것을 알면서도 여전히 딴청이다.

2010년 1월 28일

오랫동안 '공부방 일기'로 돌아오지 않았다. 그동안 기억이 안 날 정도로 많은 책을 훑었다. 그 가운데 특히 소세키의 『유리문 안에서』와 존 버거의 『A가 X에게』, 벤야민의 『일방통행로』는 더할 나위 없이 감동적이었으며, 이상의 「단지론斷指論」과 「약수」는 한동안 다른 생각을 못 하게 만들 만큼 힘있는 글이었다. 또한 '불가능에 대하여'라는 산문(혹은 책)을 써 볼까 하고 '거울 시리즈'의 여러 책들을 다시 꺼내 읽으며 수첩에 메모했다. 그리하여 마침내 탈진했다. 이제 공부는 끝났다는 생각과 함께, 어떻든 다음 업적 평가를 위해 이달 말까지 시 두어 편을 만들어야 한다는 부담감. 오늘 아침 아파트 앞에서 담배를 빨면서, 시와 나의 관계가 결혼한 지 아주 오래된 부부 같다는 생각을 했다. 언제 합방을 했는지 생각도 안 나는 사이. 그렇지만 이것도 인생 아닌가. 어떻든 내일은 지금까지 썼던 것들 가운데 살릴 만한 것이 있는지 찾아봐야겠다. 지난번 『송고백칙』에 붙인 글은 다시 보니 아무것도 아니다. 어떻든, 어떻든 이제 공부는 끝났다. 문제는 '쓰는 것'과 '사는 것'이다.

2010년 1월 29일

요즘 아침 운동하는 데 쓰는 시간만큼 시에 투자한다면 얼마나 좋을까. 그래, 무조건 하루 세 시간만 투자하는 거다. 아무 생각, 아무 원칙도 없이 그냥 컴퓨터 앞에 붙어 앉아 보는 거다.

생각을 앞세우면 모든 것을 잃게 된다. 아무 계획 없이, 한 번 글쓰기가 한 번의 스윙이라고 생각하고 버텨 보는 거다.

2010년 7월 3일

그동안 헛되이 수많은 세월이 흘렀다. 지금은 방학이고 그저께 서울 갔다가 어머니 옆에서 하룻밤 자고 내려왔다. 오늘 아침 염 프로가 해 준 이야기, "너의 아이언을 믿어라." 참 좋은 말이다. 그러니 "너의 언어를 믿어라." 그립을 느슨하게 잡아야 헤드 무게를 느낄 수 있듯이, 낙서하는 기분으로 써 내려가야 속 깊은 곳에 닿을 수 있다. 그럴 때 언어가 앞장서게 되고, 번지는 말맛을 알게 되고, 자연스러운 발견이 이루어질 것이다. 그것이 바로 '글쓰기는 당신과 순간의 합작품'이라는 금언金言의 의미이리라. 그렇다면 당장 이 일기장에 대고 그렇게 한번 해 볼까. 어떻든 시작은 해 보자.

먼 날은 지금 나에게 노란 꽃을 달라 하고, 저도 보고 나도 보는 내 무덤 앞 노란 꽃을 달라 하고, 지금 저 앞의 노란 꽃을 달라고 떼를 쓰니 줄 수도 안 줄 수도 없고, 모든 준비는 해 놓았으니 그저 몸만 가면 된다는 걸까 예수와 외디푸스의 서사敍事 속으로, 예수와 외디푸스가 걸어 들어갔듯이 그냥 걸어 들어가면 될 것을 너는 웬 잔말이 그렇게도 많으냐는 걸까 먼 날, 먼 날, 그리 멀지 않은 먼 봄날, 내 가고 나면 내 앞의 노란 꽃도 없을 텐데 먼 날은 또 어쩌라고 저리도 보채는고? 먼 날은 지금 나에게 노란 꽃을 달라고 보채기만 하고······

2010년 7월 5일

오늘 잠깐 『마담 보바리』의 아무 페이지나 펼치고 읽다. 책 뒤표지에 "플로베르가 있고 나서 말라르메와 보르헤스가 있게 되었다"는 푸코의 말에 잠깐 고개를 끄덕이다. 지금은 여섯 시 반, 집에 갈 시간이다. 오늘도 아무것도 쓰지 않고, 생각하지 않고, 생각하고 싶지도 않고, 잡지사에서 원고가 어떻게 되었느냐고 전화가 왔지만 궁한 변명을 하다. 그리고 다시 창가에 서서 무덤 앞 노란 꽃을 바라보다.

노란 꽃, 오후의 공기와 빌라와 통닭집과 꼼꼼이 옷 수선집과 이런 것들이 한꺼번에 녹아들어 갔다가, 다시 빌라와 통닭집과 꼼꼼이 옷 수선집으로 나오는 무덤 앞 노란 꽃, 오늘 나는 이 동네에서 가장 싸게 파는 광명 슈퍼에서 아이스크림 두 개를 사서 집으로 오다가 꼼꼼이 옷 수선집 아줌마한테 하나 주고, 나도 하나 혀로 녹여 빨면서 노란 꽃을 바라본다 아, 노란 꽃이 있다는 것은 기적이다

2013년 3월 25일

그 사이 또 많은 세월이 흘렀다. 지금 나는 명예퇴직을 하고 대학원 한 강좌만 하고 있다. 작년 2월 학교를 그만두었으니 이제 만 일 년이 넘었고, 지금은 뭘 해야 할지 아무 생각도 떠오르지 않는다. 지난 1월 시집을 내고 나서, 그동안 발표했지만 시집으로 묶지 않은 시들이나, 아예 발표도 하지 않은 시들을 정리해 볼까 하는 생각, 또 그간 해 왔던 인터뷰나 산문들을 엮어 책으

로 내면 어떨까 하는 생각도 해 보지만…. 아무튼 재미가 없다.

지난 주말 옛날 파일을 뒤적이다가 팔십년대 초부터 지금까지 내가 썼던 문학상 심사평들을 모아 보면 어떨까 하는 생각을 했다. 심사평 앞머리에 들어가는 말들이 당시 시에 대해 내가 가진 견해들이었으니, 그것들을 모아 보면 내 생각이 얼마나 달라졌는지, 전혀 달라지지 않았는지 알 수 있을 것이다.

2013년 9월 30일

2013년도 이제 석 달밖에 남지 않았다. 이곳 팔공산 자락에 이사 온 지도 넉 달이 되어 간다. 그 사이 포항공대 계절 학기에 한 달 다녀오기도 했지만, 내 생활에는 큰 변화가 없다. 지난 삼사십 년 동안 써 두었던 산문들과 인터뷰들을 묶어 '고백의 형식들'이라는 제목으로 한 권을 엮고, 1976년부터 1985년 사이에 발표했으나 시집에 묶이지 않은 시들과 아예 발표도 하지 않은 시들을 가려 뽑아 '어둠 속의 시'라는 제목으로 엮어 볼까 한다. 주위 분들의 도움이 없었다면 이 일은 도무지 불가능했을 거라는 생각이 든다. 또한 정년할 때까지 기다렸다면, 엄두를 못 냈을 것이다. 그때면 기억도 의욕도 많이 떨어져서 아예 손을 대지 못했을 것이 분명하다.

근래 글쓰기에 대한 옛날 비유들이 이따금 생각날 때가 있다. 아직 그래도 몇몇 비유들이 머릿속에 남아 있을 때 거칠게라도 적어 두는 것이 꼭 필요할 듯하다. 사실 글쓰기에 대한 이론적인 정의나 개념들은 별로 피부에 와 닿지 않지만, 비유를 들어 이야기하면 곧장 뇌리에 꽂힌다. 우연히 내가 썼던 옛날 비유들을 만날 때마다, 언제 내가 그런 말을 했던가 하는 생각이 들기도 한다.

2013년 10월 7일

오늘 아침에는 가산산성 길을 오르면서 백봉 선생, 마하라지, 마하르시 등의 글귀들을 외웠다. 내려오는 길에는 삼천 원짜리 잔치국수를 사 먹고, 원룸에서 뜨거운 물로 샤워하고 한잠을 자고 지금 이 일기를 쓰는 중이다. 또 무언가 워밍업이 필요할 듯해서, 『예술의 거울』 중 '불가능의 글쓰기'편을 들여다보고 있다. 자, 그럼 지금부터 무얼 하지?

어떻든 '불가능'에 관한 자료들을 하나의 글로 정리해 두지 않으면 다 잊어먹을 것 같은 생각이 든다. 특히 그것들을 자연과학에서 '차원'의 개념, 선불교나 힌두이즘에서의 '그것'과 연결시켜 보면 재미있을 것 같은데 왜 이렇게 자신이 없는지 모르겠다. 그건 아직 내가 제대로 모르기 때문일 것이다. 그렇지만 글을 써 나가는 과정에서 조금씩 알게 될 수도 있지 않을까. '불가능'에 관한 글귀를 모아 만든 『꽃에 이르는 길』을 아침저녁으로 외우고 있으니, 한번 시작해 보는 것도 괜찮을 것 같다. 지금으로서는 일관성있는 논문 형태로 쓰기에는 무리이니, 일단 '불가능 시론試論'이라는 제목으로 시작해 볼까 한다.

2013년 10월 29일

다시 글쓰기로 돌아가야 하는데, 마른 나무 뿌리를 씹는 것 같은 느낌이다. 아무래도 시로 돌아가야 할 테지만 도무지 의욕이 없다. 그렇다고 전에처럼 프루스트나 뭐 그런 사람들이 했던 글쓰기를 해 보고 싶은 생각이 전혀 없지는 않지만, 용기도 안 나고 흥미도 크게 없는 것이 사실이다. 이렇게 해서 앞으로 몇 십 년을 하루하루 어떻게 보낼까. 아, 다시 한번 1976년에서 1980년 사이처럼 시에 '올 인'할 수 있다면 얼마나 좋을까. 그 외에는 달리 길이 보이지 않는데, 도무지 시가 달가워 보이지 않는다. 이것밖에 없는데, 이것밖에 없는데⋯. 이것만 있으면 모든 게 해결될 텐데⋯.

이성복李晟馥은 1952년 경북 상주에서 태어나 서울대 불문과와
동 대학원을 졸업했다. 1977년 시 「정든 유곽에서」를 계간
『문학과 지성』에 발표하며 등단했다. 시집으로 『뒹구는 돌은
언제 잠 깨는가』 『남해 금산』 『그 여름의 끝』 『호랑가시나무의
기억』 『아, 입이 없는 것들』 『달의 이마에는 물결무늬 자국』
『래여애반다라』 『어둠 속의 시』 등이 있고, 시론집으로
『불화하는 말들』 『무한화서』 『극지의 시』가 있다. 또한
산문집으로 『네 고통은 나뭇잎 하나 푸르게 하지 못한다』 『나는
왜 비에 젖은 석류 꽃잎에 대해 아무 말도 못 했는가』 『오름
오르다』 『타오르는 물』 『프루스트와 지드에서의 사랑이라는
환상』 등이 있으며, 대담집으로 『끝나지 않는 대화』가 있다.

고백의 형식들
사람은 시 없이 살 수 있는가

이성복 산문

초판1쇄 발행 2014년 9월 20일 **초판4쇄 발행** 2024년 7월 10일
발행인 李起雄 **발행처** 悅話堂
경기도 파주시 광인사길 25 파주출판도시
전화 031-955-7000, 팩스 031-955-7010
www.youlhwadang.co.kr yhdp@youlhwadang.co.kr
등록번호 제10-74호 **등록일자** 1971년 7월 2일
편집 조윤형 박미 **디자인** 공미경 **인쇄 제책** (주)상지사피앤비

ISBN 978-89-301-0471-5 03810

Varied Forms of Confession: To Live without Poetry? © 2014, Lee Seongbok.
Published by Youlhwadang Publishers. Printed in Korea.